藥堂千金 3 完

文創風 540

衛紅綾 著

目錄

第七十三章

一輛馬車，幾匹馬，一行人出了城門。那輛馬車極黑、極大，卻極穩，車內寂靜無聲。行到城外離亭時，車伕忽然勒住轡繩，車內的人一晃。「怎麼停下了？」

車伕看了看離亭內的人。「好像是魏少爺和唐少爺來給咱們送行。」

車內安靜許久，簾子緩緩掀開，披著月白鶴氅的男子平靜地看向離亭處，然後看見相思。她今日穿了一身滾邊葫蘆雙福布的束腰緞面襖袍，俐落非常，眼睛雪亮，笑容親切。她走到馬車前面。「閣主要回金川郡去了？」

溫雲卿點點頭，心想大抵是最後一面了，便仔細打量她一遍，面上卻自然非常。「謝謝妳來送我。」

誰知相思接下來說的話，卻是晴天炸雷。

「正好我們也要去金川郡，不如同行？」

溫雲卿抬頭看向離亭，這才注意到亭外尚有兩輛馬車，看向相思的眼神便有些複雜。

「妳何必……」

相思此時依舊因前夜的事情窩著一肚子火氣，未等他說完話，便打斷道：「我們去金川郡是做自己的生意，和你沒有半點關係，溫閣主可別多想呀！」

素來以好脾氣著稱的溫閣主，被噎得險些背過氣去，看著相思那清麗無害的小臉，心中無名火起，張嘴欲言，一時卻又不知該說些什麼，最後氣得猛地放下了車簾。

目睹這一幕的車伕暗暗咋舌。他自然是向著自家閣主的，難免不公允，覺得相思像個作惡多端的匪徒，誰知相思卻對他粲然一笑，心情似是極為爽快。

於是，離亭之外，兩行人會合在一起。路上相思曾問過戚寒水有關碧幽草的事，戚寒水亦有過懷疑，只是那盒子雖曾被下人誤放入溫雲卿房內，拿出來時，卻依舊是原先的六束，應是不曾少才對。討論來、討論去，始終是沒有確鑿的證據。

京城到金川郡只兩、三日路程。入金川郡須經一條山道，這山道兩邊都是險峻高山，此時山上樹葉早落，鳥獸聲不聞，只隱隱聽見潺潺的流水聲，也不知是隱匿何處的暗泉。

天空有些陰沈，風亦有些冷，相思從行囊裡找出一件雲州府冬日穿的玄色狐裘，把自己從頭到腳牢牢裹住。

「下雪了！」

不知是誰喊了一聲，所有人都抬頭往天上看，她也抬起頭。一片雪落在她的臉上，然後兩片雪，無數片雪鵝毛一般落了下來。

一瞬間，漫山遍野都帶了雪色，耳邊還能聽見「沙沙沙沙」的聲響。

唐玉川是第一次見到雪，又驚訝、又好奇，率先跳下馬車，用手握了一個雪球，對相思眨眨眼睛，然後猛地把雪球扔向她，相思一晃神，正好被雪球砸在胸前，當下怒從心頭起，惡向膽邊生，跳下馬車便去追唐玉川。

唐玉川從小便不是相思的敵手，這下便撒腿跑了起來，沒奈何相思被他惹火了，窮追不捨，加上紅藥也跳下車來幫忙圍堵，硬是把唐玉川堵在角落裡，他臉上掛著諂媚的笑。「你看你，我不過就是和你玩玩，你怎麼還真動火氣啦？」

相思一步步緊逼上前，如同抓小雞的老鷹，臉上帶著獰笑。「我也是和你玩玩，你別跑呀！」

唐玉川步步後退，眼看著要被相思和紅藥抓住，倒是能屈能伸，就要求饒，哪知相思猛地衝上來把他按在雪裡，隨手抓了一把雪塞進他的脖頸。

「啊呀、啊呀！救命啊！涼涼涼！」唐玉川嗷嗷怪叫著，沒奈何被相思壓制住，整個人在雪裡撲騰著，像是一隻掉進水裡的老母雞。

相思一手揪住他的耳朵，一手握著紅藥剛捏好的雪球，笑裡藏刀。「好不好玩？」

「不好玩、不好玩，我再也不玩了！」唐玉川一邊喊著分散相思的注意力，一邊猛地翻身把她翻到一邊，然後一骨碌爬起來，拚命往溫雲卿的馬車那邊跑。

相思起身就追，眼看就要追上時，唐玉川這個不要臉的竟一步跨上馬車，鑽了進去。

車簾掀開，有些狼狽的唐玉川躲在溫雲卿身後，手裡抓著他的衣袖，略有些驚懼地看著車下的相思。「相思他就怕閣主你，你救救我啊！」

相思瞇著眼睛，喊道：「你給我下來！」

唐玉川如今找到靠山，腰板便硬了許多，對相思伸伸舌頭。「有能耐你上來呀！」

相思氣得直跺腳，溫雲卿就這樣溫和無害地看著她，十分氣人，更氣人的是唐小爺卻越發地蹬鼻子上臉，把手裡的雪球塞到溫雲卿手裡，教唆道：「你打他一下幫我報仇，他肯定不敢打你的！」

相思氣得頭上冒黑煙，正要威脅唐玉川，哪知一個雪球從車裡飛了出來，在空中劃出一道弧線，落在她腳邊，抬頭就看見溫雲卿那隻尚未來得及放下的右手。

他雖然才扔了個雪球，卻是一臉無辜，彷彿那雪球不是他扔的。

相思在心裡大罵了一句「不要臉」，正搜腸刮肚準備好好說說道理，旁邊看熱鬧的忍冬閣眾人卻鬨然大笑起來。相思挑了挑眉，把手上的雪球忽然扔了出去，有些偏，砸在車壁上，濺了溫雲卿一臉雪。

似是沒想到相思會真的扔雪球，溫雲卿一愣，唐玉川也是一愣，這一愣的工夫，紅藥已跨上車一把將唐玉川拉了下來。

江成成是溫雲卿的三弟子，平日極少見到自家師父這副模樣，便在旁邊攛掇相思。「扔啊，他現在手裡又沒有雪球。」

旁邊還有看熱鬧不嫌事大的，紛紛攛掇相思。

「扔呀！」

「再不扔雪球就化了。」

相思往前走了一步，看見溫雲卿也捏了個雪球，相思手舉起來要扔不扔，正猶豫間，溫雲卿那顆雞蛋般大小的可憐雪球便朝她扔過來，這次比上次稍稍準一點，砸在她的鞋上。

疼倒是一點也不疼，但相思的心情有些複雜，眉毛挑了挑，咬了咬牙，準備報仇雪恨，偏偏這個時候，眼前黑影一晃——車簾放下了。

相思有些懵。總不好現在掀開車簾扔個雪球就跑，於是憤然張大了眼睛。「不能這麼玩的！」

走過這條山路，便看見一片極開闊之地，再近一些，便能看見出入金川郡的關口，此時正是中午，來往商人、旅人絡繹不絕。

一行人才到隘口，便見城內四個白衣人策馬而來，停在溫雲卿馬車前，四人翻身下馬屈膝齊道：「拜見閣主！」

這幾人年紀都在十五到二十五歲之間，行事一看便知極有規矩，溫雲卿點了點頭。「起來吧！」

這四人進入隊伍，一同入城，其中一個生得頗為俊朗的青年一把摟住江成成。「小師弟，你不知道這幾個月我多想你和師父！」

這俊朗青年名叫趙子川，是溫雲卿的二徒弟，這次韶州府之行，溫雲卿只帶了江成成去，他便和大師兄方寧留守在金川郡裡。

江成成一見自家師兄，眉開眼笑。趙子川注意到後面兩輛馬車，壓低聲音問：「後面那兩輛裡坐的是誰呀？」

江成成看了一眼，解釋道：「一個是雲州府魏家的少爺，就是之前給師父送過碧幽草的；另一個也是雲州府的，才在京裡受了朝廷封賞，這次好像是來金川郡販藥的。」

聽到「封賞」兩字，趙子川面色變了變，隨即卻笑了笑，狀似無意道：「你們這些跟著師父去韶州府的人這下可風光了，朝廷一封賞，以後行醫有許多助益的。」

江成成素來心思單純，聽了這話，只以為是二師兄在揶揄自己，慌忙擺擺手。「這些虛名有什麼用？倒是這次跟著師父和王堂主，學了很多。」

趙子川拍了拍江成成的肩膀，又看了看溫雲卿的馬車，沒再說話。

白雨街上，立著一座三層小樓，因才下過雪，萬物皆白，只有這樓身漆黑，顯得蕭瑟。門前匾額上寫著三個年歲已久的墨字——忍冬閣。

相思本想著入城之後找一間客棧落腳，戚寒水卻堅持要她和唐玉川在忍冬閣暫住，相思倒也沒堅拒，與唐玉川在樓後宅院安置下來。

才收拾停當，便有個身形高大的丫鬟來院裡，說是夫人想請魏少爺過去一趟。相思稍愣，知道這「夫人」應該是指那位公主殿下，也就是溫雲卿的親娘，於是叮囑紅藥兩句，便跟著那丫鬟走了。

後宅院後有一扇朱紅大門，因是白天，大門未落鎖，相思與那丫鬟進門，又走了一炷香的時間，到了一處暖閣，丫鬟請相思進門，自己卻往後退了兩步，笑道：「魏少爺請進，夫人正在裡面。」

相思心想，既然溫雲卿早知道她的秘密，那溫夫人應該也是知道的，卻不擔心，進門往裡走了幾步，便看見一個婦人正背對著她在給一棵茶樹鬆土。

「相思拜見夫人。」

那婦人聞聲回頭，面帶笑意上下打量了相思兩眼，走上前牽她的手。「今年金川郡下雪早了些，正好被你們趕上，這個冷勁可還受得了？」

相思一聽便縮了縮脖子。「實在是有些冷呢！這麼多年，雲州府只下過一場雪，還是下過就化，這金川郡真是冷多了。」

溫夫人見相思這副可憐兮兮的模樣，忍不住拍了拍她的手。「妳的事，早些年元蕪就同我說起過，也是苦了妳這孩子。」

相思搖搖頭，展顏一笑，頗有些豆蔻少女的可愛勁。溫夫人一直喜歡女兒，沒奈何只生了溫雲卿這一個兒子，便難免對相思多些喜愛之情。「我聽戚堂主說，妳是來金川郡販藥的，只是今年下雪早，若是要收藥須趕緊些，不然上了大凍，凡事便都不好做了。雲卿有個徒弟叫趙子川的，對金川郡很熟，明日讓他陪妳出門，也算是照應。」

相思點點頭，與溫夫人閒聊一會兒，便回了院子。

第七十四章

第二日一早，趙子川便來找相思和唐玉川。聽唐玉川說要收些刺五加，便帶著兩人到城郊一片刺五加林地，半山腰住著幾個農戶，三人一邊往山上走，趙子川一邊解釋道：「刺五加都是九、十月分採摘的，你們來的時間正好，前幾日風大光足，許多刺五加都已曬得十分乾爽，這時候裝袋就不易返潮了。」

唐玉川聽了這話，追問道：「現在都是哪裡的藥商來金川郡收這藥材？」

趙子川找了兩根棍子遞給兩人當枴杖。「哪裡的商人都有，不過多是北方的行商，南方的藥商來得少，大概還是太遠的緣故。」

相思一路爬上來，見兩面山地種滿了齊肩高的灌木，只是如今天寒葉都落了，便問道：「這兩邊種的都是刺五加？」

趙子川點點頭。「這味藥材對氣候很是挑剔，只在北方的幾個郡裡生長，金川郡尤其適宜，郡裡的藥農有一半是靠它過活的。」

「那另一半藥農呢？」

趙子川看了相思一眼，覺得這少年生得有些好看，便想是不是因為雲州府氣候濕熱的緣故？他笑著回道：「另一半藥農種的是龍膽草，也是南方沒有的藥材。」

說著話，三人到了山腰，見一戶民居開著門，趙子川便領著兩人在門口喚道：「有沒有人？」

「找誰？」應聲的是個老頭兒，嘴裡叼著個旱煙袋，一副極為不耐煩的樣子。

趙子川瞇眼看了那老頭兒一眼，有意無意亮出腰間掛著的忍冬閣腰牌，那老頭兒立刻換了個態度。「三位爺有何貴幹？」

相思自然沒見到方才趙子川的動作，和善道：「大爺，我們想收些品質好的刺五加，可還有？」

那老頭兒一看是忍冬閣的人，便知要不到好價錢，便不願意賣給他們，躊躇片刻才道：「倒是有一些，但是品質好的不多了。」

「且讓我們先看看，若是好的，便都收了。」

幾人進門，那老頭兒從地窖裡拽出一個麻布袋子，相思和唐玉川雖接觸得少，但以前在啟香堂裡，也是教過辨別優劣的法子，這袋刺五加品質不錯。

「大爺，這刺五加怎麼賣？」

那老頭兒看了趙子川一眼，略有些為難，生怕自己要得多了，惹怒了他，於是一咬牙，伸出三根手指頭。「三兩銀子，這袋拿走。」

唐玉川有些驚訝。「只要三兩銀子？」

老頭點點頭，於是第一樁買賣順利成交了。接下來進行得依舊很順利，一上午便收了五百多斤品質上好的刺五加。

一輛香車緩緩停在忍冬閣門口，旁邊隨行的丫鬟十五、六歲，生得伶俐，對門口的小廝道：「薛家小姐來訪，還請小哥通傳一聲。」

她雖用了「請」字，下巴卻微微抬著，頗有些倨傲。那小廝看了香車一眼，認出來人是誰，便去回稟。溫雲卿正在書房寫文書，聽到小廝的回稟，本想稱病不見，可想到自己時日無多，或許是最後一面，到底是自己虧欠了人家，於是讓人請到前廳去。

等到溫雲卿處理完手上事物，已過了半個時辰，他緩步往前廳走，進門便看到個娉婷的女子站在窗邊，那窗半關著，冷風吹進來拂起她的髮絲，越發顯得清麗無雙。

「薛小姐。」

那女子急忙回身，眼中雖略有歡喜，面上卻沈靜非常，緩緩福了福身，聲音溫柔如水。「溫閣主。」

薛真真回身關上窗子，裊娜行至溫雲卿面前，又行了個禮，方才坐下。她穿一件黛色緞面圓領窄袖長衫，逶迤拖地縷金並蒂蓮裙裝，雲鬢裡插著嵌銀雲形寶石頭花，腰繫蝴蝶結子長穗五色絲條，又兼膚如凝脂，是極美的。單單這樣坐著，便覺得是一幅美人畫。

只可惜，溫雲卿不知欣賞，他只靜靜坐著，偶爾飲一口茶水，不曾開言。

薛真真也是好性子，這樣枯坐了許久，才輕聲關切問道：「閣主身體可還安好？」

溫雲卿依舊沒有看她，卻是淡淡笑了笑。「還是老樣子，薛小姐費心了。」

薛真真於是又沈默，坐了一個時辰，兩人只說了這幾句話，薛真真倒是想再問些什麼，但感覺到溫雲卿拒人千里之外之意，她哪裡還敢逾矩。

「真真今日來並無別的事，只是想探望一下閣主，還望千萬珍重。」到底是害怕坐得久了溫雲卿的身體受不住，薛真真起身告辭。

溫雲卿起身回禮，本想說些勸導的話，但想起自己並沒有立場，只淡淡道：「也請薛小姐保重。」

這邊要出門，那邊才進門，相思、唐玉川便和薛真真在門口打了個照面。薛真真雖不認識兩人，但見是趙子川領著的，便知和忍冬閣有些關係，十分優雅嫻靜地福了福身，告了一聲罪，上了馬車。

相思身後的唐玉川眼睛都看直了，喃喃道：「這小姐好俊啊！」

相思看了看自己因一整日爬山驗貨而有些髒的普通長衫，心中本就有些難過，聽了唐玉川這話，越發地不是滋味，卻聽趙子川又道：「方才那位是郡守大人的千金，薛小姐。」

這下可好了，相思晚飯徹底吃不下了。

天將黑未黑之時，相思已癱在床上，屋裡沒點燈，她腦袋有些昏沈，迷迷糊糊之間聽見有人敲門，啞著嗓子應了一聲。

門「吱呀」一聲開了，一個人影立在門口，相思心頭一堵，沒說話。

「怎麼沒點燈？」溫雲卿的聲音淡而輕柔。

相思咕噥。「懶得點，要睡覺了。」

「紅藥說妳晚上沒吃飯。」溫雲卿摸到桌邊，找到火摺子想要點燈。

相思悶聲道：「沒胃口。」

嘗試了幾次都沒點著燈，溫雲卿有些氣餒，索性便放棄點燈的想法，走到床邊。「可是不適應金川郡的水土？」

他背著光，居高臨下看著相思，聲音溫和關切，相思卻越發覺得委屈，拉過被子蒙住頭不出聲。

等了許久也沒聽見回答，溫雲卿便有些著急，顧不得避嫌，伸手去掀相思的被子，她卻把被子裹得越發嚴實，溫雲卿一時沒辦法，只得坐在床前春凳上，好言好語勸道：「妳的聲音不對，肯定是著涼了，讓我給妳把一下脈，要是病了須早吃藥的。」

相思緩緩把頭伸了出來。「我今天看見薛小姐了。」

這話沒頭沒尾的，若是旁人肯定不明所以，但溫雲卿生了一顆七巧玲瓏心，聽了這話並未立刻回答，想了想，才道：「她過來探望我。」

屋內沈默了許久，相思忽然輕聲道：「溫閣主，我好難受。」

溫雲卿心下一慌，伸手便要去抓相思的手腕，誰知卻只抓到了微涼的錦緞被面。「妳哪裡難受？」

相思的聲音有些虛弱。「我在韶州府時挨了一箭，那箭傷偶爾還會痛，今天出門好像還吹了風，現在頭也很痛……」

床裡傳來窸窸窣窣的聲音，相思坐了起來，往床邊挪了挪，細長的胳膊緩緩環住了溫雲卿的脖子，柔軟的身子依偎進他的懷裡。

少女的身子很軟，旖旎的曲線隔著薄薄的裡衣根本無處隱藏，若有若無的香味縈繞著溫雲卿，讓他一時身體僵硬，這時才聽相思在他耳邊輕輕道：「可是這些疼，都不如我今日見到薛小姐時的心疼。」

溫雲卿沒說話，相思卻有很多話說。「我看著她都覺得好看得不像話，想起你和她還訂過親，心裡就更難受。」

溫雲卿能感受到相思此時心情，知道她的確很難過，但是卻無法出言安慰。他是將死之人，給不了相思任何承諾，只能狠下心腸。「薛小姐的確很美。」

相思一梗，手臂鬆了鬆，就在溫雲卿以為她要放開自己時，她卻猛地又收緊了手臂，聲音帶著哭腔。「你就一點都不喜歡我嗎？」

溫雲卿一直垂著的手微微顫抖，但他的聲音很平靜。「一點都不喜歡。」

時間彷彿靜止了一般，溫雲卿能感覺到少女的身體變得僵硬，手臂也漸漸鬆開。他到底是心軟，扯了床上的被子蓋住相思的身體，正要說話，她卻再次撲上來，這次抱得更緊了些。

「你騙人！」

縱使溫雲卿是個清心寡慾慣了的人，到底是慾火旺盛之時，被相思這柔軟的少女身體又是抱、又是摸、又是各種蹭，老僧都要守不住色戒，何況他？

相思沒察覺到，半跪著撲在他的懷裡耍賴，死活不肯鬆手。

「妳不要……再動了。」溫雲卿的聲音帶著一抹奇異的蠱惑沙啞之意。

相思卻不解其中之意，只以為他是嫌棄自己不守禮數，可仍不害怕，聲音依舊帶著哭腔。

「你明明在騙我嘛！」

第七十五章

這句話帶著些哭腔，且相思確實害了風寒，聲音便有些綿軟，聽起來簡直像是在故意撒嬌，於是清心寡慾的溫閣主越發地躁熱難受起來。

他的聲音沙啞，對相思再也硬不起氣來，只能好聲好氣地哄著。「妳先放開好不好？這樣……很難受。」

相思才不上當。「你當真一點都不喜歡我嗎？一點都不嗎？」

溫雲卿有些心灰意冷，不再試著掙脫相思，只是用錦被包好她的身體，輕輕道：「我壽數難長的。」

見溫雲卿迴避這個問題，相思心裡越發地不是滋味。即便先前都是裝的，現在也是真的有些心酸，又加上此時身體不適，竟真掉了幾顆金豆子，金豆子濕了溫雲卿的肩膀，這次她終於鬆開胳膊，頹然跪坐在床上，一聲不響。

溫雲卿覺得懷裡有些空落落，猛然間還有些不適應，但總歸相思鬆開了自己，於是也不多言，伸手捉了她的手腕把脈，然後心中一涼。

相思是受了些風寒，舊傷亦未徹底痊癒，但讓他擔心的卻是她的多思沈鬱。為了他的病，她到底是費盡了心思的。

將相思的手腕放回被子裡，溫雲卿幾不可聞地嘆息一聲。「妳和唐小弟收完藥材便早些啟程南歸吧，再晚些，河上要結冰，到時就不好走了。」

聽見這話，相思氣得七竅生煙，但眼前這男子她又不能像對付唐玉川一般掐兩下、捶兩拳，是使不得暴力手段的；也是溫雲卿說的話太過氣人，相思怒從心上起，惡向膽邊生，一下子掀開棉被，再次撲向溫雲卿。

這次她不只手臂緊緊環住了溫雲卿的脖子，柔軟的唇瓣也貼在他微涼的雙唇上，溫雲卿的身體雖然一動不動，任由相思施為，垂在身側的拳頭卻漸漸握緊又鬆開。

相思雖兩世為人，這方面的經驗到底是少一些，雖不管不顧地親了上去，到底只會輕輕地親，且溫雲卿又一點都不肯配合，這個綿長的吻實在是一點也不旖旎香豔。

相思覺得自己的嘴有些麻了，唇下的溫雲卿卻依舊一副老僧入定的模樣，這個吻就有些進行不下去，更讓相思覺得自己像是在色誘一位得道高僧。

她放開溫雲卿，心裡越發不是滋味，低頭坐著，聲音軟而可憐。「閣主，我心裡難受。」

溫雲卿重新扯過被子為她披好，聲音平靜。「我給妳開兩副藥，吃了就好了。」

相思依舊委屈。「心病，吃藥是好不了的。」

溫雲卿把相思裹在被子裡面，淡淡道：「我醫術好，吃了我的藥，心病也能好。」

屋內沈寂許久，相思忽然幽幽道：「我不吃藥，我要你……」

溫雲卿的手有些不穩，繼續把相思包得嚴嚴實實。「妳以後總歸是要成親的，妳不能這樣不顧自己的名節。」

這話說得實在太大義凜然了些，相思聽了十分羞愧，因而掙脫被子的束縛抱住了身前的男子，哭嚷道：「我不聽、我不聽！我的心好痛！」

當然，相思姑娘此時臉上並無淚水，只有得意的笑容，但是夜色深濃，溫雲卿自然沒看見，於是他再不敢說一句話。

深夜，溫雲卿回到自己的房內，進屋關門，靠在門上平靜許久，他才起身朝淨室走去，再出來時，已換上一身月白裡衣，在桌前拿起一本書看了半晌，卻一頁也沒翻，終是靜不下心。

起身踱到窗畔，開窗見院中初冬景象，竟覺歡喜，他看了一會兒，眸中現出欣喜之色。

「咳咳咳！」毫無預兆地，他掩唇咳嗽起來，月白裡衣上染了點點血跡。

他卻不急著服藥，而是最後看了一眼窗外景致，才關上窗戶。藥放在書架某冊書的後面，他費了些力氣才拿出來，依舊是碧綠色的藥丸。

自從那晚相思耍了一回賴皮，溫雲卿就避她不及，本來在前廳議事，只要相思回來，他便會以極快的速度結束會議，飛快遁走，讓相思連人影都抓不到。

便是相思去尋他也只稱身體不適，要好生調養，不宜見客云云。

相思被氣得恨不能上房揭瓦，卻是沒有法子，只得日日早出晚歸去收藥材。

這日本約好了一個大戶要交貨，唐玉川正與那藥農交割銀錢，相思從最下面拽出一袋子刺五加，才打開一半，那藥農看見了，便是一聲叱喝。「你幹什麼呢！銀子可還沒給完呢！」

相思一看那藥農面色不對，便猜出其中有詐，忙對唐玉川使個眼色，又對那藥農道：「我不過是看看這袋的成色與先前的一不一樣。」

此時唐玉川已經把銀票都塞回了懷裡，那藥農一看騙不成了，心下大為惱怒，指著相思的鼻子罵道：「你個小崽子，年紀不大，鬼主意倒不少，爺爺我的藥材一點問題也沒有，要是有問題，也是你故意摻裡面要壓價的！」

見這藥農要潑髒水，相思忙拉著唐玉川就要上車，那藥農哪裡肯讓這兩個冤大頭走，大喊了兩聲，立刻從山裡跑出幾個藥農來，各個手裡拿著鋤頭、鎬頭之類的農具，相思一看——不好哇！

偏生今日趙子川有事沒有同來，他們兩人又只是在當地雇了幾輛馬車，如今一出事，那幾輛馬車先跑了，相思和唐玉川卻被這群人團團圍住。

那使詐的藥農在這村裡也算是長輩，與村裡人沾親帶故的，自然都是向著他，只見他抓起路邊的一塊土塊，猛地砸在了自己的腦門上，獰笑著對相思兩人道：「你們兩個不知天高地厚的小娃娃，也不打聽打聽這是什麼地方，你想不買就不買了？」

血從被砸的地方淌了下來，從老頭兒的臉頰流進滿是爛牙的嘴裡，實在有些嚇人。

「你到底想幹什麼？我們可是認識忍冬閣的人。」相思搬出忍冬閣，想要唬一唬他們，誰知竟引得他們鬨然大笑。

「忍冬閣？你們口音一聽就是南方的藥商，我可沒聽說有哪家藥商與忍冬閣有關係。」

「就是，年紀輕輕，滿嘴謊話。我看你們還是痛痛快快把銀子交出來，免得我們動手，或者把你們送到官府去。」

一聽「官府」兩字，唐玉川眼睛一瞪。「去官府就去官府，你當我們怕你們不成！」

其中一人嘿嘿直笑。「這可是你們自己說的！」

金川郡郡守的名聲，相思是聽戚寒水說起過的，是個酷吏，但眼下這批藥材價格不菲，若是就這麼給了出去，再沒有能要回來的道理，她想著即便到了衙門，總是要講理的，且總能想到辦法給忍冬閣的人報個信，於是故意激怒眾人。「我還不信你們真能顛倒了日月乾坤不成，進衙門就進衙門！」

然而才到衙門門口，相思就被眼前的景象驚呆了。

衙門左右各擺了十個木籠，每個木籠裡都吊著個人，各個面色慘白，還有兩、三個進氣少、出氣多，眼看就要斷氣的。

唐玉川也嚇到了，緊緊抱著相思的手臂，小聲嘟囔。「這也太嚇人了些。」

身後幾個藥農呵呵直笑，其中一個道：「有你們的苦頭吃。」

這幾個藥農實在是身負絕技，一進衙門，立刻便換了一張臉，那把自己砸出血的老頭做出一副要昏不昏的模樣，被幾個人拖拽著，剩下的人則是哭得淒慘可憐。

「我的大老爺啊！他們兩個外地來的藥商欺負人啊！」

「大老爺給我們做主啊！」

「青天大老爺救命啊！」

看著那些藥農都呼天搶地地跪了下去，相思有些站不住，拉著唐玉川也跪了下去。

薛郡守端坐公堂之上，威嚴肅然，看著堂下跪著的兩撥人，也不急著問，任由藥農一撥人哭訴夠了，才冷聲道：「你們兩人是何處的藥商？為何出手傷人？」

這一開口，已是認定了兩人的罪，相思怕唐玉川說錯話，一面暗中拉了拉他的袖子，一面開口道：「啟稟青天大老爺，我們兩個是雲州府的藥商，不曾出手傷人。」

薛桂皺了皺眉，還未開口，那自己砸破腦袋的老頭兒便「哎哎呀呀」呻吟起來，老大的歲數，卻哭得鼻涕一把、淚一把。「我的青天大老爺呀！我腦袋上這傷就是他們兩個打的！我那品質極好的刺五加，他們非要用次等貨的價格買走，我不賣，他們就說了許多狠話，我和他們爭了起來，他們兩個就用石頭把我打了。我可是老實本分的農人，祖祖輩輩都是在咱們金川郡裡種藥材的，我從來不說假話啊！不信您可以問問他們。」

老頭話音一落，旁邊那幾個年輕人便幫起腔來。

「是啊、是啊，秋老爹世代都是金川郡的人，平日最和氣老實。」

「他們這兩個外地人實在太可惡了，仗著自己有些銀子，便要起橫來，要不是我們幾個看見了拉著，還不知道要把秋老爹打成什麼樣呢！」

「他們也不看看咱們金川郡是什麼地方，早年郡裡鬧流寇，都是老爺法紀嚴明，所以現在郡裡太平了，那些土匪都不敢來搗亂，他們卻敢在太歲頭上動土。」

相思看著薛桂越來越黑的臉，心「突突」直跳。

第七十六章

「你們一方說打了，一方說沒打，本官該聽誰的？」薛桂本是行伍出身，後在京中做了幾年官才外放到金川郡來，自然少了些耐性。

那幾個藥農演得頗為認真，且又一口一個「金川郡的藥農」、「外地的藥商」，這薛桂想公正些都做不到，倨傲不耐煩地看著堂下的相思和唐玉川。「你們兩個到底打沒打？」

相思忙堅定地搖搖頭。「青天大老爺明鑑！我們兩個真的沒有動手，是這藥農以次充好，價錢本已定好了，都是上等刺五加的價格，我想在交貨的時候驗一驗貨，他知道一旦驗貨肯定要露餡，所以當下就翻臉，喊了這些他的遠親近鄰來欺壓我們，便是他頭上的傷，也是自己砸的。」

薛桂微微皺眉，似在分辨相思是否在撒謊，便見他一臉崇拜動容之色地看向自己，聲音激動難抑。「草民在京城時，曾聽聞過大人的聲名，十分想看看大人治理之下的金川郡是何等模樣，所以才不遠百里來到這裡……」

說到此處，相思似是因為情緒激動無法成言，用手捣住了臉，旁邊本以為勝券在握的藥農們有些傻了。這人……變臉可真快啊……

那薛桂也是一愣。他雖重刑罰，但亦是十分注重官聲，正要詢問，相思已努力平穩情緒，勉強開口道：「我們到了金川郡，一看這裡氣象果然與別處不同，真的是百姓安居樂業，心中越發地敬佩崇拜大人。」

這時唐玉川也領會到了相思的意圖，忙在旁附和。「就是、就是。我們兩個那天一進金川郡，就覺得沒來錯，這幾天也在郡裡收了好多藥材，那些藥農也都是實誠可信，便以為郡裡的藥農都是可信的，誰想今天竟遇上了這伙人。」

唐玉川本就生得頗招人喜愛，此時滿眼真誠之色，實在很有說服力，那幾個藥農一看不好，又號哭起來。

「我的青天大老爺！這兩個人說謊話啊！」那滿臉污血的老藥農唱戲一般忽然拔高了聲音，嚇了薛桂一跳，他又皺了皺眉。「他們如何就說謊了？難道金川郡的百姓不是安居樂業？」

那藥農悚然一驚，慌忙否認。「不是、不是，草民是說他們打我了。」

眼看秋老爹就要翻船，旁邊幾個人忙幫腔。「大人，我們幾個那時候正在旁邊幹農活，親眼看見他們兩個聯起手來打了秋老爹的，這可抵賴不得。」

其中一個長得猥瑣的青年，小眼睛轉了轉，忙跪行了幾步，道：「還有，他們打秋老爹時，還說是忍冬閣請來的貴客，這分明是要用忍冬閣的名望壓人呢！」

一聽「忍冬閣」三字，薛桂原先緩和些的臉色瞬間鐵青。「你們兩個認識忍冬閣的人？」

相思發現了薛桂的不對勁，還未想好如何應答，唐玉川已先開了口。「我們的確是和溫閣主一同來金川郡的，現在也暫住在忍冬閣裡。」

這話一出，薛桂那臉色簡直就如潑了墨一般，猛地一拍桌子。「來人！把他們兩個刁民給我拉出去站籠！」

唐玉川傻了。「大人冤枉啊！冤枉啊！別站籠、別站籠啊……」

話還沒來得及說完，兩人便被四個凶神惡煞的衙役拖了出去，那長相猥瑣的青年眼中全是得意——這金川郡誰不知道，咱們的薛桂大老爺最恨誰？當然就是那退了薛家親事的溫閣主！只要和忍冬閣扯上關係，縱然有理也是枉然。

相思和唐玉川被拉到門外，那幾個衙役平日見慣了這等事，找了兩個快斷氣的犯人提回牢裡去，就要把相思和唐玉川吊到籠裡的粗木上，相思抱著籠門死活不肯進去，也不要面子了，央求道：「這位大哥你等等，大哥你等一下！」

她忙對唐玉川遞了個眼神，伸手擺了擺，唐玉川會意，忙掙脫箝制，從懷裡掏出兩張銀票遞給相思，相思塞進那衙役手裡，可憐兮兮道：「衙役大哥，我們兩個真的是冤枉的，能不能煩你去一趟忍冬閣找到戚堂主，把我們的事與他說一下，其他的絕不麻煩您！」

那衙役展開銀票一看，數目實在不小，當下便和善許多，另外三個衙役也常吃這裡面的油水，其中一個似是也替他們兩人感到冤枉。「本來我看大人的態度都偏向你們了，但是後來那潑皮說你們是忍冬閣的客人，這才惹怒了大人。」

相思也納悶，小心問道：「薛大人和忍冬閣……有仇？」

「還不是因為那溫閣主退了大小姐的親事……」這衙役說了一半便被同伴打斷。

「你可小心點，被大人聽見你就吃不完兜著走吧！」說完，這衙役略有些歉意地看向相思和唐玉川。「兩位小兄弟，信我肯定給你們捎到，但是這籠還是要吊，不然大人知道了，我們這些兄弟就要丟飯碗了。」

相思抬頭看了看頭頂那因被麻繩經年累月磨擦而黑得發亮的木樑，極沒有出息地嚥了口唾沫。「我們倆沒有這方面的經驗……堅持不了多久啊！」

那收了銀票的衙役呵呵笑了兩聲，拍著胸脯道：「兩位小兄弟放心，我一定馬不停蹄地去忍冬閣報信，而且……」

說完就去木籠後面拎出兩塊磚頭來。

北風吹，東風吹，東北風吹又吹。

相思和唐玉川陰溝裡翻船，像兩條臘肉一般被吊在籠子樑柱上，忍受金川郡寒風的愛撫。

「相思，凍死了、凍死了啊！」唐玉川哆嗦著，嘴唇都凍紫了，他和相思腳下各踩了兩塊磚，那磚頭被衣襬擋住，所以外邊看不出什麼古怪，但是這籠子四面透風，實在是冷啊！

相思也凍得渾身打顫，腳要微微踮著才能著力，卻是鼓勵唐玉川。「再堅持一下，等一會兒戚先生來了就有救了。」

唐玉川「嗯」了一聲，繼續咬牙堅持。

事有不巧，偏偏到了年末歲尾的時候，忍冬閣一年一度的歲寒雜議要開始了，溫雲卿和閣裡幾位主事在堂中議事，這一議便到了天黑之時。那來送信的衙役也沒和門房說是為了何事，心裡想著反正兩人腳下墊著磚頭，一時半刻也沒什麼事，便在偏廳坐著吃起茶來。

等堂裡散了，才找到戚寒水，剛把事情一說，便有一抹白色從眼前掠過，接著戚寒水也追了出去。

衙役搖搖頭，忙跟了出去。他是偷偷騎馬來的，心知忍冬閣到了府衙肯定要有大戲唱，便想先回去準備著，免得被薛桂抓到要怪罪；誰知忍冬閣的兩輛馬車竟跑得瘋了一般，快到衙門時他才勉強超了過去。

相思本以為戚寒水很快就能到，誰知竟生生在籠子裡吹了一下午的風，起先心裡還有些氣，漸漸卻是被凍得渾身發寒，腳上也沒了力氣，昏昏沈沈的；唐玉川也是凍得夠嗆，啞著嗓子叫了她幾聲，相思卻只是哼唧幾聲，唐玉川就有些急了。「相思你醒醒！相思你別睡著了呀！」

「蕭綏！」

籠子外面忽然傳來一道冷冽的男聲，接著只聽「噹」的一聲，鎖住籠門的鐵鏈被侍衛一刀斬斷，唐玉川看清來人鬆了一口氣。「溫閣主你快看看相思，他好像不行了！」
籠門打開的一瞬間，溫雲卿便閃身進去，蕭綏往樑柱上一斬，那吊著相思的麻繩便應聲而斷，相思沒了牽扯，風箏一般摔下來，落在溫雲卿的懷抱裡。
她渾身冰冷，眼睛緊閉，溫雲卿捉住她的手將她擁入懷裡，用大氅嚴嚴實實包住。他的懷抱不是十分溫暖，好一會兒相思微微睜開眼睛。
「哪裡難受？」溫雲卿輕聲問。
相思渾身沒有一個地方好受，微微搖頭，眉頭微皺著。此時唐玉川被蕭綏解救下來，緩了一會兒也撲到相思身邊，摸了摸她的腦門，急急問道：「溫閣主，相思沒事吧？」
「沒事。」溫雲卿將相思橫抱出木籠，送上馬車。戚寒水也趕了過來，一見這情形，大罵道：「這昏官！」
外面的聲音驚動了衙裡，先跑出來個衙役，一見是溫雲卿，有些為難地跑到馬車旁。
「他們還不能走！」
溫雲卿卻看也沒看他，面色冷淡至極。「你去和薛大人說，人我帶走了，若有事，讓他去忍冬閣。」
那衙役一看這情形不好，拔腿就往裡面跑，叫了五、六個衙役出來攔人；後院的薛桂也被驚動了，怒氣衝衝走出衙門。「誰要劫囚？」
然後他看見那個退了薛家婚事，還讓自己女兒朝思暮想的病秧子，心中無名火起。「我說是誰呢，原來是忍冬閣的溫閣主，你膽子也太大了些，如今連囚犯也劫得了！」

溫雲卿坐在車內，膝蓋上伏著微微發抖的相思，他的聲音平淡到近乎輕蔑。「罪名他們還沒認，哪裡來的囚犯？如今衙門審案已經不需要畫押就能定罪了？」

薛桂在眾多手下面前被這麼說了一句，臉上又紅又黑，心中罵了兩句，狠道：「既然嫌犯還沒認罪，那就更不能帶走！」

溫雲卿神色終於變了變，冷冷笑了一下。「嫌犯身體不舒服，今兒就不聽審了。」

「你！你竟敢藐視本官！」薛桂的手劇烈地顫抖著。

溫雲卿正要說話，手卻被相思抓住，她的手依舊有些涼，緩緩抬頭看向薛桂，極為冷淡道：「那就請薛大人，現在，開堂審案。」

她聲音有些虛，但是卻清清楚楚傳進眾人耳中。

第七十七章

相思趴在溫雲卿的膝上，幾絲頭髮滑落在頰側，顯得有些虛弱，但眼神卻隱隱冒著火光。

薛桂一愣，隨即怒氣攻心，心中明白定然是溫雲卿來了，相思有了撐腰的人，所以說話才這般硬氣，怒喝道：「來人！開堂！」

旁邊的衙役都愣住。眼見天就要黑了，這是開得哪門子的堂？哪有晚上審案的？

但平日薛桂威嚴尤甚，這幫衙役們哪敢多話，分列府衙兩邊，殺威棒也敲了起來，說開堂就開堂。

薛桂裝模作樣地一抖袖子。「溫閣主，請吧！」

溫雲卿卻並未立刻說話，而是低頭看了看相思，把她身上披著的大氅收緊了些，只露出煞白的小臉，輕聲問：「能站起來嗎？」

相思點點頭，藉著溫雲卿扶在她小臂上的力道，顫顫巍巍站了起來，溫雲卿下車將她抱了下來，徑直進入堂內。

周圍眾人見此場景，無不詫異，都好奇這雲州府的魏家少爺和溫閣主到底是什麼關係，竟能讓他親自抱著；但又見那魏家少爺面色慘白如紙，生得又瘦弱，便又嘖嘖嘆息他實在是倒楣。

薛桂見到這一幕更是氣不打一處來。當年明明是忍冬閣派人求親，他知道那忍冬閣的少閣主是個病秧子，本不想同意這門婚事，但是他那寶貝女兒不知是吃錯了什麼藥，硬是要下嫁，鬧了幾日，到底是同意了，誰知這該死的病秧子沒幾日竟然來退了親！也真是給臉不要了！

而且平日這溫雲卿對薛真真從來面無悅色，如今對這個不知從哪裡冒出來的野小子竟這般體貼關心，真是氣得薛桂七竅生煙！

溫雲卿已走到衙門內，腳步卻忽然停住，緩緩轉身看向薛桂。「薛大人不進來嗎？」

薛桂冷哼一聲，狠狠一甩袖子，快走兩步首先進入堂裡。

等了一會兒，換好絳紫官服的薛桂才出現在眾人面前，一拍驚堂木。「堂下犯人可知罪？」

溫雲卿正要說話，卻聽相思回道：「不知！」

她此時靠在他的肩膀上，眼中有火在燒。溫雲卿心中有些異樣，握住了相思的手腕，低聲問：「還能堅持住嗎？」

相思沒有看他，只是用冰涼的小手抓住了他的手，彷彿這樣可以汲取一些力氣，兩人交握的手在寬大衣袖的遮掩下，並無人察覺。

緩了一緩，相思抬頭看向薛桂，這一次不帶一絲討好之色，只是定定看著他。「大人口口聲聲說我們是犯人，我只問大人，我們犯了什麼罪？」

薛桂一拍驚堂木，想也未想，便道：「你們兩人毆打金川郡內藥農……」

「人證、物證可信嗎？」相思未等薛桂說完，便出聲質問。

「你竟然敢不敬本官！來人……」

「又要拉我們去站籠？」相思出言打斷。

薛桂是個酷吏，擅用嚴刑而拙於言辭，被相思這幾句話打亂了章法，一時間竟只能指著她卻說不出話來，真真是要急死了。

好半天，薛桂才算是說出話來。「你給我跪下回話！」

溫雲卿因忍冬閣和宮中的關係，向來是不需要跪的，薛桂說的自然是相思和唐玉川。相思心裡有些惱火，本不願意跪，但又怕薛桂再弄出藐視公堂的罪名，便準備忍一忍，誰知身子卻被溫雲卿牢牢抱住。

「他們兩人已被皇上封為積香使，不見聖上、親王，皆無須行跪拜之禮。」

此言一出，已跪到一半的唐玉川便一下彈了起來，相思嘟囔。「名號總算還有點用……」

溫雲卿自然聽清了相思所言，撓了撓她的手心，面上卻平靜自然。

那薛桂一聽，越發地窩火，衝著堂內衙役怒喊。「原告呢?原告怎麼還沒來?」

領頭衙役連忙上前兩步行禮回道：「已派人去山上找了，快到了。」

薛桂端起茶杯牛飲了兩口，把茶杯重重摔在桌上，瞪著堂下立著的幾人。「王子犯法尚且與民同罪，你們兩個不過是有積香使的名號，犯了罪也難免責罰。怪不得人們都說南方六州的商人狡詐，原來真是不假！」

「呵呵。」

這聲冷笑來自相思的嘴裡，傳進堂內眾人耳中，薛桂自然也聽見了，只覺得腦子裡「嗡」的一聲，大聲斥道：「你笑什麼？」

相思緩緩抬頭看向薛桂，臉上並無懼意，甚至還帶了一絲淡淡的笑意。「薛大人說南方六州的商人狡詐，我只想問薛大人何出此言？」

「自然是你們南方六州來郡裡販藥的商人，全都如此！」

相思微微側頭，眼睛微微瞇著，笑著問：「因為大人遇到的南方商人都狡詐，就能推斷出南方的商人都狡詐嗎？」

「當然能推斷。」

方才府衙的動靜鬧得太大，此時有許多百姓圍在衙門外面瞧熱鬧，聽見相思這麼問，都有些莫名其妙，不知道這少年到底想說什麼？

相思抬眼。「所以一個人如果第一次偷了鄰居一隻雞，第二次又偷了鄰居一隻雞，第三次鄰居的雞丟了，就一定是這個人偷的？」

人群裡七嘴八舌議論起來，有些人說是，有些人說不一定，吵得薛桂腦袋疼，狠狠一拍驚堂木，大喝道：「都給我肅靜！」

他看向堂下站著的相思，冷哼一聲。「自然多半還是這人偷的！」

相思面色平靜，繼續追問：「大人憑何推斷呢？」

「這人既然是慣犯，自然會再次犯罪。」

「大人斷案如神，實在讓人佩服。」

本以為相思要辯駁一番，誰知她竟這麼痛快認輸，薛桂覺得其中有古怪，正要斥問，卻聽她幽幽開口道：「沒有任何證據、證人、證詞，大人便能算出案子嫌犯，還如此篤定，當真是在世青天大老爺。」

先是一陣寂靜，接著「嗡」地一聲，圍觀的百姓炸了鍋。

「這年輕人是在罵薛大人糊塗嗎？」

「好像是啊！」

「薛大人臉都綠了。」

「快別說了，你們都想站籠不成！」

薛桂氣得手有些抖。他自從做了這金川郡的父母官，百姓無不畏他、敬他，哪裡有人敢這般夾槍帶棒地與他說話？驚堂木拿起來又放下，一張臉又黑又紫，堂外的百姓見此都閉上嘴，生怕自己被拉出去站籠。

奇的是，堂內人人噤若寒蟬，卻見那被溫閣主扶著的少年微微仰著頭，彷彿沒看見薛大人那黑如鍋底的臉色。

「大人，其實我說的這個案子確有其事。」相思眨眨眼睛，忽然開口道。

薛桂眉毛一挑。這偷雞的案子分明就是信口胡謅的，若這不知死活的少年還敢信口雌黃，別怪他不客氣！心裡雖這般想著，面上卻強壓怒氣，問：「那你倒是說說這是哪裡的案子？」

眾人也都被激起了好奇心，看向站在堂中央的相思，只聽得她幽幽道：「宣永十四年，淳州府，玉佛失竊案。」

這幾個字一出，人群「嗡」地一聲炸開了，或有一、兩個不明緣故而發問的，立刻有熱心的街坊鄰居悄聲解答。

薛桂本準備好要發難，聽了這話卻是心下一涼。

唐玉川也知道這玉佛失竊案，在旁幫腔。「對，宣永十四年玉佛失竊案，薛大人不會不知道吧？」

戚寒水拉了拉唐玉川的袖子，低聲道：「你就別說話了，小心被薛桂抓住把柄，到時候拆了相思的牆。」

唐玉川心裡憋屈，見相思對他眨眨眼，於是心裡好受了些，遂乖乖閉嘴站著不再說話。

見薛桂不說話，相思卻不肯就這般放過，輕聲道：「宣永十四年，淳州府有一趙姓富商家中曾兩次失竊，官府追查之後，皆為一飛賊所為，這飛賊亦認了罪，服了刑，誰知兩年後，趙姓富商家又遭賊，這次財物未曾丟失，只是家中祖傳玉佛被盜了。」

相思抬頭看看薛桂，見他胸口激烈起伏著，微微笑了笑。「於是官府抓了那已刑滿釋放的飛賊，既未過堂審問，亦不須證詞、證物，府官便認定依舊是那飛賊所為，只是無論怎樣嚴刑拷打，那飛賊就是不認，最後人暈死過去，直接在認罪書上按了手印了事，然後流放三千里。」

「你到底想要說什麼？」薛桂沈著臉開口問。

「在府官審案的過程中，那最關鍵的玉佛一直都沒有出現，但是府官自信斷案無錯，只當玉佛是被那飛賊脫手了，也未放在心上；直到宣永十八年春，京兆尹抓了個土匪，那尊玉佛才終於得見天日。」

這案子薛桂自然是聽過的，後面如何他亦清楚明白，心中頓時三分氣惱，七分急怒，若不是此時有溫雲卿在旁護著，門口又有諸多百姓看著，相思這頓板子是吃定了！但眼下卻動不得她，你說氣不氣？

相思實在是氣人的一把好手，此時又有依仗，自然是不怕的，眨眨眼笑著問薛桂。「後來的事，大人知道嗎？」

第七十八章

「你有話便說，不要和本官賣關子。」

相思知道薛桂氣急敗壞，心裡的火氣總算消了些。「這玉佛確實是個寶貝，辦案的大人詳查了它的來歷，才扯出四年前的冤案。原來是趙姓商人的管家監守自盜，知道那飛賊已出了牢獄，所以故意栽贓；那淳州府的府官自以為明察秋毫，果真問也不問便定了罪。後來風平浪靜，那管家才將玉佛脫手給了這山匪銷贓。」

見薛桂的臉色越發地難看，相思勾了勾唇角。「大人與那府官相比，有些平分秋色啊！」

衙門外看熱鬧的百姓聽了這句極有挑釁意味的話，莫不驚詫駭然，但到底相思說出他們不敢說的話來。這些年薛桂作為金川郡的父母官，嚴刑重罪，這幫百姓便是一句他的不好也不敢說，生怕因此被抓了站籠，其實哪個心裡不罵薛桂呢？不過是不敢宣之於口罷了。

人群漸漸安靜下來，都盯著坐在堂上，背後掛著「明鏡高懸」匾額的薛大人，都想看看他會如何回答？只見他鐵青著一張臉，並不言語，卻是相思開了口。「玉佛案和偷雞案原沒有差別，大人方才說南方六州的商人都狡詐，或許也可做個比較？」

看著不卑不亢的相思，溫雲卿眉頭舒展，放在她腰上的手掌略略收緊。

相思此時心思全在薛桂身上，並未發覺溫雲卿的異樣。「因為大人見過幾個南方六州的商人，且都是狡詐的，便說南方六州的商人都狡詐，若與郡中百姓起了糾紛，都是這些藥商的錯，這反而比那淳州府的府官還要更武斷些吧？」

此時門口的百姓越聚越多，雖然各個面上露出惶恐之色，心中卻都在叫好。

「宣永元年，聖上便下旨『除謀反外，餘罪皆不行株連』，薛大人這算不算是一種株連？」相思一瞬不瞬地看著薛桂，面色平靜，眼睛雪亮。

便是與她一同長大的唐玉川，也從未見過她這番模樣，更別提旁邊的戚寒水。「差不多得了，他這是要給薛桂扣帽子啊？」

唐玉川撓了撓頭，回道：「相思這是被氣急了，他要是氣急，不爭出個高下來是絕不肯罷休的。」

「這驢子！」

薛桂素來重視官聲，眼看要年底考核政績了，相思這一刀捅得正是地方，他有火亦不敢發，只咬牙道：「聖上英明，本官謹遵聖意，你所說的乃是無稽之談！」

相思挑了挑眉，正要開口，卻聽衙門口一陣騷亂，兩個衙役帶著日間告狀的幾個藥農進到堂內來，那秋老頭頭上的傷口已用布條包上，只是面色有些惶恐。

帶人來的衙役上前稟報。「啟稟大人，原告及證人已帶到！」

薛桂心中一鬆，那秋老頭和同來的幾個藥農已經跪下。

「堂下原告，你狀告何人，所為何事？」

來府衙的路上，秋老頭知道相思和唐玉川真是忍冬閣的人，自己闖了大禍，此時又見忍冬閣的溫閣主就站在堂中，便心生退意，顫聲道：「草民是郡裡的藥農，狀告……狀告……草民不告了！」

「大膽刁民！日間你可不是這麼說的，公堂之上豈容你說反悔便反悔！」薛桂怒喝一聲，連拍了數次驚堂木。

那秋老頭腿都軟了，顯然自己若是不告，薛大人肯定不會輕易放了他；要是接著告，定會得罪忍冬閣，無論得罪哪一邊，他秋老頭的日子都不會好過。想他這麼多年，憑著耍賴鬥狠的絕招，多少外地的藥商栽在他手裡，如今竟輪到他陰溝裡翻船了。

他若堅持告，只怕憑忍冬閣的力量，再找出幾個肯說實話的證人亦不難，到時候還是要輸……

權衡再三，秋老頭顫巍巍道：「啟稟大人，他們兩個不曾打我，是草民自己摔倒了，想賴他們兩個湯藥錢，所以才……才來誣告的。」

「啪啪啪！」

「大膽你！你大膽！」薛桂哪裡能料到這乾瘦的老頭說改口就改口，又見秋老頭有些畏懼地看著溫雲卿，和官府比起來，竟是更怕忍冬閣一般，越發氣急。「來人！給我把他拉出去站籠！」

「大慶律法，誣告不致死刑，且嫌犯又是自首，更應減刑。」一直沈默的溫雲卿忽然開口。

秋老頭知道自己賭對了。

相思看向溫雲卿，眼睛眨了眨。「可是薛大人說的話就是律法呀，他才不管聖上頒布的法令呢！」

這次不只衙外，便是堂內也「轟」地一聲炸開了鍋；而薛桂大老爺，像是離了水的大鯉魚，張大嘴吸了幾口氣，許久才平靜下來，黑著臉下令。「主犯重打三十大板，從犯重打二十大板！」

衙役們領命，掄起殺威棒便是一頓揍，堂內立刻便慘嚎震天。

這邊發落了秋老頭一干人等，便輪到處置相思和唐玉川。薛桂這次實在很沒有面子，又被相思連番嗆了幾句，恨不得打她個皮開肉綻，但也只能放在心裡想想罷了，他清了清嗓子道：「既然是誣告，你們兩人可以離開了。」

唐玉川一聽，大大鬆了一口氣，轉身便要往外走，卻聽相思輕聲問道：「所以我們兩人在外面吊了一下午，受了大人這無名冤刑，就這般算了？」

本來見到這雲州府的藥商少年挑戰薛大人，金川郡的百姓就有一種古怪的滿足感，如今見這少年還似不肯罷休的模樣，這幫看戲的百姓便都雀躍起來。

感覺到衙外百姓的騷動，薛桂面色越發不好，瞪著相思問：「那你想怎樣？」

「既然做錯了，總歸是要道歉的吧？」相思眨眨眼睛，笑著問。

薛桂尚未說話，一直在旁記錄的師爺聞言震怒。「你這刁民，大人已經給你臉面，你竟不知好歹！」

相思卻不惱火，扯了扯嘴角。「我聽說，朝堂之上，聖上常與官員爭辯，亦時常有不察之處，若事後發覺，第二日上朝一定會承認自己的錯處，連聖上尚且不諱己錯，薛大人卻……」

相思頓了頓，爆出一個驚雷來。「原來薛大人，比當今聖上還要英明許多呢！」

那師爺渾身一震，只覺得眼前這個少年實在是可氣至極，本來屁大的事，他非事事都往皇帝身上扯，這要是一個回答不慎，可就要落了大罪！

薛桂亦覺得相思十分可惡，但因堂下溫雲卿與皇家有些關係，此事若是他一個處置不慎，只怕後患無窮，遂強壓火氣，極快速地說了一句。「此事是本官錯了。」

外面看熱鬧的百姓全都難以置信的樣子，各個嘴張得能塞顆雞蛋。

「我要大人寫個告示掛在衙外。」

這下百姓們又再次炸鍋了。

「這人腦子是不是壞掉了？」

「大人能同意嗎？多丟人啊！」

「可不是，要是掛了認錯的告示，以後薛大人還不成為金川郡的笑柄？」

「就算不掛，我看這事明天也要傳遍整個金川郡了。」

薛桂氣得手抖，胸口也有些疼，大口喘著氣說不出話來。唐玉川看了直搖頭，小聲對戚寒水道：「先生你不知道，相思以前在魏家的時候，經常氣得魏老太爺呼天搶地，我看眼下這薛大人也要夠嗆了啊！」

戚寒水努努嘴。「他自找的！」

溫雲卿知道相思此時的身體很虛，不想在這裡耽擱太久，正要說話，卻見相思忽然瞪了他一眼，卻不知是為何瞪他，覺得有些冤枉，只是此時此地不便發問。

相思卻開了口，笑得天真無害。「其實之前大人也知道那藥農的證詞有疑，只是一聽說我們是忍冬閣的客人，便一副恨不得把我們拆了的模樣……」

「我寫告示！」薛桂咬牙說出了這四個字，生怕相思再往下說。

這事畢竟涉及到溫雲卿和忍冬閣，相思本不想挑明，見薛桂認了，便借坡下驢不再追究，一行人才出府衙，便看見門外站著個女子，一副官家小姐的打扮，正是薛真真。

相思本就有些難受，這下更難受了，想鬆開溫雲卿先上車去，誰知溫雲卿竟不肯鬆開她。

薛真真裊裊婷婷上前兩步。「溫閣主，這事實在是我爹……」

「若薛小姐沒事，我們就先走了，他們兩人在籠子裡吊了一下午，需要祛寒休息。」溫雲卿聲音淡淡。

平素即便溫雲卿對她沒有多餘的話，到底也未如今日這般冷淡，薛真真一時不知如何回應；溫雲卿已扶著相思往馬車那邊去了，直到馬車駛離府衙，薛真真都沒能再說出一個字來。

馬車裡寬敞舒適，相思小貓一般趴在某人的膝蓋上，體內寒氣尚未散去，偶爾還要打個寒顫。

某人將披在她身上的大氅緊了緊，嘆息道：「妳方才簡直要吃人一般啊！」

第七十九章

相思眨眨眼，把臉貼在溫雲卿的膝蓋上，悶聲道：「薛桂他太氣人了，這樣的父母官，守一府則一府傷，撫一城則一城死，雖說他來之後金川郡再無匪盜，但冤死在他手裡的無辜百姓，只怕比那些匪盜害的命還要多。」

溫雲卿不知想到什麼，嘴角微微勾了勾，便聽相思道：「都說亂世用重典，如今大慶國絕不是亂世，且金川郡亦不是匪患嚴重之地，只不過薛桂除了用刑，也沒有什麼能耐，所以便專此一道。」

相思說了幾句薛桂的壞話，心裡好受一些，只是身上依舊發冷，她看了看溫雲卿，緩緩直起身子，苦著臉道：「閣主，我冷。」

溫雲卿把臉別開，相思卻把自己冰涼的小手塞進了他的手裡，依舊一副受了委屈的小媳婦模樣。「閣主，我冷。」

溫雲卿沒看她，輕輕咳嗽一聲，也不說話。

相思往他懷裡湊了湊，又把臉貼在他的胸口處蹭了蹭，聲音悶悶得有些可憐。「閣主，我好冷呀！」

隔著衣服，溫雲卿能感覺到相思身上傳過來的涼意，又想到她在籠子裡吊了一下午，心中到底是軟了，伸手將她身上的大氅拉了拉，一隻手環住她的肩膀，另一隻手卻伸進大氅裡，緩緩摸上她的肩膀，在肩胛處緩緩揉捏起來。

相思舒服地嘆了一口氣，整個人都貼在溫雲卿的胸膛上。「閣主，你揉得真舒服，對……這裡用點勁。」

溫雲卿覺得有些好笑，手上微微用力，相思只覺得肩膀痠軟，忍不住嚶嚀了一聲，有些惱火地抬頭瞪著他。「力氣太大了，好難受！」

溫雲卿搖搖頭，手上的力氣反而加重了。「妳也太難伺候了些。」

相思只覺得溫雲卿手過之處，那裡的經絡便如同火燒一般難受，在溫雲卿懷裡不安分地扭動兩下，那隻按在自己肩膀上的手卻力道不減，便真的惱了，雙臂從大氅了伸出來猛地抱住溫雲卿的脖子，身子也緊緊貼了上去。「難受、難受！」

溫雲卿身體略僵，隨即又放鬆下來，將已褪至相思腰間的大氅重新給她披好，輕聲哄道：「妳吊了一下午，肩胛血脈不通傷到了，我幫妳揉開，不然落下病根，以後要遭罪的，妳忍一忍好不好？」

相思才不肯依從，照舊掛在他的身上。「我不管，好難受！」

溫雲卿無奈，只得一手按住相思的後背讓她不要亂動，另一隻手繼續循著經絡揉捏，起先相思還哼唧兩聲，後來竟漸漸不掙扎了，昏昏沈沈窩在他懷裡睡了過去。

相思醒來時，屋內並無一人，正想下地倒水喝，便見溫雲卿端著一大碗藥進來。

他見相思要下地，便道：「先喝藥。」

相思看了看那大碗，嚥了口唾沫，乖乖把腿收回去，眼巴巴看著溫雲卿。「這麼一大碗？」

「祛寒氣的，唐小弟也喝了。」溫雲卿說著，把那海碗遞到相思唇邊。

這碗實在大得嚇人，相思嚥了口唾沫，討好地看向溫雲卿。「我喝一半行不行？」

「都喝了。」說著，已將那海碗往相思唇邊湊了湊，立時苦澀的味道便刺激得她皺起眉頭，但也怕落下病根，於是就著溫雲卿的手「咕嚕、咕嚕」喝了大半碗。這藥實在是有些苦，相思喝了半碗便怎麼也嚥不下去，眨著水潤的眼睛可憐兮兮道：「實在是喝不下了……」

溫雲卿搖搖頭，去桌邊倒了一杯水，相思依舊就著他的手喝了兩口，嘴裡的苦味才稍稍散去，才要說話，那大海碗又遞到她的唇邊。相思一梗，只得硬著頭皮抱著溫雲卿的手臂喝了，一張臉皺成包子。

喝完藥，溫雲卿把了把脈，神色稍霽。「好好休息兩天，應該無礙。」

「唐玉川怎麼樣了？」

溫雲卿扯了扯被子，蓋住相思的手腕。「唐小弟底子好，也已喝過藥，妳不用擔心。」

相思點點頭，溫雲卿站起身要走，相思一慌，伸手抓住他的袖子。

「有事？」

相思搖搖頭，卻還是不鬆手。

溫雲卿見相思的臉有些紅，伸手摸了摸她的額頭，並未發燒，便在床前坐下，輕聲道：「閣裡有些事還要我處置，明早我再過來。」

相思半張臉埋在被子裡，悶聲悶氣問：「你不會再躲著我了吧？」

溫雲卿一愣，隨即苦笑著搖搖頭。「我明早過來。」

相思這才鬆了手。

溫雲卿才回院子，方寧便來求見。

「師父找我？」

溫雲卿在椅子上坐下，強壓下胸膛裡洶湧的氣息。「年底的歲寒雜議，你多上心些，今日我已和各位主事定了具體事宜，你若有不明白的，只管去找王堂主和戚堂主，這事要抓緊了。」

方寧點點頭，見他臉色不好，只以為是今日去了一趟府衙，有些乏了，便快速把自己的想法說了一遍，得了允准後，便想離開，誰知卻被溫雲卿叫住。

方寧靜立在旁，只見自家師父低頭靜默許久，提筆沾墨寫了一封信，封好之後遞給他。

「這封信送到京中童大人府上。」

方寧一愣，本想問，卻見溫雲卿面色疲憊，便應聲收信退了出去。

方寧才出門，趙子川的聲音便傳了進來。「師父。」

「進來。」

趙子川進門。現今雖已入夜，他卻只穿一件素色夾袍，顯得有些單薄，他垂著頭站在桌案旁邊。「師父，今兒雲州府的兩位少爺出事，是我大意了，本應陪他們一起去的。」

溫雲卿沒看他，淡淡道：「他們來的那日，我就叮囑你要看顧好，你今天有什麼重要的事，竟放他們獨自去？」

「也……也沒什麼，就是西門口住著個姓王的更夫害了急症，他家小子急忙來尋我，我怕耽誤病情，才沒陪兩位少爺同去，徒兒知錯了。」趙子川眼裡滿是焦急之色，又保證道：「以後徒兒絕對不敢了，一定好好看顧好兩位少爺。」

溫雲卿終於轉頭看向自己這個弟子，眼中似有深意，卻終是沒有揭穿。「我已交代給成，你以後無須管這事了。」

趙子川臉色一白，隨即點頭稱是。「小師弟細心熱忱，是適合的人選。」

溫雲卿胸腹之間的氣息越發洶湧，只得讓趙子川先行離開。他從袖中摸出那瓷瓶，倒出兩顆碧綠色的藥丸正要吞下，門卻忽然被推開，來人是方寧。

方寧看見那兩顆顏色詭異的藥丸。「師父您在吃什麼？」

「把門關上。」

方寧的心「撲通、撲通」地跳，慌忙回身把房門關上，快步走到桌案旁邊，心中已猜測出幾分。「這是碧幽草嗎？」

溫雲卿先吞下那兩顆藥丸，才抬頭看向方寧。「戚堂主一直以為那盒子裡有六束碧幽草，其實原來有八束的。我已油盡燈枯，如今全靠這碧幽草吊著一口氣。」

「師父，碧幽草吃不得啊！」方寧面色一白，轉身便要出門去告訴戚寒水和王中道。

「我還是不是你師父？」

方寧驀然停住腳步，指尖微微顫抖。

「若能不吃，我也不會吃，只是如今已沒有別的法子，我不過能撐一日是一日罷了，即便你去告訴王堂主和戚堂主，也是徒然。」溫雲卿掩唇輕咳兩聲。「且歲寒雜議眼看便到了，閣裡正忙著，你說出去不是添亂嗎？」

方寧眼裡全是悲慟之色。「您身體現在已這樣了，還管什麼歲寒雜議？」

溫雲卿搖搖頭。「你們師兄弟裡，我最看好的就是你。你有悲憫之心，沈穩又有稟賦，若是你肯，我早將你送進太醫院裡了，我也以為你最是懂我。」

方寧嘴唇動了動，沒說出話來。

溫雲卿起身拍了拍他的肩膀。「歲寒雜議如舊，不然我活著又和死了有什麼分別？」

其實自從回到忍冬閣裡，王中道和戚寒水亦日日不敢稍有鬆懈，一日診三次脈，但因碧幽草之故，並未察覺；至於相思，雖這幾日出門收藥，但晚間也總是要練練刀，免得手法生疏——她知道，溫雲卿不對勁，所以一直謹慎留心。

立冬日，歲寒雜議已準備停當，閣裡又冷清許久，溫夫人出了銀子請了戲班子唱戲。戲從早唱到晚，年紀大些的老頭子們聽乏了，便自去休息；溫夫人也回了院子，只剩唐玉川、相思和一幫忍冬閣的少年在院子裡胡鬧。

戲臺上咿咿啞啞唱得熱鬧，下面抱著酒罈、提著酒壺喝得痛快，唐玉川和忍冬閣的少年們混得熟，連敬了幾輪，那幫少年也回敬了幾輪；相思本想和唐玉川劃清界線，卻是沒成功，也被連灌了幾杯酒，便有些醺醺醉意。

朦朧光影裡，相思看到一個人向她走來，瞇著眼睛費力看了一會兒，才看清是誰，乜乜斜斜傻氣笑道：「閣主來啦？」

來人搖搖頭，對旁邊幾個忍冬閣的少年人道：「天寒了，都散了吧！」

那幾個少年齊聲應了，東倒西歪地各自散了，唐玉川卻還拎著個酒壺，手指往天上亂指。「相思喝……喝醉了……要耍酒瘋的……」

溫雲卿叫來個家僕，把唐玉川送回院子，便伸手將相思扶了起來。

相思腳有些軟，靠在溫雲卿身上才勉強站住。「去哪呀？」

「送妳去休息。」

縱然相思此時是少年裝扮，一張臉卻是嫣紅嬌媚，便是誰看了也要心動，她有些茫然地看著溫雲卿。「可是我還不想休息。」

溫雲卿低頭看她，忍不住伸手摸了摸她的額頭，覺得有些燙手，知她是真的喝多了，於是不再言語，半抱半拖著她往後院走。誰知走到湖邊，相思便掙扎起來，抱著旁邊突出的假山岩石死活不肯走了。

溫雲卿不知這是怎麼了，只得好言好語哄著。「入夜天寒，別受了涼，快鬆手。」相思不聽，溫雲卿有些頭疼，伸手想要抓她的胳膊，她卻忽然衝上來一把抱住他。她比他要矮一些，此時雙臂展開亦不能完全環抱，卻是抬頭傻笑著看向溫雲卿不說話。

溫雲卿低頭看著相思嫣紅的小臉，心裡很柔軟。「妳抱著我幹什麼？」相思還是只知道傻笑，溫雲卿便忍不住摸了摸她有些汗濕的額頭。「妳準備抱著我在這站一宿？」

少女搖了搖頭，有些調皮地眨眨眼。「我喜歡你。」

溫雲卿只是靜默看著她，不說話。

少女有些急了。「你不喜歡我嗎？」

溫雲卿伸手摸了摸相思的頭髮，還是不說話。

少女這下急哭了，金豆子撲簌簌往下掉，砸在溫雲卿的手背上，滾燙非常。

「別哭了。」

少女聞聲抬頭，滿臉希冀之色。「你是喜歡我的吧？對不對？等我恢復女兒身，我嫁給你……好不好？」

問完這一句，她卻昏昏沈沈睡了過去，手臂也漸漸鬆開。溫雲卿俯身將她抱了起來，面上無一絲情緒，良久，才沈默著往院裡走。

到了房裡，才將相思安置好，溫雲卿便覺喉間一甜，疾步出了房門，嘔起血來。這病犯得凶，他慌忙去袖子裡翻找瓷瓶，卻因不斷從喉中湧出的鮮血延緩了動作，好不容易掏出藥瓶，倒了十幾顆藥丸出來一併嚥下去，這血才算是止住。

他覺得眼前一片濃墨漆黑，扶著院內老樹才勉強站穩，緩了許久，才漸漸看清眼前的景物。

他看了看那扇緊閉的房門，往門那邊走了幾步，卻又站住，然後轉身，頭也不回地走了。

走到湖邊時，天空忽然下起鵝毛大雪來，大片的雪花落在湖畔荒草裡，一叢叢的白。溫雲卿面向湖心站著，站了一會兒，忽然啞著聲音道：「你放縱自己對她的喜歡，到底是害了她，你死之後，她該怎麼辦呢？」

雪花落在他的肩上、髮上，他卻似並無所覺，只這樣佇立在風雪中。

「若你能多活些時日，或許……」他頓了頓，眼中的光芒全都湮滅。

天將亮之時，相思醒了，頭痛欲裂，下地想倒些水喝，卻發現壺裡空空，於是隨手扯了件斗篷披上出屋；紅藥不在院裡，她便出院去找，然後看見湖那邊站著一個人，看不清面目。

「誰這麼早站在湖邊喝風呀？」相思嘟囔了一句，往那邊走，及近了，才看清那站著的人是溫雲卿。

「閣主，你站這兒幹什麼呀？多冷啊！」相思說著，便想把自己的斗篷給他披上，誰知溫雲卿卻忽然轉身，手掌蓋住了她的眼睛。

他的手掌很涼，冷得相思打了個寒顫，正要開口詢問，卻覺得唇上冰涼。

溫雲卿的唇貼了上來！

相思有些傻了，驚訝得合不上嘴，微涼的舌伸進她的嘴裡。

「嗚嗚嗚！」

溫雲卿的另一隻手牢牢環住相思的纖腰，把她帶到假山隱匿處，不停攫取著她的氣息。

他很用力，亦不肯稍稍退卻，相思被吻得有些疼，掙扎著去推他，卻沒有用。

他吻得更深、更用力，彷彿一隻嗜血的野獸；相思的眼睛被遮著，有些無助，只能發出「嗚嗚嗚」的抗議聲，溫雲卿卻恍若未聞。

許久，溫雲卿才漸漸平靜下來，他緩緩親著相思微微發紅的唇，冰涼的唇輕輕觸碰著相思的嘴角，然後停了下來。

他的手依舊覆在她的眼睛上，就這樣打量著眼前的少女。

鬢髮有些散亂，衣帶也不知何時鬆了，露出白滑的肩膀，春色無邊。

將斗篷重新拉好，溫雲卿才鬆開相思，轉頭就走。

相思傻了。這是演哪齣？眼見著人就要走遠，她又氣又急。「你這是幹什麼！」

溫雲卿停住腳步卻沒回頭，聲音沙啞。「要債。」

相思一梗。敢情這是先前她強吻他，所以今兒他也強吻一回？

相思正想著，卻聽溫雲卿又道：「金川郡下大雪了，妳和唐小弟今日便啟程回雲州府去吧，我讓方寧送你們過河。」

第八十章

相思氣鼓鼓地坐在回程的馬車裡，心裡不是滋味。

唐玉川不知怎麼說啟程就啟程了，問了相思，相思也沒回答，便不再自討沒趣，只道：「現在啟程也好，咱們出來這麼久，家裡也很著急，昨兒我爹還來信了。」

相思心情不好，悶悶應了一聲，躺下蓋住臉不再言語。天快黑的時候，一行人到了涼河，在最近的客棧落腳，準備第二日坐船渡河，誰知半夜裡北風開始颳大，第二日一早，那涼河竟結了冰，渡船怕撞在冰上，不敢下河。

這岸邊聚集好些要過河的商隊，都伸著脖子等，只盼中午冰凌開化，駛得了渡船。誰知到了中午，北風沒停，冰凌反而凍得更結實了些，相思心緒有些亂。

忍冬閣每年歲尾都要聚集四海之內的醫道大家議事，主要是坐而論道，說說各自在病症診治上的心得，年復一年，便成了忍冬閣年尾的大事。

今年依舊如此，雖還有幾日才到歲寒雜議，但已有不少醫家提前幾日來到忍冬閣，日間便找了溫雲卿論醫道，今日也是如此。

溫雲卿坐在堂內，屋內雖生著火盆，卻依舊穿著素黑的大氅，面色比往日更白一些。堂內坐著的諸人也看出他的不對，說了一會兒，便都住了口，王中道對眾人點點頭，走到溫雲卿旁邊，低聲問：「可是不舒服了？」

似是沒有聽見王中道說話，溫雲卿只是愣愣看著門外，神色有些寂寥。

「去屋裡歇歇吧！」王中道嘆了口氣，正欲伸手扶他起來，卻見他身體猛地顫抖起來，「噗」地一聲吐出一口血來。

那血是猩紅色的，濺在白玉石鋪就的地上，十分詭異可怖。

「來人、來人！」王中道慌了，屋內一眾醫者未料到溫雲卿會突然犯病，其中一個還算鎮定的上前一摸脈門，臉色驟變。「王堂主，溫閣主這病怕是不好了！」

溫雲卿尚有一絲意識，只是一直看著門外，彷彿在等誰來，又彷彿誰也沒等，眼中的光芒越來越黯淡……

還好讓妳走了。

溫雲卿只剩一口氣，靠著整根千年人參吊著命，脈象卻越來越虛弱。戚寒水要手術，王中道卻不肯，正爭得不可開交之時，忽然有個年輕人來找王中道，說是王老夫人摔了一跤要不成了。王中道聽了便一面令忍冬閣裡的人看顧好溫雲卿，一面往家裡跑。

這邊王中道一走，戚寒水便動起了手術的心思，一面燒水煮器具，一面發愁誰給自己當助手？忽聽院門「吱呀」一聲，伸進來一顆鬼鬼祟祟的腦袋，定睛一看，不是相思又是誰？

「你不是走了？」

相思見院裡只有戚寒水一人，快步跑到他面前，急道：「我看閣主不成了，設計把王堂主引出去，但只怕牽絆不了多久，咱們得快點給閣主手術！」

不知怎地，戚寒水一見相思來了，心裡瞬間竟有了底氣一般，把鍋裡的刀剪盡數挾了出來，用一塊蒸煮過的白布包好，又把另外一些要用的東西裝進木箱裡遞給相思。「咱們現在就去。」

溫夫人此時正在房內，戚寒水怕與她說了手術之事，只怕還要出岔子，便找了個理由把她支了出去，才叫相思進門。

相思的心「突突」亂跳，手也有些抖，進屋後立刻轉身關上門，又和戚寒水搬了極重的木櫃把房門堵嚴了，這才去察看溫雲卿。

他閉著眼，氣息微弱，相思喚了幾句他一點反應也沒有，相思的一顆心便七上八下的，眼睛也有些熱了。她在賭，賭手術中不會出現任何意外，賭開刀之後的病灶她能處理好，賭手術結束之後傷口不會感染。

賭他的命。

也賭上自己的命。

這個賭注實在有些大，但相思覺得自己絕無退路。

戚寒水已將之前煉製的百憂草蜜丸給溫雲卿服下，仔細探過他的脈搏，發現越來越緩，便拉開溫雲卿的衣服露出胸膛來，先用藥湯擦了一遍，再用烈酒擦拭一遍。戚寒水著手便要動刀子，誰知卻見相思用塊布巾子掩住了口鼻，然後在藥湯裡洗了手和小臂，又用烈酒洗了手和小臂，最後竟拿起刀來。

「你在旁邊幫忙就行。」戚寒水要奪相思的刀，誰知相思一躲，避了開去。

「先生，你信我一次，我行的！」

戚寒水微愣。平日他看相思剖魚，手法嫻熟，此刻心中便真的莫名信任她，所以也不多言，真的在旁協助。

相思握著手術刀的手略有些抖。那刀懸在皮肉之上遲遲不肯落下，一滴汗順著相思的額頭滑落下來。

戚寒水有些著急。「你要是不行就我來！」

相思沒說話，那隻略有些顫抖的手漸漸停止顫抖，竟穩得不能再穩。

刀尖落下，在皮肉上緩緩劃動，有血水滲出來，被戚寒水擦掉，然後傷口分開……

許久，相思終於找到了那處病灶，本應閉合的血管竟裂開著，醜陋可怖，相思心中鬆了一口氣。這在她的預料之中。

她摒棄心中一切雜念，只盯著需要縫合的那處，這是最重要的一步。

血管縫合本來需要醫學顯微鏡，以及比髮絲還細的可吸收縫線，但是她沒有，好在這處並不細，肉眼也勉強可以看清。

一針、兩針，相思縫得很順利，在一旁看著的戚寒水瞪大了眼睛——即便是他，也絕做不到如此，這絕不是只在書上看到便能做到的！

但此時正是關鍵時刻，戚寒水自然不能發問。

三針、四針……七針、八針！

相思的針腳極細密，她的手也很穩，眼睛一眨不眨地盯著要縫合的地方。就快要縫合好了！

「誰在裡面？」院子裡傳來王中道的聲音。

「方才戚堂主進去了。」一個小廝回答。

「進去多久了？」

王中道回來了！

戚寒水有些焦急，相思卻彷彿沒聽見外面的聲音，只盯著自己手裡的針，十七針、十八針……

外面有人在推門，見門反鎖了，便使勁撞起門來，把倚在門上的木櫃撞得轟響，戚寒水再也沈不住氣，催道：「你快一點啊，他們要闖進來了！」

相思很冷靜，病灶終於處理完，她卻沒有立刻縫合，而是仔細觀察溫雲卿的呼吸，觀察病灶處是否有滲血？見一切正常，術中出血量適量，才開始縫合。

倚在門上的櫃子被撞得東倒西歪，王中道在外面大喊。「戚寒水你給我住手！我煉製了回陽丹，你別動你那歪心思！」
相思頭上都是細密的汗珠，她此時什麼也聽不見，只是冷靜地縫合傷口。
倚在門上的櫃子轟然倒地，幾片碎木屑濺了起來。
王中道領著幾個醫者衝進門來，看見相思剪斷縫合線的手，以及被褥上沾染的鮮血，一地狼藉。
王中道目眥欲裂，抓住相思沾滿鮮血的手喝道：「你幹什麼！」
戚寒水上前要攔，卻被王中道一把推開，撞在床欄上，差點背過氣去。
此時相思一身一手全是血，這幫醫者哪裡見過這樣救人的，各個面有慍色。
「這不是殺人嗎？」
「溫閣主本就吊著一條命，這樣和殺他何異？」
「送官吧！」
王中道回家之後知是有人誆自己，回來後見這門緊閉著，便覺得不好，但哪裡能料到相思竟真的有這膽子！此刻溫雲卿雖還有呼吸，但只看胸膛上那可怕的傷口，也知不好，心中急怒交加，轉頭喝道：「子川，你把他送到官府裡去！」
趙子川也被眼前這一幕驚嚇到了，聞言便來抓相思的肩膀。
相思才從渡口奔回來，方才精神又極度集中，此刻渾身都是汗，又冷又虛，沒了依仗，便也不反抗，只是轉頭對王中道說：「我知道你覺得我在害他，但我知道我在救他，即便最後我沒救成，我也是在救他。」

王中道極不耐煩。「快把他帶走！」

趙子川來推相思，相思看了溫雲卿最後一眼，轉身走了。王中道瞪著戚寒水，大罵了兩聲，戚寒水便與他對罵起來，但一來戚寒水是忍冬閣的人，二來他並沒有動手，王中道便只將他關了起來。

此時已立冬，監牢裡終年不見天日，陰冷潮濕。

相思縮在一床破爛發霉的被褥裡瑟瑟發抖。她頭暈得很，眼前都是重影，好像是發燒了。

這是她在牢裡的第五天，戚寒水泥菩薩過江，唐玉川還在渡口等她，金川郡裡她更是無半點勢力關係，只能等。

等死，或者等生。

獄卒拎著木桶，舀了一勺湯水倒在破碗裡，用勺子敲了敲碗。「吃飯、吃飯，吃了上頓沒下頓！」

相思沒動，那獄卒也不多做停留，起身便要往下個監牢走，卻有個年輕新來的獄卒跟了上來，瞧了相思一眼。「鄭哥，這牢裡關的是誰呀？」

鄭姓獄卒也看了相思一眼。「他?用刀捅了忍冬閣的閣主，可了不得，現在沒升堂，就是等忍冬閣閣主蹬腿歸西了再判，只怕斬立決是躲不掉的。」

那年輕獄卒點了點頭，嘆息著「膽大包天」之類的話，往監牢裡面走了。

一點光線從巴掌大的氣窗透進來，然後光線漸漸暗淡，最後牢內一片黑暗。相思知道，這一天又過去了。

半夜裡，她越來越難受，悲哀地想著自己估計沒戲了，便開始回憶往昔歲月來。正亂想著，卻隱約聽見有慌亂的腳步聲從遠處傳來，越來越近。

火光照在監牢土牆上，光芒跳躍，相思看見門口站著一個人。

墨髮披散，風華絕代。

牢門打開，那人走到她面前蹲下，微涼的手摸了摸她的額頭。他似是太久沒有說話，聲音有些沙啞難聽。「病了。」

相思勉力坐了起來，眨眨眼，髒污的小手扯了扯溫雲卿的臉皮，讓旁邊的王中道想要把她的手剁掉，誰知下一刻相思竟在眾目睽睽之下將溫雲卿的衣服扒開了！

扒開之後，便看見那條可怖的傷口，相思低頭打量片刻，點點頭。「沒發炎。」

旁邊幾人自然不知道相思在說什麼，但她能用那血腥非常的手段讓溫雲卿起死回生，難免讓人對她多了幾分敬畏之意。

溫雲卿沒管自己的衣服，伸手要去抱她起來，卻被推開，她皺著眉道：「你傷口還沒全好，會再裂開的。」

一聽這話，趙子川立刻上前。「師父，我來吧！」

溫雲卿沒應聲，竟是直接伸手將相思抱起來便往外走。王中道眉頭都擰在了一起，想上前勸，卻知勸了也是白費，索性在前面開路，只盼快些出去。

馬車裡鋪了厚厚的皮毛毯子，相思蜷縮成一個小團，溫雲卿伸手想把她抱過來，相思卻推開他的手，倔強地轉身朝外，用屁股對著他，悶聲道：「好心沒好報，再也不做好事了。」

第八十一章

溫雲卿靠在車壁上，盯著相思的背看了一會兒，這才伸手去拉她的手臂，相思一甩手。

「欠你的債我還完了，我明兒個就回家去，不在這煩你了。」

溫雲卿瞇了瞇眼，忽然使力將相思拉進了自己懷裡。

「你幹什麼！」相思皺著眉頭，心裡老大不願意，只是發著燒，聲音軟軟的沒什麼威力。

溫雲卿將她的頭按在自己懷裡，又扯過毯子給她蓋好，什麼也不說。相思掙扎著抬起頭來，惱火地瞪著溫雲卿。「你煩人！」

溫雲卿伸手撥弄了一下她散落的頭髮，點頭。「我是煩人。」

相思梗住，張嘴欲言，卻發現語言實在是貧乏，恨恨趴回去不說話。

「怎麼不說話了？」溫雲卿的手指穿過相思略有些亂的頭髮，輕聲問。

「你什麼時候醒的？」

溫雲卿摸了摸趴在自己腿上的小腦袋，捂著胸口深吸了幾口氣，似是有些難受。「傍晚才醒的。」

相思又抬起頭，伸手拉開他的衣襟又看了看，才安心躺回去。

到了忍冬閣，尚未下車，相思便聽見唐玉川的慘嚎聲，接著簾子一晃，唐玉川就跳上車來，一把抱住了相思。「你怎麼又進去了？我等了幾天也不見你來，才趕回忍冬閣就聽說你又進衙門了！」

相思被他嚎得腦袋疼，拍了拍他的後背安撫。「沒事、沒事，這不是都回來了嗎？」

紅藥也是和唐玉川一起回來的，此時趴在車門口往裡看，見相思這副可憐相，要哭不哭的。

溫雲卿才醒不久，方才抱相思的時候身體已經有些吃不消，見唐玉川抱著她哭了一陣，便拍拍唐玉川的肩膀。「相思生著病，先讓她回院子休息。」

唐玉川一愣，用袖子抹了眼淚，伸手要去扶相思下車，卻聽溫雲卿輕咳了一聲。「唐小弟，能扶我起來嗎？」

唐玉川並未多想，放開相思讓紅藥扶著，自己天真可人地去扶溫雲卿，一行人進了院子。

相思一回屋裡，便有丫鬟、婆子送了熱水進屋，紅藥關上門，小心扶著相思擦洗身體。剛換上一身乾淨裡衣，便有忍冬閣的弟子送了湯藥進來。

喝了藥，相思越發昏沈，知道自己現在很安全，便安心沈入黑沈的夢裡。

誰知竟一連幾天都昏昏沈沈的，迷迷糊糊間，只知道有人餵自己喝藥，偶爾還有紅藥在耳邊說些什麼話，她實在太疲乏，聽過就忘了。

再睜開眼睛時，屋裡昏暗，她哼唧兩聲翻了個身，卻覺得身子有些沈，好不容易扶著床欄坐了起來，卻看見窗邊藤椅上坐著個人。

屋裡生著火盆，溫暖如春，溫雲卿只穿了一件月白夾衫，清雅貴氣，手中還捧著一卷書，甚是愜意的模樣。

相思看他氣色不錯，「哼」了一聲。「溫閣主，我再怎麼說也是個女兒家，男女有別，你在我屋裡做什麼？」

其實她一醒，溫雲卿便知道了，卻此刻才抬起頭來。他並未因相思的話而羞愧，十分坦蕩道：「我記得，冬至那日，妳在湖畔抱著我，說要嫁給我來著。」

相思低頭想了想，眨眼看向溫雲卿，一副「聽不懂你在說什麼」的樣子。「我不記得呀！」

這次輪到溫閣主心中苦悶了，但他到底沈得住氣，只是眯眼看了相思一會兒，接著扯開話題。「妳在牢裡受了濕寒之氣，要養幾日才能好，收的藥材我已讓人先送回雲州魏家去，也替妳寫了一封平安信，妳在忍冬閣安心養病吧！」

「我回雲州府一樣能養病，就不在這給閣主添麻煩了。」相思一副「我和你不熟」的模樣，有禮回道。

溫雲卿起身往床邊走，面上並無特別的情緒，相思卻敏銳地察覺到一絲危險的氣息，好在這時紅藥進了屋裡，身後還跟著來探病的溫夫人。

溫夫人一看相思醒了，眼睛一亮。這幾日溫雲卿的病大好之後，她的精神也好了許多，更對相思多了許多感激之情，坐在床邊抓住她的手，看著她瘦了一圈的小臉，有些心疼。「可苦了妳這孩子！」

溫雲卿的事，溫夫人是最後知道的，那時相思已被送官，溫夫人擔心溫雲卿的安危，日夜不離床邊，直到見到溫雲卿一日比一日好了，便要王中道去把相思保出來；誰知就是這時，溫雲卿醒了，怎麼攔也攔不住，親自把人從牢裡抱了出來，然後就這樣在這日夜不離地守著。

知子莫若母，溫夫人又知道相思是個女兒身，自家兒子懷著什麼不可告人的心思，她是能猜到七、八分的，她亦很喜歡相思，所以這幾日也是每日來探望。

相思有些不好意思。「我也是太大膽了，好在溫閣主沒事，不然……我罪過可就大了。」

溫夫人見相思沒有埋怨之色，心中對這個姑娘越發地中意，拍拍她的手道：「妳肯施援手，冒了多大的風險我知道，我也知道妳不需要冒這樣的風險。雲卿這條命是妳救的，若日後妳有事，也儘管讓他去做。」

相思沒敢看溫雲卿的臉色，溫夫人卻將紅藥手中的食盒接了過來，從裡面端出一碗瘦肉粥、兩樣小菜。相思早已餓得前胸貼後背，將粥吃得乾乾淨淨卻還不滿足，溫夫人佯裝嗔怪。「才醒不能飽食的，一會兒再吃！」

然後就拉著紅蘗出門。紅蘗有些著急，不想放相思和溫雲卿獨處，卻哪裡是溫夫人的對手，被溫夫人拉著三步一回頭地出了門。

屋裡又只剩下兩人。相思拉了拉被子，正色道：「以前我說的話都是玩笑，做不得數，閣主也不必放在心上，我自己尚有一堆事沒解決，更沒心思想些別的，明日我便回雲州府去，祝閣主早日康復。」

溫雲卿原本站在床邊看著她，聽了這話忽然傾身向前，雙手支在她身體兩側。「妳素來不肯蹚渾水，事情若不逼急妳，也總是明哲保身的，怎麼這次卻把自己牽扯進來？」

相思正想回答，溫雲卿卻往前逼近了些，雙眼含著寒光。「妳不會不知道，若我死了，妳也要丟性命的。」

相思往後退了退，後腦勺都碰到了床欄，她忽然天真無邪地笑了，眨眨眼。「好人一生平安，救人一命勝造七級浮屠，我給自己積陰德啊！」

若不是現在大好了，溫閣主大抵是要被氣得吐血的。

既然沒吐血，自然要找其他的發洩途徑。溫雲卿眸中閃過一絲幽光，視線落在相思微張的唇上，逼近了她。「妳的心變得很快嘛！」

此時相思姑娘已緊張得不行，沒處退，沒處逃，嘴卻還是硬。「女人心，海底針嘛……」

這個「嘛」字被某人含在嘴裡。這是非常輕柔的一個吻，蜻蜓點水不留痕跡，只是唇上的觸感很真實。

門外有人敲門，溫雲卿站起身來。「進來。」

房門打開，王中道少見地面色有些局促，身後還跟著幾個醫道大家。戚寒水從幾人中快速閃出先到了床前，見相思精神不錯，眼睛雪亮道：「沒事就好、沒事就好！你這小子真能睡啊！」

戚寒水說著，忍不住像往常一般狠狠拍了拍相思的肩膀，旁邊的溫雲卿微微笑著，似是在極力隱忍些什麼事。

這時王中道也到了床前，不知是做了多久的心理建設，竟深深一揖到底，沈聲道：「是我冤枉魏少爺了，還請恕罪！」

屋裡此時還有許多醫道大家，青白堂堂主這一拜可不尋常，日後誰還敢對相思不敬？因為王中道，相思受了幾日牢獄之苦，心中說不氣是不可能的，但王中道的心思，她到底是能理解，所以並不惱恨，反而是旁邊的戚寒水發了難。「你這老匹夫，我們說了多少次，你就是不聽！你就知道抱著你那古籍故步自封，聽不得半點別人的意見，竟還把相思送官府，真是不可理喻！」

在眾多醫者面前被戚寒水這般奚落，王中道的臉是又白又紫，反駁的話又說不出，憋得實在可憐。其實這幾日戚寒水每每見到王中道，都要夾槍帶棒地奚落一番，王中道因為理虧，只能乾瞪眼聽著。

也是戚寒水被王中道壓制了幾十年，前些年還因為吵不過他，自我放逐去雲州府待了幾年，這下總算翻身占了上風。

屋裡有別人，王中道也算是半個老人家，相思便替他解圍。「我們那法子的確是偏門了些，怪不得王堂主不信；好在最後成功了，我也沒有大礙，以後這事就不必提了。」

王中道心裡十分感激，正要說話，那些事事求索的醫者卻都圍到了床前，七嘴八舌問起來。

「魏少爺，你那法子到底是怎麼個醫理？」

「那病灶到底是怎麼處置的？」

「你那個《西醫案集》是誰所著的？」

相思瞪大眼睛看著床前這一張張冒出各種問題的嘴，只覺得腦袋裡「嗡嗡」直響，然後看見站在人群後的溫雲卿指了指自己的太陽穴，相思福至心靈，忽然捂著腦袋「哎喲、哎喲」地叫了起來，那王中道一看，忙把眾人往外推。「他病還沒好呢，有問題以後再問我，以後再問！」

這群人剛走，唐玉川便又風風火火地衝了進來，進屋便抱住相思。「你可算是醒了！」

溫雲卿瞇眼笑了笑，拍了拍唐玉川的肩膀。「相思她沒事了，唐小弟別擔心。」

唐玉川這才鬆開手臂，上下左右仔細打量了相思的氣色，稍稍放心，轉頭問：「溫閣主，相思什麼時候才能康復啊？」

溫雲卿此時又躺回窗邊的藤椅上，沈吟片刻。「怎麼也要十天、八天的，別落下病根才好。」

唐小爺單純，聽了這話便對相思道：「那可得好好養著，也別著急回去了，我等著你就是。」

兩人說話時，溫雲卿便一直在躺椅上看書，說了一會兒話，唐玉川怕耽誤相思休息，便起身要走。

溫雲卿笑了笑。「唐小弟常來。」

唐玉川點點頭出門，回味起剛才溫雲卿的話，覺得怎麼好像不太對勁呢？

「小唐和妳關係很親近嘛！」某人眼睛盯著手上的書，幽幽嘆道。

相思扯過被子蒙住頭。「我要回家。」

溫雲卿轉身將相思的被子拉下來，面上似笑非笑。「唐小弟和妳一起長大，這是從小的情分，我本不該吃醋的，但看你們倆這般情形，我也是喝了一罈子老醋。」

相思扯不過被子，只得整個人往下縮，像受驚的鴕鳥。「我要回家……」

第二日，相思的精神更好了些，正在吃粥，聽見院裡一陣吵嚷，接著便有個風一樣的人影衝進屋裡。那人在屋裡看了一圈，徑直衝到溫雲卿面前，這時相思才看清是個童顏鶴髮的老者，這老者穿著極為骯髒的道袍，腰上還掛著兩個酒葫蘆，走起路來葫蘆撞得亂響。

這老者抓起溫雲卿的手腕便是一陣摸索，一邊摸還一邊搖頭。「這是怎麼回事，見鬼了不成？不應該呀？」

溫雲卿任由這老者摸完脈，然後輕輕道：「師叔祖，怎麼樣？」

這老者正是溫元蕪的師叔，曾斷言溫雲卿活不過八歲的瘋癲醫仙公孫榮。

他皺眉搖頭。「怎麼能真的好了呢？不應該呀！」

相思聽溫雲卿喚這人「師叔祖」，便猜出了他的身分，心裡正說他的壞話，卻見他往床邊來了。

這公孫榮一臉猥瑣地看著相思。「他的病是你治好的？你怎麼治好的？」

相思知他曾斷言溫雲卿活不過八歲，心中一點也不待見他，眼皮都不掀。「就不告訴你。」

「你這娃娃怎麼這般不識好歹！」公孫榮氣罵道。

相思才不管他是誰的師叔祖，反正不是她的。「就是不告訴你。」

公孫榮一甩袖子，瘋瘋癲癲地走了。

「師叔祖向來這般瘋瘋癲癲的，妳何必跟他置氣？」

相思「哼」了一聲。「作為醫者，即便治不好患者的病，也不應限定患者的死期，這樣的醫者算不上醫者。」

溫雲卿起身走到床前，從相思手中接過空碗。「他從不認為自己是一個醫者。」

相思不想與他爭論，便又老話重提。「我要回家。」

背對著她的溫雲卿身子頓了頓，將空碗放在桌上，回到藤椅上繼續看書，彷彿沒聽見她說話一般。

相思氣鼓鼓地重複了一遍。「我要回家！」

翻過一頁紙，溫雲卿淡淡道：「我不讓妳走，妳出不了金川郡。」

「哼！」相思憤然扯過被子蒙住腦袋，不理溫雲卿了。

天黑的時候，相思實在是躺不住，也不管還在屋裡的溫雲卿，穿鞋下地去倒水，才拿起茶杯，卻被人劈手奪了過去。

溫雲卿從火盆上提壺倒了半杯水，才又將杯子遞給相思。「妳喝不得涼水的。」

相思才喝兩口，又道：「我要回家。」

溫雲卿嘆了口氣。「真的想回家？」

相思一看有戲，點頭如搗蒜。「真想回家！」

溫雲卿低頭，用手指指了指自己的臉頰。「妳親一下，我就放妳走。」

「你……你不要臉！」相思面紅耳赤罵道。

溫雲卿依舊半低著身子。「妳不想回家了嗎？」

「親一下你就放我走？」

「嗯。」溫雲卿點點頭，依舊指著自己的臉。

相思咬咬牙。不就是親一口，又不會掉塊肉，於是踮起腳，嘴唇輕輕碰了碰他的臉，正要住嘴時，某人卻忽然把唇印了下來，正好壓在她的唇上，先是輕輕地啄，然後漸漸深入。

相思想推開又怕碰到他的傷口，只能「嗚嗚」抗議，許久，某人才意猶未盡地住了嘴。

相思苦著一張臉。「閣主你……」

溫雲卿伸手拿起水杯遞到相思唇邊。「不是渴了嗎？」

相思心裡很複雜，這種複雜源自於自己的眼睛不好，把一隻狼看成了兔子。她眼含熱淚喝光了杯裡的水，哭喪著臉問：「什麼時候讓我回家？」

溫雲卿伸手理了理她的頭髮，嘆了口氣。「我並不是要強留妳，只是我前幾日昏睡著，沒能封鎖住妳為我做手術的事，如今金川郡裡已人盡皆知，用不了多久便會天下皆知，到時慕名來找妳治病的人絕不會少。妳這法子劍走偏鋒，有很大風險，我不想妳冒險，想趁歲寒雜議天下醫者在場之時，讓妳金盆洗手，所以才想多留妳幾日。」

所謂人怕出名豬怕肥，相思這幾日也愁日後的日子怎麼過，沒想到溫雲卿已想好了對策，心裡便有些感動，正出神間，已被溫雲卿抱入懷裡。

「妳安心再待幾日，我都會處理好。」

第八十二章

兩日之後的歲寒雜議，溫雲卿在眾醫者面前讓相思用金盆洗了手，又說今後她都將不再為人手術，亦不會與人商討任何與手術相關之事。

眾醫者本還想等相思好了之後，仔細討論，聽了這話都惋惜起來。

「這又是為什麼？既然這法子對治病、救人有用，何不傳播開來，可多救多少性命？」

「就是啊溫閣主，魏家少爺既然用這法子治好了你的病，說明還是有可取之處的，何必金盆洗手呢？」

溫雲卿聽眾人說完，才開口道：「此次手術之凶險，只怕眾位心中也是清楚的。」

這幾人當然看過那日房中場景，現在想起來還心有餘悸，便聽溫雲卿又道：「且魏少爺既不是忍冬閣的人，也不是醫者，今日既然已金盆洗手，也請諸位以及諸位的門徒，不要再行攪擾。」

此時戚寒水站了出來。「魏少爺行手術之事，本是受我指使，若日後諸位真的有事，也請來找我。」

相思感激地看向戚寒水，接著恭敬地對眾人一一行禮；因這幫醫者對相思也頗有幾分敬佩，便都立刻回了禮，見眾人的目光都落在自己身上，相思才開口道：「魏家是藥商之家，日後不會涉入醫道，只願做個平平常常的閒商，日後還請諸位照顧。」

處理完這邊的事，相思便回屋收拾行囊，準備第二天出發回雲州府。收拾到一半，紅藥忽然想起一件事，便去尋唐玉川，相思則哼著小曲慢悠悠地收拾著。

不多時聽門響了一聲，相思以為是紅藥回來了，也沒在意，依舊哼著小曲打包包裹。那人走到她身後，輕聲問：「這曲兒不錯嘛！」

相思後背寒毛倒豎，往旁邊跳開一步，一臉警戒。溫雲卿搖搖頭，伸手從懷裡掏出了一個小瓶遞到她面前。「每天服一粒，不要間斷。」

相思惜命得很，用兩根手指捻著瓶頸，正要往包袱裡塞，果然就看見溫雲卿另一隻手來捉自己。相思早有準備，迅速往旁邊一閃，又往旁邊退了幾步。

溫雲卿理了理衣服，繼續往相思這邊走，一邊嘆氣一邊將她堵在角落裡，眼見生路被堵死了，相思就要爬窗，腳才踩到小几上，腳踝就被溫雲卿抓住。他的手有些熱，燙得相思一個激靈，說話也不索利了。「你幹……幹啥？」

溫雲卿仰頭看著已爬上小几的相思，也不說話，只是手上微微使力，把她拖著坐在了小几上。相思掙扎著想往窗外爬，沒奈何腳踝還在溫雲卿手裡，爬一尺被拽回一尺半，如此幾次相思火了，猛地回頭瞪著溫雲卿。「你到底要幹啥！」

相思坐在小几上比溫雲卿稍高一些，她鼓著腮幫子瞪人，不但不嚇人，反倒像個受氣包。溫雲卿放開她的腳踝，手臂從她背後環過去，幽幽道：「妳明兒就要回雲州府了。」

相思點點頭，身體往後傾，想要拉開一些距離，卻被溫雲卿的手臂又往前抱了抱，兩人幾乎貼到了一起，相思瞪了溫雲卿一眼。「你之前答應了的！」

溫雲卿倒是沒有否認，只是又開始嘆氣，另一隻閒著的手纏著相思的頭髮，一副悲秋傷春多寂寥的模樣。

相思繼續瞪他，他卻沒看見一般，就這樣和相思相對貼著，嘆了好一會兒氣。

忽然有人在外面敲門。「閣主，薛小姐來了。」

若是往日，相思肯定又要難過一番，但此時心裡卻有些高興，催道：「閣主你快去，別讓薛小姐等久了。」

看著相思眼底的愉悅神色，溫雲卿眯了眯眼，揚聲道：「請她回去吧！」

門外的人應了一聲，轉身走了。

相思略有些失望，溫雲卿卻傾身問道：「妳這麼怕我？」

相思最要面子的，聽了這話，小胸脯一挺，齜牙咧嘴道：「怕你幹什麼！」

溫雲卿笑了笑，臉離相思更近了些。「不怕就好。」

他緩緩吻上相思的唇，輕輕地舔舐，相思伸手推他的肩膀，手腕卻被他抓著拉向他的身後，倒像是相思主動抱著他一般。

相思別過臉，氣喘吁吁道：「不怕你你也不能這樣啊！」

誰知溫雲卿竟低頭親了親她的耳垂，令相思身體一軟，嚶嚀一聲，嚷道：「你別這樣……」

頭卻又被溫雲卿扳正，唇又被壓住。相思臉紅得火燒一般，退又無處退，躲又躲不開，想著反正自己明天就要走，索性破罐子破摔，任由溫雲卿親個夠，只偶爾哼唧兩聲表示自己的不滿。

溫雲卿起先只是輕輕吻著，漸漸便有些失控，將相思整個人扯進懷裡。

「嗚嗚！」

溫雲卿盡數吞下相思的不滿，手從她的袖口滑了進去，沿著少女細嫩的手臂往上揉摸。

「嗚嗚嗚！」

溫雲卿微微抬頭，聲音沙啞。「怎麼了？」

相思總算是可以自由呼吸，轉身就要爬走，卻又被溫雲卿拖到身前，被吻得頭昏腦脹，她心裡有些惱火。這人怎麼這樣！

許久，溫雲卿才饜足地抬起頭，看著懷裡化成一灘水的相思，眼神便又幽深起來，相思見情況不妙，十分沒有骨氣地求饒道：「閣主，紅藥一會兒就回來了……」

正說著，溫雲卿卻又低頭啄了她一下。「她一時回不來的。」

相思啞然，溫雲卿抱住她，下巴放在她的肩膀上。「我明日有事，不能去送妳，會讓蕭綏護送妳回雲州府，藥一定要吃。」

溫雲卿身上有淡淡的藥香，相思窩在他懷裡點了點頭，聲音有些悶。「閣主你也保重身體，雖然已經大好了，但這半年情緒不要激動，也不能劇烈活動。」

「好。」

相思心裡不好受，伸手抱住了溫雲卿的脖子。「那我走了啊！」

第二日一早，相思和唐玉川離開了金川郡。

暖閣裡，溫夫人正在修剪一株含苞待放的月季，眼角餘光看見站在窗邊往外看的溫雲卿，嘆了口氣。「你說你，明明心裡想著，卻又不肯去送送，這一別，還不知得多久才見得到。」

溫雲卿許久沒說話，只是看著窗外。

「聖上明年就要有動作，應該很快就能見到。」

溫夫人癟了癟嘴。「那你去送送又能怎樣？總好過你在這裡想著強吧？」

溫雲卿收回目光，從溫夫人手中接過剪刀，未抬頭。「我怕到時候又不肯讓她走了。」

溫夫人仔細品味這句話，眼中滿是嘲弄之意，等品味夠了一低頭，卻見自己心愛的那株月季葉都被剪光了，只剩一朵尚未開放的花苞挺立著。

「兒大不中留啊！」溫夫人罵了一聲，溫雲卿卻早已沒了蹤影。

這一路上，相思和唐玉川馬不停蹄地往回趕。北方已入冬，大雪封道耽誤了幾天，又遇上北風凍河，再耽誤幾天，出了北方十三郡時，已離年三十沒幾日，兩人一算，估計著得年初三左右才能到家裡，便各寫了一封信，讓信使先送回家裡去。

誰知接下來幾日，路途竟異常順利，年三十夜裡，一行人就到了雲州府。

守門的官兵見他們都是商旅打扮，簡單檢查一番，便放幾人進城。此時煙花、爆竹均放過了，青石街上鋪了厚厚一層碎紅，硝石味道很重，家家戶戶門口都貼著對聯、掛著燈籠，滿是塵世熱鬧的煙火氣。

相思和唐玉川進城後便分手，離家日久，都有些思家情切了。

春暉院裡，魏老太爺坐在首位，魏正誼、魏正信、魏正孝依次排開，相學、相玉、相慶、相蘭也依次坐著；楚氏穿著灑金冬裙，馮氏穿得更喜慶，另外還有幾個孫子輩的孫媳婦們也都在座。

桌上擺著十八道熱菜、八道涼菜，盤盤色香味俱全，只是魏老太爺不提筷子，旁的人也不敢動。好一會兒，魏老太爺才執起了牙箸，筷子尖在面前的幾盤佳餚上逡巡，卻遲遲不肯落下。

一桌人都盯著魏老太爺的手，只等他下筷子就動手，誰知魏老太爺卻又嘆了一口氣，有些生氣地把筷子丟到了桌子上。

一桌人都知道是為了什麼事，但都不敢勸。魏正誼總不能讓一家人大年三十餓著肚子，硬著頭皮勸道：「爹，好歹吃些吧，相思再過三、兩日就回來了。」

魏老太爺皺眉揮了揮手。「你們吃吧，我沒胃口。」

話雖是這麼說的，可您不吃，誰敢動手呢？

魏老太爺心裡難受得很，也不管此刻是大年夜。「相思年中就去了韶州府，先是遇上大瘟疫，接著又遇上流民；他才多大的孩子，就遭了這麼些罪，我夠狠心，你們做爹娘、叔嬸、兄弟的，也是夠狠心。」

好了，這下一桌的人，誰還敢吃呀？

相慶怕魏老太爺憂思過度，忙上前勸道：「相思機靈著呢，且這次去京裡又是受封賞，沒什麼苦吃，即便是到了金川郡，也還有忍冬閣做依仗不是？再說唐玉川走之前，我和相蘭特意叮囑他照顧相思，再不能放他一個人，眼下他們兩人在一起，沒什麼好擔心的。」

魏老太爺是越老越沒出息，雖相慶這般勸他，卻想起今兒是除夕，家家戶戶都要團圓的，他們在府中和樂，他那孫子在路上，還不知能不能吃上熱騰騰的飯菜，心裡越發不好受起來。

在魏老太爺這朵烏雲的籠罩下，屋內眾人哪個也不敢說話，一時間，年夜飯變成了悔過宴，各個低頭思過，生怕惹了魏老太爺不快。

偏偏門「吱呀」一聲開了，惹出這場禍事的正主此刻就站在門口，屋裡的人都以為是丫鬟來添酒布菜，竟沒一個抬頭去看，一時就將相思晾著了。

相思撓了撓頭。她一進府就直奔春暉院來，本想給眾人個驚喜，誰知卻沒人理她，一時就有些苦悶。「你們……幹啥呢？」

眾人聞聲看去，只見面皮乾淨、笑容可親的相思正站在門口，一雙眼睛眨呀眨的，實在是招人喜歡，便是一直極討厭相思的相慶媳婦，此時都恨不得衝上去親她兩口。

楚氏最先反應過來，衝上來一把把相思摟進懷裡。「我的兒啊！」

相思嚇了一跳，好說歹說總算把自己老娘的毛給理順了，這才給魏老太爺和諸位長輩請安。

魏老太爺多雲轉晴，全不是方才那副模樣，加上相思又專挑些好玩輕鬆的事情講，魏老太爺很快就笑得合不攏嘴。

多數人倒也是真的開心，只有相學、相玉兩兄弟冷著臉。

家宴之後，相思在魏老太爺屋裡敘了一會兒話，出門就看見相慶和相蘭站在院裡，她忙上前拉著兩人往章華院走。「去我屋裡說。」

三人到了相思的屋裡，都是一起長大的兄弟，便什麼都說、什麼都問，直到天快亮時，兩人才各自回了院子。

雲州府的習俗，初十之前是不開門做生意的，相思便有十日的閒暇。第二日也沒早起，一覺睡到了晌午，起來就是吃吃喝喝；下午唐玉川來找相思，相思便讓丫鬟去把相慶、相蘭尋來，四個人就坐在床上摸骨牌，時間消磨得極快。

只要顧長亭不在，四個人一起玩，總是相思手氣最好，不一會兒就贏了一堆金錁子。

唐玉川見到金子便眼熱，沒奈何不能直接伸手去搶，便翻著白眼擠兌相思。「以前相蘭說你娘娘腔，我還沒覺得，怎麼今年看你越來越女氣了，以後到底能不能讓你媳婦懷上？」

相思心裡問候了唐玉川本人，把身前的金錁子理了理，堆得小山一般，斜眼覷著唐玉川。「你自己又好到哪裡去？」

唐玉川一梗，搓了搓自己白嫩的臉皮，力圖搓得粗糙爺們一些。「總比你好一些！」

相思「噓」了一聲。「五十步笑百步。」

晚上四個人一起吃飯，因天氣有些冷，相思便不想出門，於是又是摸骨牌，她的荷包就鼓了起來。

因初十之前不做生意，相思便有了許多空閒，歇息夠了，就和幾人上街閒逛。其間去了一趟顧長亭家裡，坐了半天閒話家常，後又去拜訪盧長安；沈繼和被抓後，一直是盧長安暫時主理沈香會的事，好在事不多，勉強能維持著。

初九，因第二日要到藥鋪去，相思從早上便開始封紅包。這是每年的習慣，掌櫃小二來她面前喊一聲「恭喜發財」，或者「大吉大利」，然後抽走紅包開始做事。

中午楚氏過來，讓相思陪她去一趟寒積寺，說是之前許了願，要去還願，相思便簡單收拾一下，與楚氏出門。

寒積寺很靈驗，寺裡的僧侶很虔誠，一直香火鼎盛。相思和楚氏到的時候已是下午，寺裡卻還是人來人往，在主殿裡燒了香、添了香油錢，楚氏便去殿後求平安符，相思在寺門等著。

一輛馬車緩緩從她面前駛過，車簾掀開了一條縫，相思沒注意，依舊有些百無聊賴。

車內的人壓低聲音。「小姐，門口那人是魏相思。」

另一人動了動，黑暗中的眼閃過一抹恨意，隨即這恨意裡摻雜了幾絲疑惑。「怎麼越看越像個女兒家？」

車裡的人又盯著不遠處的相思看了一會兒，眼中陰狠之色更盛。「魏家老大膽子倒是不小嘛！」

這馬車裡的人，正是被魏正信休了的秦氏。離開魏家之後，秦氏便一直住在娘家，魏正信自然再沒見過，相學和相玉倒是時常來看她，接濟她些銀子，日子倒不至於太難過。回到家裡，秦氏仔細琢磨了半晌，心裡有了主意。

趙嬸快六十歲了，步履卻依舊輕快，她才給城東一個年輕媳婦接生完，是個大胖小子，得了那戶人家的一個大紅包，心裡正高興著。

早年她是楚家的粗使婆子，因會接生，府裡有要生產的婦人，都來找她，漸漸竟也有了些小名聲，後來年紀大了，便被放出府來，兒子倒是還在楚家謀差事，只是不再是家奴。

不多時趙嬸兒到家，平日敞開的大門此時竟然從裡面關上了，喊了幾聲，她兒子才鬼鬼祟祟出來開門，拉著她進了院子，便又關上門。

「鬼鬼祟祟的幹什麼？」

「噓。」趙平拉著趙嬸往屋裡走，關上裡屋的房門，才從櫃子最裡面掏出一個錢袋子來。「娘你看，我今兒在路上撿的！」

趙嬸接過一看，沈甸甸的足有幾十兩，有些慌了。「在哪兒撿的？」

「就咱家門口，沒人看見。」趙平有些洋洋得意。

母子兩人正要數錢，就聽見大門被拍得作響，趙平嚇得手腳冰涼，倒是趙嬸冷靜些，把錢袋子重新塞回櫃子裡。「平兒，你去看看是誰？」

趙平穩了穩心神，剛出房門，便聽「砰」的一聲，院門被踹開了，一個衙役領著幾個人進了院子。

那衙役一看就不是好惹的，按著趙平的脖子就進了屋裡，嚷嚷道：「有人看見你偷錢袋子了，快把錢袋子交出來！」

趙平哪裡見過這樣的事，當下渾身抖得篩糠一般，半天說不出一個字來，這時同來的幾個人已經在屋裡翻找起來。

趙嬸一看這架勢，知道八成是中了別人的套，正想辦法的時候，錢袋子已被翻找出來，那衙役一看，譏笑道：「這下你可要吃不完兜著走了，咱們老爺正要殺雞儆猴呢！」

趙嬸上前一步，想往衙役手裡塞銀子，誰知那衙役竟把銀子往地上一摜。「誰稀罕妳這點錢？」

「妳若想救妳的兒子，也不是沒辦法。」一直站在幾人後面的秦氏緩緩走了出來，趙嬸以前曾去過魏家幾次，是遠遠見過秦氏的，且前些年秦氏被休，事情鬧得人盡皆知，趙嬸便更記住了。

「秦奶奶，且饒了我們母子吧！」趙嬸一下子抱住秦氏的腿。

秦氏開門見山道：「魏相思是不是女兒身？」

趙嬸心裡一慌，卻沒回答，那衙役一拳打在趙平身上，趙平哀號一聲求饒。「大爺別打了！」

秦氏見趙嬸還不說，便加了一把柴火。「妳要是不告訴我實情，妳兒子今晚就在牢裡過吧！那牢裡可都關著死囚，保不定他就活不到早上升堂了呢？」

那衙役平素和秦氏父親做些見不得人的勾當，幹起壞事來那是駕輕就熟，聽秦氏這麼說，便要拉著趙平回府衙去。

趙嬸一看躲不過，咬牙狠心道：「我說！我說！」

第二日清早，趙家便人去樓空，至於這對母子去了哪裡，沒人知道。

魏正信自從沒了秦氏的管束，越發地無法無天，平日眠花宿柳愜意得很，這夜他宿在個相好家裡，才出院門便看見秦氏從馬車上下來。

他啐了一口，轉身就要走，卻聽秦氏厲聲喝道：「我能幫你奪得魏家的產業。」

魏正信只當她說謊，繼續往前走，秦氏急了。「魏相思是個女兒！大房沒兒子！」

這下魏正信停了腳步，他轉身抓住秦氏的胳膊，陰著臉道：「妳說什麼？」

秦氏推開他的手，撣了撣袖子。「我說，你能扳倒大房，分家產了。」

這日鋪子裡的事情有些多，相思回府的時候天已有些黑了，才下車便看見魏興站在門口，相思笑道：「這麼冷的天，魏叔怎麼站這兒了？」

若是往常，魏興肯定要和善解釋的，今日卻很反常，面上無一絲情緒，只是生硬道：「老爺請您過去一趟。」

相思內心忐忑地走在去春暉院的路上。事情……不妙啊！

果然，一進廳門，便看見魏老太爺坐在主位上，魏正信、魏正孝、馮氏站在兩側，而她親爹、親娘站在中間。

相思往屋裡看的時候，魏老太爺也抬頭看她，然後大喝一聲。「來人！」

第八十三章

相思嚇了一跳，還沒等她反應過來，便有兩個粗壯的婆子一左一右上前抓住她的胳膊，她哪裡敢掙扎，被兩個婆子拖到了裡屋去。

不多時，一個婆子從屋裡出來，在魏老太爺耳邊說了幾句話，只見魏老太爺那張臉由白變青，由青變紫，由紫變黑，然後終於爆發。「反了！反了、反了！」

桌子被他拍得震天響。「好啊、好啊！我的好兒子、好孫子啊！你們幹得好啊！」

魏老太爺眼睛都氣紅了，渾身劇烈地顫抖著。他的寶貝大孫子沒有鳥了啊！沒鳥了，說沒鳥就沒鳥了，他的鳥飛走了！

魏正誼平素不是個有膽色的，這次忽然被揭發，腦子裡「嗡嗡」直響，心膽俱裂，撲通跪到地上。「爹，這事全是我的錯，您別氣壞了身子才是啊！」

楚氏也膽小，跟著自家相公跪在地上，垂著頭不敢說話。

魏老太爺的火氣，哪裡是兩人跪下認個錯就能消了的，他拍著桌子大喊。「魏興拿家法，把家法給我拿來！」

魏興去取了家法過來，卻不肯交給魏老太爺，勸道：「大少爺雖然有錯，也消了氣再處置，老爺別傷了父子之情。」

魏老太爺現在哪裡聽得進別人的勸，把眼睛一瞪。「父子情？他瞞騙了我十幾年，他怎麼不念父子情？」

旁邊站著的魏正孝不敢插嘴，馮氏也因事出突然，有些不知所措，只有魏正信一副胸有成竹的模樣，見此，便伸手去奪過魏興手中的家法，恭敬遞給魏老太爺。「大哥這事做得實在不像樣子，竟然為了家產，這般欺騙全家人，瞞騙我們便罷，竟然連爹也騙了，雲州府誰不知道相思是個帶把的，如今忽然沒了把兒，你讓爹以後怎麼出門？怎麼見人？」

魏老太爺一聽這煽風點火的話，便如同熊熊燃燒的火堆裡倒上了一桶油，「呼啦」一聲竄起齊天高的火焰來，扯過那家法便往魏正誼身上抽。「你讓我以後怎麼有臉出門？為了家產你竟然能做出這樣不孝的事，我還當你是兄弟幾個裡最老實忠厚的，誰知你竟是個最壞的！」

啪！啪！啪！啪！

藤條編成的家法極為柔韌，雨點一般抽在魏正誼的肉上，疼得他的臉都抽搐扭曲起來，卻是一動也不敢動，就跟木樁一般杵在那裡挨打。

楚氏是從犯，自然不敢勸，旁的魏正孝和馮氏也不願意蹚渾水。不得不提的是，若是以前，馮氏遇上這樣的事肯定是要火上澆油的，但這幾年相慶、相蘭兩兄弟和相思走得極近，平日裡她說大房的不好，這兩兄弟也總是開導她，加上相思對兩兄弟的照拂她也看在眼裡，對大房的想法便真有些轉變。

只是今日忽然知道相思是個沒把的，她心裡有些複雜，既慶幸魏正信把這事揭發出來，可也有些莫名不好受。

魏老太爺劈頭蓋臉地一頓抽，心裡邪火稍稍消了一些，就聽見裡屋傳來腳步聲，接著，鳥飛走了的相思低頭走了出來，她依舊穿著原來的衣服，只是方才驗身脫掉衣服，穿妥當了才出來。

魏老太爺白胖的臉跟中風一般抽搐起來，嘴張大又合上，要罵又不知罵什麼好，氣得拍著大腿「哎喲、哎喲」地直叫喚。

相思不敢再惹魏老太爺，夾起尾巴乖乖在魏正誼旁邊跪下，聲音可憐。「爺爺別生氣，別氣壞了身子。」

「妳怕我氣壞身子，怎麼還撒了這麼大的謊？枉費我平日疼妳，什麼事都依著妳，合著最後你們一家子把我當猴兒耍！」魏老太爺的大腿都要拍腫了，眼睛也氣紅了，越說越生氣，舉起家法就要打相思。

相思哪裡敢躲，縮著脖子等那家法落下來，魏老太爺的手頓了頓，想起相思這一年吃的苦，這家法就怎麼也打不下去，但是心裡的火氣總要往外撒呀，於是「啪」的一聲，狠狠落在了魏正誼的身上。

魏正誼吃痛悶哼了一聲。相思心裡鬆了一口氣，心想，這事爹你是主謀，就替女兒多擔待些吧，女兒不孝啊……

魏老太爺又抽了幾下解氣，喘著粗氣喝道：「把大房的管家鑰匙收上來！」

魏興便從魏正誼手中取走了一串鑰匙，又聽魏老太爺道：「魏興，你明兒去把城裡的幾家鋪子都收回來！」

魏興應了一聲，相思小心叮囑道：「魏叔，明兒城東的鋪子要合帳，帳本在錢掌櫃那裡；城西的鋪子要發工錢，已和帳房說好了；城北的鋪子……」

「行了！」魏老太爺越聽越氣，氣得大喊。「顯擺著妳！」

相思於是乖乖閉嘴。

魏老太爺奪了魏正誼的掌家之權，讓楚氏回章華院閉門思過，又讓相思父女去跪祠堂，只等他想好之後再做處置。

魏正孝壯著膽子勸了幾句，見魏老太爺臉色不好，便忙退出去了。

魏正信見此時沒有自己的事了，便也想告退出去，卻被魏老太爺叫住。魏正信心裡有些忐忑，雖說自己揭發了大房的陰私，魏老太爺今日也收沒了魏正誼的管家之權，但到底老太爺心裡是不痛快的。

「爹，大哥的事您也看開些，好在這事發現得早，若再晚些，還不知要出些什麼亂子呢！」魏正信仔細觀察著魏老太爺的臉色，不痛不癢地勸著。

魏老太爺喘了幾口粗氣，手心抓著那串冰涼的鑰匙，心裡極不是滋味。起初他雖然震怒，但打了魏正誼一通，到底是出了一些火氣的，現在倒也冷靜下來，只是極為羞惱。

他怎麼能不羞惱呢？他寶貝大孫子的鳥飛走了啊！

「這幾年，你一個人帶著相學、相玉過日子，也苦了你了。」魏老太爺說著，起身拍了拍魏正信的肩膀，又嘆了口氣。「大房做出這等事，實在難以原諒，但這事你萬萬不能傳揚出去，說到底相思還是魏家的人，她現在領了朝廷的封賞，若是朝廷追究起她的隱瞞之罪來，也要牽連魏家的。」

魏正信一時沒反應過來，只得點頭答應了，但等他回院後一思索，便覺得不對。

當夜他便出府去找秦氏，把今日事情的原委都與她說了。「妳說爹是什麼意思？」

秦氏眼中閃過一抹陰狠之色，陰陽怪氣道：「還能是什麼意思？他如今生著氣還護著大房，若是氣消了，管家之權和全部家財還是要交還給大房的，到時候你和四房還是喝人家剩下的湯！」

「不會吧……」魏正信有些遲疑。「魏相思既然是個丫頭，以後肯定是要嫁出去的，家財她是別想繼承了，大房也沒生出個兒子來，到時候誰來繼承家業？」

「你管誰繼承呢！老太爺到底是向著那窩囊的大房，只要老太爺走的時候，管家之權在大房手裡，你和你那窩囊弟弟就再也不用肖想了！」

「那怎麼辦？」

秦氏其實心裡早想好了法子，只是偏要用話激一激魏正信，知他是真的急了，這才悠悠然開口道：「法子放在你的眼前，你自己不看怪誰？」

魏正信狐疑地看著秦氏，便聽她又道：「老太爺為什麼不讓你把魏相思是女兒身的消息傳揚出去？還不是因為朝廷會追究她的隱瞞之罪。我聽說她是受了皇上的封賞，這隱瞞女兒身的事可不是小事，說不定是要殺頭的，你只管把這事捅到官府裡去，我爹在府裡做幕僚，正好可以把事鬧大。」

魏正信想了想，卻有些遲疑。「若真判了欺君之罪，只怕魏家也要牽扯進去，妳這法子不成！」

「你怕什麼？魏家能不能牽扯進去，還不在於官府怎麼說？我爹是新州牧十分器重的幕僚，在旁邊說幾句話，你們魏家就能免了滅頂之災。」秦氏冷哼一聲。「而且這事只要你用魏家的名義去檢舉，自然就能把魏家撇乾淨，你若是現在不去檢舉，只怕日後魏家才要被牽連呢！」

魏正信一聽，被秦氏說服了幾分，誰知想了一會兒，卻又皺起眉來。「只怕就算我用魏家的名義去檢舉，官府來魏家核實時，爹也要護著大房的。」

「算你還有些腦子。」秦氏說著，從袖子裡掏出個小紙包來擱在桌上。

魏正信拿起那紙包聞了聞，也沒聞出個所以然來。「這是什麼？」

「硝石桃仁散。」

「要這玩意兒做什麼？」

秦氏看了魏正信一眼。「老太爺胃一直不好，平日若是吃了寒涼的食物，都要疼個半天，這硝石桃仁散，最是陰寒，吃了之後，他便要病得起不了床，到時候大房不管事，四房又和你是親兄弟，魏家不就是你說了算？官府的人要去核實，你把大房交出去，讓他們一家三口治罪，就再也沒有後顧之憂了。」

一聽這話，魏正信像被燙著一般把那紙包扔回桌上，直搖頭道：「不成，這法子不成！」

秦氏一聽也惱了，「啪」地把茶杯摔在地上。「這法子不成，你倒是自己想個法子，你要是能把這件事辦成了，我也佩服你，以後相學、相玉跟著你吃香喝辣，也不用再看人臉色，更不用想娘都見不到！」

打蛇打七寸，這幾句話說到了魏正信心裡。他與秦氏雖沒有什麼夫妻情分，但兒子到底是自己的骨血，若他掙不著家產，相學、相玉也根本沒分，想到這裡，他便下了決心。「吃這麼多硝石散真的沒事？」

第二日夜裡，魏老太爺出了事。

入夜前，魏興便有些心緒不寧，所以用過晚膳後，便在外間守著，誰知夜裡忽然聽見魏老太爺屋裡傳出「哇」的一聲，慌忙進裡屋點燈察看，立時就嚇傻了！

地上一大灘暗紅色的血塊，那血塊裡還摻雜著些漳縻，十分可怖。

「來人！來人！老爺吐血了！」

外間的下人聽見叫喊聲，衣服也不及穿，就衝了進來，見到這場景全都嚇傻了。

「快去請大夫！去叫人來！」魏興一面檢查魏老太爺的氣息，一面大喊，下人們便請大夫的請大夫，找人的找人。

相思和魏正誼在祠堂裡聽見了外面的響動，顧不得魏老太爺的責罰，拔腿便往春暉院跑。

還未進屋，相思便聞到刺鼻的血腥味，心道不好，疾步走到床前，就見魏老太爺雙眼緊閉，頭上全是虛汗，原本白胖的臉此刻蠟黃可怖。她看了一眼地上的嘔吐物，全是暗紅色的血塊，判斷應該是靜脈出血，積了一胃，便嘔了出來，但是出血量應該不少，要止血！

相思上前一摸魏老太爺的脈搏，脈速很快，但還在正常範圍內，便立刻對魏興道：「魏叔，馬上去煎烏骨止血湯，用冰鎮涼了端過來！」

這方子是常見的方子，是個郎中都會開，相思之所以知道，也是之前準備手術時，因擔心內出血等急症出現，才篩出這麼個方子來。她和戚寒水試過，十分好用，至於鎮涼了，則是為了使胃內血管收縮，使血更快止住。

大夫此時還沒到，魏興也信任相思，當下便應聲親自去煎藥。魏老太爺這病來得蹊蹺，他此時信不過別人。

「爺爺。」相思貼在魏老太爺耳邊喚了一聲，聲音雖還鎮定，手卻有些抖。消化道出血嚴重到一定程度，即便在醫療技術先進的現代，也要下病危通知書的，她沒有把握……

魏老太爺一頭一臉的冷汗，聽了這聲呼喚悠悠睜開眼來，嘴咧了咧，沒發出聲音，只是上身欠了欠，似是想要坐起來。相思嚇了一跳，慌忙按住魏老太爺的肩膀。「您現在一動也不能動，越動出血得越厲害！」

聽了這話，魏正誼也按住魏老太爺的身子，紅著眼睛道：「爹您先別動，聽相思的。」

這時魏正信和魏正孝一幫人也到了，見相思父女在這兒，別人倒沒說什麼，魏正信卻冷了臉。「爹病了都是你們氣得，你們還不快點出去，想氣死爹嗎？」

魏老太爺病得這麼重，魏正誼哪裡肯離開，心中又氣，罵道：「爹病了，你不說關心病情，在這裡嚷什麼嚷！」

魏正信偏偏這個時候犯了渾，伸手來拉魏正誼。「你出去，爹不想見你！」

魏正誼抬手就是一拳，狠狠砸在魏正信的顴骨上。魏正信哪是善茬，也不管這是在屋裡，便和魏正誼拉扯起來。

第八十四章

相思一看急了。現在魏老太爺最不能動怒，他們兩個人在屋裡打，還讓不讓魏老太爺好過？

「把他倆拉出去，別在這裡鬧！」

屋裡的下人哪裡敢動手，倒是相蘭怕魏老太爺不好，衝上去拉魏正信，想把他拉出門去，誰知魏正信竟打紅了眼，劈手就打了相蘭一巴掌。

相慶見自己兄弟挨了打，又見魏老太爺瞪眼瞅著這邊，也是氣得不行，再不管什麼叔叔、伯伯、長輩，上去就給魏正信一肘子；相學、相玉見親爹寡不敵眾，掄胳膊、挽袖子也加入戰局，一幫人就這樣你一拳、我一腳地廝打起來。

馮氏雖平日潑辣些，但對魏老太爺倒是有幾分孝順，再看不過去，指著旁邊兩個小廝。

「給我把他們都推出去！讓他們出去打！」

那兩個小廝還不敢動作，馮氏便先動起手來。一腳把離門口最近的相玉踹了出去，相蘭又追出去打相玉，相學便追出去幫相玉，相慶又追出去打相學，這下子好了，一家子大小兩輩打成一團。

好不容易把人都弄出門，馮氏便看見魏正孝站在門口搓手，一副想上不敢上的樣子。馮氏心裡生氣，罵道：「想上你就上，你兒子都在外面呢，你去了他們也少挨些打！」

魏正孝一聽，有了些膽量，雖有些猶豫，卻也出門想去保護自己的兒子，但他到底是膽子小，在旁邊比比劃劃不敢上手，倒是被魏正信先打了一拳。相慶、相蘭這就不幹了，他倆雖然比相學、相玉年紀小幾歲，卻也正是年輕力壯的時候，打起人來毫不惜力，他們見自己的爹被魏正信打了，便加倍使勁揍相學和相玉，場面十分激烈。

馮氏見外面亂成一團，便關起門往床邊走，她見地上那麼一大灘血，心裡有些擔心，站在相思旁邊問：「怎麼樣啊？」

「魏叔熬藥去了，一會兒喝了藥再看看。」

相慶媳婦兒謝氏也站在床前。「日裡爺爺還沒事呢，怎麼這會兒忽然就發了急症？」

有個想法劃過相思的腦海，讓她心裡發寒，但現在這些都不重要，最重要的就是保住魏老太爺的命。「先別管這些了，嫂子幫我看看藥煎好沒有？」

相思話音剛落，魏興便小心翼翼端著個藥碗進門，相思忙接過那藥碗，拿起勺子就要餵魏老太爺喝藥，卻有個府裡的小廝領著幾個人進了門。

為首那人拎著個行醫百寶箱，佝僂著身子，再後面卻是兩個衙役，兩個衙役後面還站著個婦人。

相思面色一冷，也不管這幾人要幹什麼，拿起勺子便開始給魏老太爺餵藥，那藥是用冰鎮過的。「爺爺慢點喝，有點涼。」

魏老太爺張開嘴，方才吐血時鼻腔裡都是血也來不及擦，眼睛卻看向才進門的幾人。

相思知道他在擔心什麼，微微笑了一下，安撫道：「爺爺，一會兒不管發生什麼，您都不要著急、不要動氣，相信我，我肯定能應付得了。」

魏老太爺眨眨眼，藥已喝下去半碗，相思忙抬頭對魏興道：「魏叔，再熬一碗藥，一會兒還要喝的。」

那大夫卻來到床前，皺眉看了相思一眼。「你給老太爺喝的什麼藥，別喝壞了，我到時候也治不好。」

相思沒理那大夫，把一碗藥都餵了下去，還是有些不放心地拍了拍魏老太爺的胳膊。「爺爺，一會兒千萬別動氣，不管他們說什麼、做什麼都不能動氣，不然一激動，血止不住，就不好治了，他們這時故意來氣您呢！」

魏老太爺微微頷首，眼中帶著些水氣，相思這才放下心來。

那大夫見相思不理自己，自行把了脈，捻了捻鬍子，老神在在。「老太爺這是情志鬱結於胸，我開個方子服下，應當無事。」

說完，他便「刷刷刷」寫了個方子出來，交給那小廝。「拿這方子去抓藥，煎好了送過來。」

「慢著。」相思起身，從小廝手裡接過那藥方看了一眼，只見上面有紅花、桃仁兩味藥，便將那方子摺好揣進懷裡，問那大夫。「爺爺方才吐血了，你這方子裡卻有兩味藥是活血藥，不怕吃死人嗎？」

那人就是個江湖郎中，收了秦氏十兩銀子，準備幹完這活就走，哪承想相思竟是個頗通藥理的，當下便有些惱羞成怒。「這……這有什麼，老太爺吐血本是鬱結所致，一定要喝這個藥，不喝不行的！」

見自己找來的大夫被問住，秦氏給同來的衙役使了個眼色，那衙役立刻惡聲惡氣問：「誰是魏相思？」

相思抬頭看向那衙役，不卑不亢道：「是我，怎麼了？」

那衙役上下打量了相思一遍，依舊沒有好氣。「我們收到狀子，狀告妳故意欺瞞聖上！」

相思回頭看了一眼，見魏老太爺情緒穩定，才放下心來，對那衙役道：「即便收到狀子，也要等天亮升堂才能提審，你這時候來，讓我懷疑你是和歹人串通好了，故意來找麻煩的。」

那衙役本是來嚇唬相思的，他想著相思不過是個女子，膽子定然小，聽聞被告，肯定要慌了手腳，哪裡想到她竟這般沈著冷靜，絕不是個好糊弄的。他看了看秦氏，見秦氏一臉陰狠之色，便只得硬著頭皮道：「官府辦案，哪有妳問話的分，跟我們回府衙去！」

這時外面廝打成一團的魏家人也都進了屋裡來，身上全都掛了彩，有的鼻子流血，有的嘴角流血；最慘的就是魏正孝，他本來就膽小，打人又不敢下狠手，被揍得鼻青臉腫。魏正誼一看，秦氏竟也來了，心中大為惱恨，當年相思差點被秦氏害得丟了性命，他可還沒忘！

「妳早已被休了，來魏家做什麼！」

魏正信和魏正誼的梁子早已結下，此刻偏要和魏正誼對著幹，聞言便道：「是我讓她來的，相學、相玉總不能一直做沒娘的孩子，當年的事是怎麼個真相誰又知道？不過是魏相思她空口陷害，讓相學、相玉這些年揹了罵名！」

秦氏任由他們兩兄弟吵，伸手把相學和相玉召喚到身前，拿帕子仔細擦掉兩人臉上的血。「你們兩個傻孩子，即便是自己家的人，這般對你們，你們也要使勁地打才是呀！」

馮氏唾了口吐沫。「真是什麼樣的娘出什麼樣的兒子！」

秦氏笑了笑。「弟妹，不管怎麼說，咱們兩個都是親妯娌，大房他們為了家產做下這等欺上瞞下的事，咱們自己要是再不爭取，以後想爭可就爭不著了。」

此言一出，屋裡鴉雀無聲，這的確是選立場的時候。

魏老太爺病倒了，也不知能不能救回來，若是就這麼沒了，以後自然管不了家，若此時三房、四房聯起手來，又有秦氏她爹府衙這層關係，魏正誼根本就爭不贏。

魏正孝雖然本性怯懦，但並不是全無想法，此刻聽了秦氏這般說，看了看馮氏，想開口說話，卻又想起平日裡魏正誼的好處，話便說不出口。

馮氏卻不像他這般想法。這幾年相慶、相蘭也管家裡藥鋪的生意，且又是相思主動要他們管的，即便以後一直是大房掌家，相慶、相蘭也差不到哪去。家裡鋪子這麼多，都請外人肯定是不成，且魏正誼和楚氏只生了相思這一個女兒，以後也是要嫁出門去的。

魏正孝和魏正信雖然是一個媽生的，但這麼多年，並沒什麼深厚的兄弟情，馮氏她自己和秦氏也是見面就要吵，連帶著下面的相慶、相蘭也和三房的兩兄弟不對盤，若是以後三房當家，那也是護食吃的主兒，魏正孝爭不過，也只能乾餓著，反倒不如一直讓厚道老實的魏正誼做這個當家人。

打定了主意，馮氏便準備開口，誰知相蘭卻厲聲道：「爺爺現在還病著，妳這外人來教唆什麼？即便三伯讓妳回來，妳在魏家也沒立場說話！爺爺就更不願意看妳，妳滾回妳的院子裡去！」

這話說得很不客氣，倒不是相蘭和秦氏有過節，只是如今魏老太爺病著，秦氏又偏偏在這個時機上來，相蘭便不往好地方想。

他剛知道相思是女兒身時，也是震驚非常，但到底是從小一起長大的情分，只驚不怒。

相蘭既然已擺明了立場，相慶便也站了出來，他與相思站在一起，對秦氏道：「爺爺正病著，有事也要等爺爺好了再說，請妳出去。」

秦氏氣得渾身發抖。「好啊！你們好啊！一群窩囊廢！窩囊廢！」

馮氏啐了一口。「妳自己的小算盤打得叮噹響，妳以為我們不知道？這麼多年，三房為家裡做過什麼？妳那兩個兒子也跟他們爹一樣，成事不足、敗事有餘，若是以後管家之權落在你們手裡，要不了幾日我們就得上街去要飯。」

「所以你們就跟著大房後面拍馬屁，求他們賞口飯吃？」

馮氏正要還口，卻見相思對她搖搖頭，馮氏便閉了嘴。

相思目光掃過屋內眾人，面色沈靜，正要開口說話，卻聽得身後「哇」的一聲。相思心裡一涼，忙回頭去察看，便見魏老太爺側著身子在吐，地上又是一灘暗紅色的血。

秦氏給那大夫遞了一個眼色，那大夫會意，斥道：「我就說妳那方子不成，還不快拿了我的方子去抓藥，要是再晚些，老太爺可就沒救了！」

相思沒管那假大夫說了什麼，察看魏老太爺的嘔吐物，估算著比上次稍少一些，心裡著急，大喊了兩聲，讓人快把藥端進來。

那大夫見縫插針，不陰不陽道：「妳這個治法，老太爺可要被妳治死了。」

魏正信幫腔道：「就是，妳不通醫理，別是故意想害死爹。」

說著，他便指著個小廝。「你快按照大夫的方子去抓藥，煎好了送過來。」

那小廝有些為難，假大夫卻從懷裡掏出個小瓶，從裡面倒出兩顆藥丸來，就要上前給魏老太爺服下，相思一把抓住他的手腕。

「妳幹什麼！」假大夫怒斥。

相思給相慶、相蘭使了個眼色，兩人立刻上前架住假大夫。

魏正信惱了。「你們胡鬧什麼！」

相思也怒了，瞪著魏正信問：「我治壞了我償命，他治壞了，你給償命嗎？」

「妳……腦子有病！」

這時魏興已端了藥碗進屋，還是冰鎮過的，相思片刻也不敢耽誤，餵魏老太爺喝了。

魏正誼有些擔心。「這藥管用嗎？我再去請個大夫來吧！」

相思此時手是抖的，只是藏在衣袖裡，沒有人發覺，她一手摸在魏老太爺的脈搏上，覺得自己的心也跟著「撲通、撲通」亂跳，聽了魏正誼的問話，便答道：「方才又吐了，並不是因為藥沒用，而是第一次吐了之後，沒有及時喝藥，腹裡的血一直往外滲，即便後來喝了藥，裡面的血卻也積了不少，是故吐了出來。大夫倒是還可以再找一個，城東的曾大夫常來家裡看診，去請他來吧！」

魏正誼便出門去尋人請曾大夫。屋裡的秦氏見毒計不成，相思一邊又人多勢眾，便給那衙役使了個眼色，那衙役便敲了敲桌子。「哎哎哎！都幹什麼呢，官府查案呢！有人告妳欺瞞聖上，快和我們回府衙去！」

相思看魏老太爺暫時穩定下來，便想先打發了這衙役。「你說有人告我，我想問那人是誰？」

「我告的！」魏正信站了出來。「妳欺瞞自己的身分，魏家不能被妳連累。」

一直沈默不語的魏老太爺聽了這話，眼睛都瞪圓了，相思怕魏老太爺情緒又起波動，拍了拍他的手臂，對那衙役說：「我是受到皇上親自封賞的，雲州府沒有問責之權，即便要降罪，也應由雲州府上稟到京城再由朝廷問責。按照大慶律法，你們沒有合理的理由讓我現在和你們回去，至多不過是不准我離開雲州府。」

狀子雖遞給了新州牧，但州牧的意思也是上報給朝廷等消息，這衙役來抓人的事，他是不知道的。相思把律法搬了出來，那衙役便糊弄不得，再加上此時形勢一邊倒，他便是想用強，魏家這些人只怕也不可能讓。

權衡利弊，那衙役只得不情不願地走了，秦氏卻沒走，依舊等著。

等魏老太爺一命嗚呼。

過了一會兒，魏老太爺頭上的汗消了一些，相思心裡憋悶得難受，讓魏正誼和楚氏看好魏老太爺，快步走出了春暉院。

她一直快步走著，不看別人的目光，也不做絲毫停留，徑直出了府門。此時月至半空，街上空無一人，相思坐在門前臺階上，頭埋在雙膝之間，腦中一片空白。

此時有急促的馬蹄聲漸行漸近，停在門前。相思抬頭去看，見是一輛玄色的寬大馬車，車壁上印著七葉忍冬徽章。

馬車上下來一個人，徑直走到她面前，她無言，伸手抱住那人的腰。

那人摸了摸她的頭頂，聲音溫和。「誰惹妳了？」

第八十五章

相思沒說話，臉在他的衣服上蹭了蹭，起身拉起他的手往院子裡走。

她走得很快，牽著他走過她生活的地方。府裡的丫鬟、婆子看見兩人牽手進來，都有些詫異，也不知這人是從哪裡冒出來的？

很快兩人到了春暉院裡，一進裡屋，便看見魏正誼、相慶和相蘭幾人護在床前，虎視眈眈地看著魏正信和秦氏。相思方才只是心裡憋得難受，又不敢在老太爺面前哭，也不願在秦氏等人面前稍露軟弱之態，所以才出門去平緩一下情緒。

如今進門卻又領了一個人進來，秦氏便以為相思方才是尋幫手去了，冷哼一聲。「也不知是哪裡尋來的野漢子，想趁著老太爺病重，來搶家產嗎？」

魏正誼尚未開口，相慶卻已譏笑道：「妳自己總那麼齷齪，便把別人也想得髒，這是忍冬閣的溫閣主。」

「忍冬閣？溫閣主？你唬誰呢！」秦氏不信，又拿那雙陰狠的眼睛去瞧溫雲卿，只覺得這人好看得緊。

相思卻未理秦氏，逕自拉著溫雲卿到了魏老太爺床前。

溫雲卿也不多問，才進屋便已看見地上的兩灘血，心中已有判斷，到了床前輕聲道：

「老太爺，我要給您把脈。」

見魏老太爺緩緩睜開眼睛，溫雲卿便伸手摸上了魏老太爺的脈門，相思眼巴巴瞅著溫雲卿，生怕他露出「無能為力」之類的神色，但他卻始終微微笑著。過了一會兒，他鬆開魏老太爺的手腕，手掌緩緩撫上魏老太爺圓潤的胸腹，停留在胃腸之間。

「沒事，方才妳應該給老太爺喝過止血藥了吧？」溫雲卿抬頭看向相思，發現她比之前消瘦了些，臉頰上原本長著的肉都不見了，下巴尖尖的。

相思點頭。「喝了兩次烏骨止血湯，第一次是一個時辰前喝的，喝完後一盞茶的工夫又吐了一回，第二次是半個時辰前喝的。」

「止血湯起了效用，應該已暫時止住了腹內的血。」溫雲卿說完，從袖中拿出一個針包來，取出一根銀針，在燈下看了看，便想往魏老太爺手上扎。

「慢著！你要幹什麼！」魏正信慌忙上前阻止，就要來抓溫雲卿，卻被相蘭攔住。「你們說他是忍冬閣的溫閣主，他就是嗎？誰知道他是不是你們請來害爹的，想圖謀家產！」

溫雲卿視線在屋內眾人面上掃過，不怒不惱，接著緩緩搖頭，卻未說話，只是再次捻起那根銀針，緩緩扎進了魏老太爺手上穴道裡。

魏正信發了瘋一般。「你給我住手！」

秦氏也不認為眼前這男子會是忍冬閣的閣主。忍冬閣距此千里之外，而且大過年的又怎麼會來雲州府？

是故秦氏便有恃無恐，見相蘭攔著魏正信，便想去撞溫雲卿一下，只要扎壞了魏老太爺，這罪名就是板上釘釘。

「你們不要害爹呀！」秦氏大喊一聲，同時圓潤的身子已經衝向床邊，相思想上前擋住她，肩膀卻被溫雲卿按住，她看見自己親娘擋在秦氏面前，自己親爹又擋在親娘面前，接著秦氏就飛出去了。

是真的飛出去了。不知何時，蕭綏出現在屋裡，在秦氏撞到魏正誼之前，就用掌風將秦氏震了出去。

「我和你拚了！」相學一見自己的娘被打飛了，立刻紅了眼便要衝上來。

蕭綏方才見秦氏不過是個婦人，所以並未用盡全力，卻不代表他會對相學手下留情，於是「嗆啷」一聲拔出了侍衛刀。

這一下，別說魏正信等人，整個屋裡的人都嚇住了。

秦氏緩過一口氣，指著蕭綏道：「你擅自闖入別人家中，持刀行凶，你這是大罪你知道嗎？」

蕭綏一向面色冷峻，此時比平日還要冷上幾分，只見他從腰間拿出一枚鑄鐵腰牌，快速在眾人眼前一晃，冷漠道：「我乃大內侍衛，宮中有話，凡欲傷閣主者，我皆可自行處置，若你們誰再要衝上來，我就當你們不要命了。」

相學將信將疑，卻知自己不是蕭綏的對手，也怕丟了性命，於是就這樣僵持著，一時間屋內的人動也不敢動，生怕蕭綏的刀子不長眼，砍到自己身上來。蕭綏平日話少，今日能說出這麼一大段話，實在是太陽從西邊出來的奇事，所以說完便把嘴閉得跟蚌殼一般，高深莫測。

此時溫雲卿已運了一回針，魏老太爺起先面上還有疼痛難忍之色，此時眉頭已舒展開來，雙眼也閉上，睡著了。

相思用袖子給他擦了擦汗，又給他蓋好被，轉頭看見屋裡的人全都像木頭一般站著，便輕輕扯了扯溫雲卿的衣角，指了指蕭綏。

溫雲卿卻沒往蕭綏那邊看，而是旁若無人般伸手摸了摸她的臉，安撫道：「老太爺現在正需要靜養，若有人不懷好心，便是挨蕭綏一刀也不冤枉。」

楚氏此時就在兩人旁邊，看見自己寶貝閨女的小臉被人摸了，又急又氣，卻又怕說出來讓秦氏聽去做文章，便只能瞪眼看著。

屋裡有蕭綏鎮守，魏老太爺又睡得極安穩，見沒什麼可鬧的，魏正信和秦氏便領著相學、相玉回桐香院去。剩下的人守到天亮，楚氏和馮氏去準備吃食，家裡藥鋪又出了點事，魏正誼只得先出門去處置，屋裡便只剩幾個小輩和魏興。

屋裡這幾個人，都是相思信任的，她想了想，問魏興。「魏叔，爺爺昨兒都吃什麼了？」

魏興面色有些凝重，看著相思道：「吃食都是春暉院小廚房準備的，我與老爺都吃過，應該沒什麼問題，只是三少爺晚間送了一碗湯，老爺喝著味道不錯，就多喝了些。」

「那湯碗還在嗎？」

魏興點點頭。「原本在小廚房裡，夜裡老爺發了急症，我越想越不對，便將那湯碗藏起來了，裡面倒是還有一點殘湯。」

相思看了看魏老太爺，見他眉目舒展，於是壓低了聲音。「三叔自己不敢這麼做的，這兩天一定要盯住秦氏。」

「知道了。」

相慶、相蘭自然也聽到了相思和魏興的對話，與他們兩人心裡的想法差不多，便也沒插話。

相思揉了揉有些僵硬的脖頸，對相慶、相蘭道：「天亮了，你們先去睡一會兒，別都在這兒耗著。」

兩人不想走，但說不過相思，便只得先離開了。

於是屋裡只剩下熟睡的魏老太爺、相思和溫雲卿。這兩天事情一件接一件，相思的身體也有些吃不消，她看了看在旁邊椅上坐了一夜的男子，有些擔心他的身體。「你也先去休息吧！」

溫雲卿卻搖搖頭。「我在這兒，妳也放心些。」

相思於是不再說話，小手握住魏老太爺的大手，覺得好像比昨晚溫暖了一些，但魏老太爺呼出的氣息還是帶著些血腥味。

從昨晚到現在，魏老太爺沒有便血，這是好現象，說明只是上消化道出血。

但相思絲毫不敢放鬆，她一瞬不瞬地盯著魏老太爺的臉，魏老太爺眉毛動一動，相思的心肝就要顫一顫，一張小臉都嚇白了。

溫雲卿起身，緩步走到相思身後，食指和中指在她脖頸某處輕輕一按，相思的身子便緩緩軟倒下去，趴在床沿上。伸手摸了摸相思的頭頂，溫雲卿用自己的大氅給她蓋好，大氅是墨色的，將相思完全包裹進去，顯得她越發嬌小可憐。

這時楚氏端著吃食進門，見屋裡只有相思和溫雲卿便是一愣，等看到相思身上披著溫雲卿的大氅時，心裡「咯」一聲，就看見溫雲卿那雙平靜溫和的眼。

楚氏性子極溫和，不好開口詢問，只是心道：這病秧子真能活……

她有些不放心相思和溫雲卿在一起，便在屋裡磨蹭了許久，誰知馮氏卻又有事情找她，便只得極不情願地走了，臨走前還不死心。「溫閣主也熬了一夜，我讓下人帶你休息去吧！」

「不用煩勞，我在這守著老太爺。」

相思睡了一會兒，忽然「咦」了一聲，坐了起來，然後「唉呀、唉呀」地小聲呻吟起來。溫雲卿伸手將她拉進懷裡，在她的肩胛和手臂處按了按。「壓麻了吧！」

相思一邊點頭，一邊繼續小聲「唉呀、唉呀」地叫。她並不知道剛才的事，只以為自己是累極了，所以趴在床上睡著了。
揉了一會兒，相思的身子不麻了，便想從溫雲卿懷裡站起來，卻反被牢牢按住。
「我夜奔三百里，好歹讓我抱一會兒。」溫雲卿將頭埋在相思的頸子旁，聲音亦帶了些倦意。
相思也學著溫雲卿之前的樣子，伸手摸了摸他的頭。「你怎麼忽然出現在雲州府？」
溫雲卿深吸了一口氣，抬起頭看著相思，眼睛雪亮。「為了名正言順地來看一個人，我應了個不需要應的差事，然而差事還沒辦，就先奔來看想看的人。」
被這樣灼灼的目光看著，相思有些臉紅，別開眼睛在他額上輕輕啄了一下。
「我本想開春在京城等妳的，誰知自己竟這般沒出息。」
「咳咳！」
魏老太爺忽然咳了一聲，相思便一下子彈起來，撲到床前去看魏老太爺，只見他眼皮動了動，緩緩睜開一條縫。
「爺爺您還疼不疼？難不難受？心裡憋不憋得慌？」
魏老太爺緩緩搖頭，抬手摸了摸相思的腦袋瓜，聲音有些啞。「爺爺沒事了。」
溫雲卿摸上魏老太爺的手腕，過了一會兒，也摸了摸相思的腦袋，安撫道：「老太爺現在病情平穩，放心。」
相思與溫雲卿素來是這般相處的，所以被摸了腦袋也沒覺得有什麼，但看在魏老太爺眼中，這事情可不對啊！他這沒了鳥的大孫子，分明是被人惦記上了。

不怕賊偷，就怕賊惦記啊……

「妳先去祠堂跪著。」方才還和顏悅色的魏老太爺，說變臉就變臉。

相思一愣，指了指自己的鼻子。「我？」

「妳和妳爹騙我的事還沒完，妳去給我跪著，我看著妳就生氣！」魏老太爺「哼」了一聲，但這聲冷哼因為少了幾分力氣，顯得更像是在撒嬌。

「哼！跪就跪！」相思雖然不知道魏老太爺為何忽然變臉，卻怕他動氣，便叮囑溫雲卿幾句，出門去找相慶、相蘭。

於是屋裡就只剩一老一少兩個男人。

溫雲卿將魏老太爺的手放回被子裡，淡笑著問：「老太爺有什麼話要問我？」

第八十六章

老頭子已七十多歲，且折騰了一夜，此時臉色蠟黃，一雙眼睛卻極銳利有神。「你什麼時候知道相思是個丫頭？」

「很久以前。」

魏老太爺一聽，心裡憋得很。「你既然早知道她是個姑娘家，便不要動手動腳。」

溫雲卿一瞬不瞬地盯著魏老太爺，面容沈靜。「我娶她。」

一聽這話，魏老太爺鬍子都氣歪了。「你娶她？你想娶就能娶？相思她是魏家的人！」

溫雲卿見魏老太爺動了氣，也不多言，只是抽出一根銀針扎在魏老太爺胸口某處穴道上，魏老太爺便像是一團棉花般，使不出力氣，說話聲音也像蚊子一般。「你幹啥了？」

溫雲卿抽出那根銀針，笑得無害。「您現在不能動氣。」

魏老太爺瞪大眼睛，氣得想要罵娘，卻發現胸腹之間空盪盪的，根本提不起力氣來，發出的聲音更是綿軟。「你……你……氣死人了……」

溫雲卿拍拍魏老太爺的手臂，繼續剛才未完的話題。「相思被皇上封了積香使，上報之時已寫明是魏家嫡孫，即便不定欺君之罪，欺瞞朝廷卻是逃不過的。現在雲州府衙之所以未捉相思進獄，不過是在等京裡的消息，想來再過三、五日，京中的旨意就能送到雲州府來，老太爺可想好怎麼辦了嗎？」

魏老太爺冷哼一聲。「難道你有法子？」

「只要您把相思嫁給我，我便一定能護她周全。」

魏老太爺重新審視著眼前的年輕男子，沈默了許久，忽然咧嘴笑了笑。「忍冬閣離雲州府可不近，你既然為了那丫頭能這般大費周章，即便我不允婚事，我也不信你會袖手旁觀看那丫頭吃苦。」

溫雲卿沒料到魏老太爺竟公然耍賴，嘆了口氣。「我自然看不得她吃苦，但若她不是我的未婚妻，我便沒有立場去保她。」

魏老太爺才不聽他的花言巧語，臉往床裡一轉。「那我可不管，能護得住她是你的本事，你護不住她，還有魏家罩著。」

溫雲卿嘆了口氣，繼續給魏老太爺針灸，聲音淺淡。「老太爺真的準備放棄思兒嗎？」

魏老太爺看了溫雲卿一眼，似是對「思兒」這個稱呼極為不滿，卻沒立刻回答，便聽溫雲卿又道：「她雖是個女孩，卻比世上許多男子要強，如果拋開其他，單論稟賦，在魏家小一輩裡，她是最適合的執掌人。」

魏老太爺心中自然清楚得很，卻不肯在溫雲卿這個外人面前表露想法。「誰是魏家的執掌人，恐怕和你沒什麼關係。」

溫雲卿依舊低頭給魏老太爺針灸，聞言唇角微翹。「別的我都不管，只是別委屈了她。」

「她是我孫子……孫女……哪用得著你來擔心……我還能吃了她不成……」魏老太爺用氣聲喊著，但實在沒有什麼威力。

溫雲卿依舊沒抬頭。「現在天涼，她在祠堂裡跪著，別再凍壞了。」

「我讓她去跪祠堂，你小子心疼了？」

溫雲卿收完針，這才抬頭。「是。」

魏老太爺瞇眼笑了起來。「心疼也沒用，那丫頭是魏家的人，有能耐你去讓她別跪，你看她敢不敢？」

溫雲卿看了魏老太爺一會兒，忽然問了個莫名其妙的問題。「您餓了吧？」

這一說，魏老太爺還真的有些餓。「快讓那幾個小子給我送吃的！」

溫雲卿極純良溫和地笑了笑。「您的病，三天之內不能進食，晚些喝了藥，才能喝小半碗雞湯。」

魏老太爺咬著牙。「你這是挾私報復……」

相思在祠堂跪了一會兒，聽見身後的門「吱呀」一聲響，回頭就看見相慶和相蘭拎著食盒、包裹站在門口。相蘭面色倒還正常，相慶卻有些……扭捏。兩人走到相思面前，相蘭逕自將包裹裡的棉衣拿出來塞給相思。「祠堂裡冷得很，妳多穿些衣服，別再凍壞了。」

相思把棉衣套在外面。「爺爺怎麼樣了？」

「沒什麼變化，溫閣主一直守著，後來大伯回來了，已吃過藥，現在正睡著。」

相思稍稍放心，叮囑道：「這幾日千萬別讓他走動，更不能讓他下床，要絕對靜養才成。」

相蘭點點頭。「知道啦，方才爺爺還要坐起來，被大伯按住了，又哭又求的，爺爺這才老實了。」

說了一會兒話，相慶便也漸漸放開，心想雖然相思沒了鳥，但到底也是一起長大的，與以前沒什麼不同，於是一邊將熱氣騰騰的飯菜擺出來，一邊道：「我們倆吃過了，想著妳昨晚沒吃，今早也沒吃，所以給妳送點飯菜，妳快趁熱吃了。」

相思早已饑腸轆轆，吃了幾口後忽然想起一件事。「三叔和秦氏今天沒去吧？」

相慶搖搖頭。「沒，秦氏一早就出門了。」

相思想了想，便又悶頭吃飯，相蘭安慰道：「爺爺已醒了，天下最厲害的大夫也在咱家裡，沒什麼可擔心的；但爺爺病得蹊蹺，三叔的那碗湯絕對有問題，魏叔今早本想去寫狀子的，但這事又肯定得讓爺爺知道，因怕他動氣，所以暫時壓住了。」

相思很快吃完了一碗飯。「這事先等一等吧，若是告秦氏，三叔也撇不清，他畢竟是家裡的人，要處置也得爺爺發話，就等爺爺好些再說吧！」

相慶給相思倒了一杯溫水，又看了她幾眼，略有些忍俊不禁。

「怎麼啦？」相思有些納悶。

相慶搖搖頭，此刻心情放鬆了些，取笑相思道：「小時候相蘭總說妳是娘娘腔，我還替妳辯駁，現在想來，蘭弟才真是目光如炬。」

相思有些不好意思地抓了抓腦袋。「你不知道，他和唐玉川以前一說我像個娘兒們，我都要嚇死了！」

「說起玉川，他好像還不知道這事。」相蘭忽然開口，眼中滿是促狹。「他要是知道了，只怕也要炸鍋的……」

相思默默嚥了口唾沫，喃喃道：「他露鳥那次，我發誓我什麼都沒看到。」

相慶煞有介事地點點頭。「我和相蘭都相信妳沒看見玉川鳥上的那顆小痣。」

因相思不放心魏老太爺，說了幾句話，她便讓兩人回春暉院了。

這祠堂裡冬日是不燒炭的，相思一夜未睡，跪了一會兒便覺得精神困頓，迷迷糊糊之間，聽見門響了一聲，以為是相慶、相蘭誰回來了，便嘟囔了一句。

誰知過了一會兒聞到了桂花糕的味道，睜眼便看見溫雲卿帶著淡淡笑意的眼睛。

「你……怎麼來啦？」相思微張著嘴，略有些驚訝。

溫雲卿從懷裡掏出一包糕點，打開正是桂花糕，他將糕點遞到相思面前。「老太爺沒事了，我怕妳餓著，所以送點吃的過來。」

相思正要說話，卻打了個飽嗝，有些赧然地看著溫雲卿訕笑。溫雲卿隨意在旁邊的軟墊上盤膝坐下，挑眉搖頭笑道：「我忘了，這裡是妳的地盤。」

「方才相慶和相蘭過來了。」相思解釋完，仔細打量溫雲卿的臉色。「你的身體……都好了嗎？」

溫雲卿穿著月白綢袍，聽了這話，便去解自己的扣子。「妳幫我看看。」

沒等相思說話，溫雲卿已解開了外衣、中衣和裡衣，露出一片胸膛來。

相思別開臉。「你自己就是大夫，你看著好就是好了。」

「妳幫我看。」男子雙臂向兩邊伸展著，隨著這個動作，寬大的衣袍從肩膀上滑落了一些，上身全部暴露在空氣中，這樣的行為本應極為下流，但他神色自若慵懶，便沒有下流的感覺。

相思輕呼了一聲。「你幹什麼呀，一會兒來人了怎麼辦？」

溫雲卿卻動也沒動，依舊一副任君採擷的模樣，只微笑看著相思。相思一看這架勢，箭在弦上，不看也不成了，於是立起身子傾身察看傷口。之前縫合的傷口已經癒合，上面結了暗色的痂。

她的手在傷口周圍按了按，沒有發現異常，於是道：「傷口恢復得極好，再過兩日……」話還沒說完，她便被溫雲卿摟進了懷裡，清冷的藥香縈繞著相思，溫熱的身體緊貼著，她聽見溫雲卿略有些啞的聲音。「讓我抱一會兒。」

相思有些躊躇，支著手不知往哪裡放，聲音可憐兮兮的。「閣主，這裡是祠堂，一會兒要是來人看見了，你的名聲可就毀了。」

溫雲卿將頭埋在相思的脖頸旁，好一會兒才開口。「名聲是身外之物。」

相思眨了眨眼。「可我現在是個姑娘家，要是被人……被人看見了，是要嚼舌根的。」

溫雲卿終於抬起頭來，微微拉開兩人的距離，卻沒有把相思方才說的話放在心裡，只是仔細打量著相思的小臉，摸了摸她的臉，有些不悅。「才幾天，怎麼瘦了這麼多？」

相思面上極委屈，指了指溫雲卿的胸膛。「你穿好衣服呀，讓別人看見還以為我把你怎麼樣了呢！」

溫雲卿便順勢拉住相思的手，扯進懷裡，親了親她的腦袋。「妳現在知道怕了？之前在忍冬閣對我又親又抱，那時候怎麼不怕？」

相思嚶嚀一聲，聲音軟軟的。「我錯了還不成嗎？」

懷裡的女子泥鰍一般滑不嘰溜，裝乖更是有一套，溫雲卿便敗下陣來。「外面有蕭綏呢！」

相思一聽，放下心來，卻還是掙扎著坐起來，指著溫雲卿的胸膛。「看完傷口了，你穿好衣服呀！」

溫雲卿放開相思，雙手垂著，不說話也不動。相思柔柔地嘟囔了句「欺負人」，傾身去給他穿衣服。先將裡衣提起來穿好，繫好帶子，又是中衣，接著是外衣。

外衣的扣子多，相思便一顆一顆繫，溫雲卿卻忽然低頭，溫熱的氣息全噴在她的頸子上，又癢又難受，相思有些惱了，伸手去搗他的嘴。「沒有這樣的，欺負人！」

手腕卻被溫雲卿捉住，相思要掙扎，他卻「噓」了一聲，細細把起脈來，過了一會兒，抬頭問：「上次給妳調養用的藥吃完了吧？」

相思愣愣點頭。「吃完了。」

溫雲卿便從懷裡掏出個藥瓶來，從裡面倒出一顆棕色藥丸遞到她唇畔。「吃了。」

相思乖乖張嘴吃了藥，嘴唇卻不小心碰到溫雲卿的手指，眼見著他眼色變了變，忙岔開話題。「你之前說應了不須應的差事，是什麼差事呀？」

溫雲卿依舊握著相思的手腕。「洮關有個偏將得了病，換了幾個大夫也不見好，我聽了這事，因想來看看妳，便不請自來。治好了那偏將，就日夜不停往雲州府來了，進城時已是夜裡，本想著第二天早上再來，卻忍不住想來門口看看，誰知就在門口見到妳。」

想起昨夜自己在門口的慘樣，相思有些赧然。「即便你現在大好了，也不應這麼折騰。」

溫雲卿拿出一塊桂花糕放進口中，接著又拿起一塊。「吃嗎？」

相思猶豫了一會兒，但見那桂花糕十分誘人，忍不住張嘴咬了一口，味道竟極好，便把剩下的半塊也吞進腹中。溫雲卿伸手擦掉相思唇邊的碎屑，又拿出一塊遞到她的唇邊。

相思方才已吃過飯，只是素來偏愛甜食，便又受不住誘惑吃了一塊，心滿意足。

過了一會兒，等相思發現自己好像被豢養的寵物時，那一包桂花糕已吃乾淨了，好撐！

溫雲卿陪相思坐了一會兒，便要起身去察看魏老太爺，門卻忽然被撞開，闖進一個紅衣披髮的少年，少年臉皮白淨，只是一雙眼瞪得如牛眼一般。他進屋便衝向相思，雙手握住她的肩膀劇烈地搖晃起來。「妳怎麼能是個女人呢？啊？為什麼妳是個女人？啊啊啊啊！」

這人自然是唐玉川，相思目前最怕見到的人。

相思被搖得眼前一片光影，卻還擔心唐玉川說出和「鳥」有關的往事來，慌忙安撫道：「以前的事我全忘了，你別晃我啊，我頭好暈……」

此時紅藥進了屋裡，唐玉川一見到紅藥，便衝到她面前，又是一頓狂搖。「妳知道相思是女的嗎？妳知道？妳知道為什麼不告訴我？」

紅藥尚未來得及回答，唐玉川便像是脫了韁的野馬一般在屋裡從東跑到西，從西跑到北，一副大受刺激的失心瘋模樣。

相思不知怎麼安撫，無可奈何下竟慌忙道：「我沒看見你的小痣。」

這下好了，分明是此地無銀三百兩！唐玉川眼睛都紅了，又過來抓著相思的肩膀大喊道：「妳看過我的鳥啊！妳看過我的鳥啊！」

相思苦著臉看向溫雲卿，卻見溫閣主掩唇低頭咳嗽，顯然是忍得極辛苦，他平復了一下情緒，拍了拍唐玉川的肩膀，安慰道：「看了就看了，也沒少塊肉。」

唐玉川一聽這話，徹底崩潰，趴在溫雲卿的肩膀上，哭得渾身一抽一抽的。「相思是個姑娘，她看過我的鳥啊……」

傍晚，魏老太爺發話，讓相思去春暉院，相思心裡有些忐忑，進門才發現屋裡只有魏老太爺一個人，便識相地回手關上門。

走到床邊，相思俯下身子摸了摸魏老太爺的腦門，乖巧問道：「難不難受呀？」

魏老太爺極為傲嬌地「哼」了一聲。「妳和妳爹串通一氣騙我的時候，怎麼沒想到我會難受？」

相思訕訕撓了撓頭。「這事我就是個從犯，等我懂事的時候，也沒有回頭路了呀！」

魏老太爺想想也是，氣便消了幾分，看著相思憔悴可憐的模樣，心腸也軟了下來。「妳爹實在是可恨，我得好好教訓教訓他，念在妳是從犯，姑且原諒妳了。」

相思一聽，心中大樂，頭在魏老太爺的手臂上蹭了蹭。「爺爺最好了！」

魏老太爺摸了摸相思的腦袋，嘆了口氣。「以後妳就換回女裝吧！長到這麼大還沒穿過裙子，也是苦了妳這丫頭。」

相思應了一聲，魏老太爺又道：「我以前最喜歡妳五姑母，她性子爽利，也有些做生意的天賦，但就因她是個姑娘，我心裡過不去這個坎，到底是沒讓她碰家裡的生意，後來想想，也時常後悔……」

相思拍了拍老太爺的手臂，故作輕鬆。「姑母現在清閒得很。姑父這兩年雖做了戶部侍郎，家裡卻事事依從姑母的，妾也不曾納一個，要是爺爺當初讓姑母接了家裡的生意，還不知要耗費多少心思，哪能像現在這樣事事順心如意的？」

魏老太爺點點頭。「這倒是，五兒她現在也是享福了。」

相思怕魏老太爺想些有的沒的，便說些自己小時候的趣事，說了一會兒，魏老太爺卻忽然握住她的手。

「三房的事我會處置的，妳這段時間費心勞力，就別再想這些煩心事了。」

相思不知道魏老太爺瞭解多少，但想著先讓他養好病再說，便點頭應了。

魏老太爺看向門的方向，見門外應是無人，才壓低聲音問相思。「溫家那小子不是病懨懨要死了嗎？怎麼這次來卻覺得病得不嚴重啊？」

相思知道這事是搗不住的，日後若是讓魏老太爺從別人口中聽說，倒不如自己親口告訴他，於是一五一十將年前在忍冬閣的事都說了，魏老太爺聽後咂了咂嘴。「妳啥都不會就把人家給剖開了？」

相思心想，我啥都會！面對老太爺詢問的眼神，卻只能點點頭。

魏老太爺長長嘆了一口氣。「溫家那小子命可真大，妳這樣都能治好他，他心裡不知道怎麼感激妳呢，所以巴巴地跑到家裡求親了。」

「求親？」

這天晚上，魏正誼和楚氏為了和自己老爹深入溝通，讓別人都回去休息了，只有他們兩個守著。

相思出了春暉院，就見蕭綏站在門口，心裡雖有些複雜，卻還是同他走了。

溫雲卿現暫住在一所客院裡，院落幽靜，蕭綏把相思帶到院門口，便閃了。這院子相思平日也少來，見屋裡亮著燈，便一步三晃地往裡面走，似是並不著急，到了門口敲門，得到允許才進去。

溫雲卿正坐在紅木桌後寫字，相思便在門口站著沒過去。他抬頭看了相思一眼，又低頭去寫，他寫得很快，一會兒就停了筆，起身走到相思面前，握住她的手腕拉到榻上坐下。

榻上擺著個矮桌，矮桌上擺著熱氣騰騰的飯菜，但相思此時沒有胃口。

溫雲卿給她盛了一碗飯。「這個時候了妳還沒吃飯，怪不得才幾日就瘦了。」

相思低著頭，聲音有些悶。「自從我治好了你的病，你就對我極好，是不是……」

溫雲卿眉毛輕輕挑了挑。「是不是什麼？」

相思鼓足勇氣抬起頭，一雙眼睛水汪汪的。「是不是為了報恩？」

「不是。」毫不猶豫，溫雲卿否定了相思的想法，反問道：「妳覺得我是為了報恩？」

「我不知道……」相思覺得憋屈，但說都說了，便索性說透了。「以前我也沒覺得你喜歡我，親你、抱你，你都一副我輕薄你、不樂意的樣子，可是手術之後，你就……」

相思本低著頭，說到這裡忽然發現身前站著個人，抬頭就看見溫雲卿笑意全無的眼。

第八十七章

「在妳眼裡，我做的這些事就是為了報恩？」

相思低著頭，不敢看溫雲卿的眼睛，囁嚅道：「你起初不是這樣的，我那樣厚臉皮地賴著你，你也不肯給我個笑臉，手術之後，你卻……」

相思說不下去，溫雲卿抬起她的下巴，直直看進她的眼睛。「我卻怎麼了？」

相思倔強地垂著眼，就是不去看溫雲卿。「你卻對我很好。」

溫雲卿沈默了很久，鬆開相思的下巴，轉身往案桌邊走，聲音卻傳進她的耳中。「恩情有很多法子能還，我不至於為了報恩以身相許。」

看著男子緊繃的側臉，相思知他氣急了，心中惴惴不安，一時坐在春榻上手無處放，腳也無處落，正躊躇間，便聽溫雲卿道：「妳吃完飯就回去吧，免得在這裡待久了，又擔心別人說閒話，壞了妳的名聲。」

相思「哦」了一聲，十分聽話地低頭吃起飯來，吃到一半，覺得好像有些不對勁，抬頭去看溫雲卿，只見他立在案桌前寫著什麼，一張臉上什麼表情也沒有，但相思就是覺得他……更生氣了。

她看了看桌上的飯菜，又看了看溫雲卿，躊躇一會兒才放下碗筷，跳下春榻往他走去。

她走得有些慢，帶著試探的意味。

「你在寫什麼呀？」相思踮起腳尖，眨眼問道。

溫雲卿卻沒抬眼看她，只淡淡道：「吃完就回去吧！」

相思是誰呀，只當沒聽見這逐客令，撿起墨塊就磨了起來。「我錯了還不成嗎？不該這樣想你的。

「我再不這樣想啦，你別生我的氣嘛！

「閣主、閣主，你再不理我，我也生氣啦！」

相思使出渾身解數，沒奈何溫雲卿就像一塊石頭，又冷又硬，一言不發；但這事到底是相思引起的，她想了想，露出委屈難過的神色來，丟了手中的墨塊，小心翼翼從背後抱住溫雲卿的腰，連聲音裡都透著股可憐勁。「你別生我氣嘛！」

溫雲卿依舊寫著，彷彿沒聽見相思說話，她用臉蹭了蹭溫雲卿的後背。「我保證以後不這麼想了還不成嗎？」

相思偷偷去瞥溫雲卿的臉色，見他依舊一臉冷若冰霜，便長長嘆了一口氣。「你別生我氣嘛，我都好幾天沒睡了，腦子難免不好使呀，問你一句你就這般生氣，心胸一點都不寬廣！」

溫雲卿面上一點表情也無，想將相思的手臂扳開，她耍賴死死抱著他的腰就是不鬆手，溫雲卿便也不再管。相思抱了一會兒，覺得這樣下去沒用，一矮身，鑽進了他的懷裡。溫雲卿依舊專心寫字，相思眼睛卻亮晶晶的，微微嘟起嘴。「要親親！」

相思此時踮著腳，嘟著嘴，樣子極是惹人憐愛，偏偏溫雲卿不為所動，彷彿眼前空無一物。相思一想，自己都這樣沒有骨氣了，溫雲卿卻還端著，便有些氣惱，但是想到是自己先挑的事，便越發地諂媚起來。

她又踮起腳親了溫雲卿的臉頰一下，服軟道：「我錯了嘛，不要生我的氣嘛！」

溫雲卿不理，她就再親一口。「不要生我的氣嘛！」

溫雲卿還是不理，相思就又親一口，聲音可憐得很，便是旁人聽見，只怕身子也要酥軟了，只有溫雲卿一副油鹽不進的樣子，相思便惱了，惡向膽邊生抬頭親上溫雲卿的嘴，本以為這下肯定有反應了吧，誰知依舊沒有任何反應。

這下相思真惱了，矮身從溫雲卿的臂下鑽了出去，大步就往門邊走，誰知手腕卻被捉住，兩人僵持著。

「我要回去睡覺了。」相思氣鼓鼓的。

溫雲卿眸色深沈，看著她一會兒，忽然猛地一拉，將相思拉到自己身前，身體也向她壓了下去。「妳這麼沒耐心怎麼成。」

相思別開臉，溫雲卿熾熱的呼吸噴在她的頸子上。「明明是你小氣！」

溫雲卿身體又往前傾了傾，相思便不得不再往後仰，整個人都要躺在紅木案桌上。溫雲卿雙臂撐著桌子，忽然低頭在相思白嫩的頸子上親了親。「我這是為了報恩嗎？」

相思癢得縮起了脖子，伸手想推開他，沒奈何力氣不夠，只得小聲喊道：「你別碰我呀，我生氣了！」

溫雲卿雙手握住相思的手腕，固定在她的頭頂，少女的身子便不得不微微挺了起來。

「不要這樣……」

話還未說完，嘴便被溫雲卿吻住，這個吻帶著懲罰的意味，吻得相思喘不過氣，雙手又被固定在頭頂掙脫不開，只能嚶嚀著表示自己的拒絕和不滿。

許久，溫雲卿抬起頭來，神色冷淡，眸中含霜。「我這是為了報恩嗎？」

相思吃了苦頭，知道要是再不好好哄他，只怕還有更厲害的，就要丟棄自尊服軟，誰知話還沒出口，溫雲卿便又欺身親了上來。

「嗚嗚嗚！」

溫雲卿乘機探入她溫暖的口中，將相思的驚呼聲堵住，她氣得要哭了，可是雙手被固定在頭頂，胸脯也微微地挺起來，這姿勢實在是……有些羞恥。

好不容易，溫雲卿終於抬起頭來，相思便十分沒骨氣地求饒。「閣主我錯了嘛！我錯了還不成嗎？」

溫雲卿依舊一副不為所動的模樣，一隻手固定住相思的手腕，另一隻手卻摸上了相思的脖子。「既然知道自己錯了，還吃了半碗飯才來認錯？」

相思心裡一涼。知道自己方才吃的那半碗飯，把溫雲卿徹底氣急了，腦子飛快轉了轉，喃喃道：「可是我好餓呀……」

溫雲卿面色略有鬆動，閉了閉眼，再睜開時滿是無奈，相思只當他是準備放過自己了，哪知他卻又低下頭，吻上了她的脖子。相思嚶嚀了一聲，覺得溫雲卿的身體變得僵硬，她哪裡還敢出聲，死死抵著唇不肯再發出聲音，沒奈何自己的脖子被人又親又啃，實在有些難過，便不安分地扭著身體掙扎起來。

溫雲卿忽然住了口，只將臉埋在相思的頸子旁，看不見神色，他的聲音有些沙啞。「思兒。」

相思只覺得渾身一僵，耳朵癢癢的，卻不敢再亂動。「我再也不這麼想了還不成？」

溫雲卿沒起身，只是親了親相思小巧的耳垂。「我很久以前就喜歡妳了，只是我知道自己活不長，所以不肯讓妳知道。」

此時溫雲卿已鬆開了對她的箝制，直起身來，溫和地看著相思，她有些羞意地捂住了臉。

「但我現在還是很生氣。」

相思從指縫裡偷偷看溫雲卿，見他眼光幽暗難辨，怕他再像方才一般，便放下手，十分乖巧地伸手抱住他的脖子，輕聲道：「你不要生氣啦，我以後再也不氣你了。」

溫雲卿嘆了口氣，輕撫著相思的後脊。「妳就不能有骨氣些？」

相思想也未想，搖頭道：「不能。」

溫雲卿又嘆了口氣，極無奈地將她抱了起來，相思驚呼一聲。「幹什麼呀？」

「妳這幾日累得很，我幫妳揉一揉。」溫雲卿說著，已將她放到床上。這床很寬敞，相思趴在床上，尚有一大半空著，溫雲卿便也褪了外衫坐在床沿。

相思卻有些不好意思。「我回去讓紅藥幫我揉揉就成了……」話還沒說完，溫雲卿的手指已經按上了她的後脊，霎時有一股暖流從他按壓的地方逸散開來，舒服得不得了，相思拒絕的話便說不出口了。

溫雲卿的手指從後頸處開始揉捏，沿著後脊一直揉捏到後腰，相思只覺得渾身舒暢，身體完全放鬆開來，頭越來越昏沈，最後竟睡著了。

嘆了口氣，溫雲卿繼續在幾個穴道上揉捏，許久才收手。將相思的身體翻過來，解開她的髮帶，那一頭柔順如墨的秀髮便鋪散在整個鴛鴦枕上，溫雲卿別開眼靜默了一會兒，才伸手解開她的衣帶，但只脫了外衫，便不再動作。

夜有些涼，溫雲卿下地關上門窗，又在床前解開自己的髮帶，脫下外衫，吹熄了燈。

過了一會兒，月光從窗子映進屋裡，溫雲卿看見相思的睡容，眉頭微微皺著，彷彿有什麼煩心事。他在床外側躺下，長臂一伸，將她圈進懷裡，又扯過被子裹好兩人。

「好生睡一覺吧！」

相思感覺到旁邊的熱源，主動往溫雲卿懷裡靠了靠，她的身體柔軟嬌小，縮成一團，清淺的呼吸吐在他的胸口，有些癢，溫雲卿有些無奈地嘆了口氣。「睡覺怎麼也不安穩些。」

相思卻好像聽見了一般，哼唧兩聲，又在他懷裡蹭了蹭，原本就十分寬大的裡衣便越發地鬆垮，露出纖細可愛的雪白肩膀。

溫雲卿看了一會兒，扯過被子給她蓋住，誰知相思卻惱了，又把被子扯了下去，裡衣便被扯到了纖細腰肢上，半個細滑的裸背都暴露在空氣中。

「還讓不讓人睡了？」溫雲卿有些氣惱，將相思的一條手臂拉到自己身後，又扯了被子裹住相思的肩膀，自己用手壓著。

相思又哼唧了兩聲，溫雲卿只當沒聽見，試了幾次沒掙開，相思便不鬧了，乖乖窩在他懷裡睡著了。

但這夜，溫閣主睡得不甚好。

天未亮之時，相思悠悠轉醒，只覺得渾身舒暢，這幾日的困乏一下子都消失了，但一睜眼卻傻了。

「醒了？」

相思微張著嘴。「我昨晚在這兒睡的？」

溫雲卿沒動，只一瞬不瞬地看著她，相思苦了臉。「爺爺知道會打斷我的腿的。」

「妳院子裡的兩個丫鬟，蕭綏已安置好了。」溫雲卿摸了摸相思的腦袋，哄道：「再睡一會兒。」

相思搖搖頭，掙扎著坐了起來。「我先回章華院去，要是被人發現，我可就麻煩了。」

相思坐起來便覺得後背一涼，低頭一看，發現裡衣正十分不精神地掛在腰上，驚呼一聲去扯自己的衣服，下一刻，相思就看見了床頂的幔帳和溫雲卿的臉。

他挑起相思的一縷頭髮輕嗅一下，然後做了想了一晚上的事。

細密的吻落在相思的唇上、頸子上、肩膀上，有些癢，相思的頭髮鋪散在枕頭上，襯得小臉紅撲撲的，肩膀白嫩可愛，過了好半晌，溫雲卿也沒有要停下來的意思，相思便有些急了。「我還要回去呢！」

溫雲卿抬起頭來，眼睛有些紅，像是要吃人一般，相思囁嚅道：「再不回去，天就要亮了。」

溫雲卿別開頭，許久才平靜下來，起身坐了起來，相思便也忙坐起來，正要下床，卻被他從後面抱住，男子的氣息從身後傳來，令相思身體有些僵硬。

「我現在又不會吃了妳。」溫雲卿的頭髮與相思的頭髮交纏在一起，映得她的身子如玉賽雪，旖旎無邊。溫雲卿在她的肩膀上輕輕親了一下，聲音沙啞深沈。「但我遲早會吃了妳。」

相思不敢動，溫雲卿卻玩起她柔軟的小手。兩個人的手指交纏著，握住，再交纏起來。

第八十八章

魏老太爺既已發話讓相思換回女裝，楚氏便沒有什麼好顧忌的，動作極麻利地準備了幾套衣裙，拿到相思房裡一看，相思有些傻了。那粉嫩嫩、黃燦燦、綠瑩瑩的裙子真的能穿出門？

也實在怪不得楚氏。她只生了相思這一個閨女，還從小就女扮男裝，沒穿過一次羅裙華裳，如今終於能換回女裝，楚氏自然便想把最好看的衣裳都拿來給她穿。

相思在一堆女裝裡挑挑揀揀，總算找出件顏色不那般刺眼的，白芍在旁邊捣嘴笑道：「奶奶特意選了那幾疋顏色亮麗的布料來，誰知小姐竟不喜歡。」

相思苦著一張小臉。「那顏色太豔了，穿出去太惹眼了些。」

紅藥在窗旁拾掇首飾，應道：「那倒也是。小姐現在出門，即便穿著樸素，也是極惹眼的，不必借衣服的光。」

如今雲州府裡，誰人不知相思是個沒鳥的，若她平日老實些倒罷了，這些年相思在雲州府還是有些名聲的，且又時常往藥鋪裡跑，和街上的小販都混了個臉熟，如今她要是再上街，肯定像猴兒一樣被圍觀。

相思平日都是把頭髮束在頭頂，十分方便，但如今換了女裝，便不得不梳那繁瑣的髮髻；白芍和紅藥平日都是給自己梳極簡單的髮式，如今給相思梳，便有些手忙腳亂，擺弄了半晌也沒弄好，不是這邊沒梳上去，就是那邊梳歪了。

折騰了一個多時辰才總算梳好，白芍要往相思頭上戴花，好歹被相思按住，只讓她在頭上插了兩支碧玉釵；紅藥又挑了兩只樣式玲瓏的金釧給相思戴上，便算是成了。

女子穿的衣裙樣式繁瑣，相思這十幾年都過得極糙，此刻穿著這精緻的衣裙，覺得腳不會邁，路也不會走，才走幾步便有些彆扭。

紅藥捣著嘴，白芍也格格笑，相思憋得臉通紅。

這兩日魏老太爺好了許多，已能吃些稀粥，也越發精神了。魏正誼和魏正孝一直在屋裡守著，不多時，溫雲卿進屋把脈，唐家父子也來探望，幾人正說著話，便聽房門一響，進來個少女。

少女穿著藕荷色金絲曇花紋錦裙、如意雲紋衫，墨髮上插著兩支素淨的碧玉簪，一張臉生得極是可親、可愛，最靈動的是那雙眼睛，會說話一般。

魏正誼愣了片刻才認出來。「是相思呀！」

魏老太爺也眯著眼。「換了女裝，還真有些大家閨秀的模樣。」

相思有些赧然，抬頭見溫雲卿正笑盈盈看著自己，便別開了臉。她在門口站著，如畫中美人，但是她一走起路，就又露餡了，連平日冷淡的蕭綏也忍不住「噗哧」一聲笑了出來。

聽到這聲嘲笑，相思就越發不會走了，溫雲卿看了蕭綏一眼，蕭綏極艱難地忍住了笑。

才從露鳥打擊中恢復過來的唐玉川看直了眼，拍了拍相思的肩膀。「相思妳穿女裝挺好看呀！」

相思咧嘴。「還湊合吧！」

唐玉川想了想，極認真道：「我爹正給我找媳婦呢，我看妳長得挺好看，要不妳給我當媳婦得了？」

「不給當。」相思拒絕得極俐落。

「啊？為啥呀？」

相思看了唐玉川一眼，瞇著眼。「你長得不好看。」

相思在屋裡與魏老太爺說了會兒話，快中午時想起楚氏還有事，便出了春暉院，才到門口就聽到身後有腳步聲，回頭便看見眼中有笑意的溫雲卿。

相思低頭看了看自己，覺得頭不是頭，腳不是腳，還是不習慣，溫雲卿卻攬住她，在她的頭頂輕輕親了一下。「很好看。」

相思搗臉「嗯」了一聲。

兩日後，魏老太爺身體好了許多，便把家裡的人都叫到春暉院去。相思知道是要處置魏正信的事，怕魏老太爺動氣，事前勸了許久。

魏老太爺穿著栗色夾衫，頭髮也梳得極整齊，端坐在主位上，因這幾日生病的緣故，清減了許多，兩頰也凹陷下去，精神倒是還不錯。

魏興怕他受涼，在屋裡生了兩個炭火盆，又從外院調了幾個力壯的年輕家丁進門。

魏正信這幾日來看過魏老太爺，但待的時間不久，他知道讓魏老太爺說不了話的法子不成了，便又裝回了孝子賢孫。

他和秦氏站在一邊，相學、相玉在他們旁邊站著，魏正誼、魏正孝站在對面，兩邊都沒說話。

魏老太爺輕咳了一聲，雖憔悴了些，威嚴猶在。「前幾日我病了，大房的事便一直沒處置，今日把你們叫來，就是要說這件事。」

魏正信陰鷙的眸子看了魏正誼一眼，抬頭對魏老太爺道：「爹，大哥既然能做出這樣欺上瞞下的事來，便絕不能再掌家。」

魏老太爺卻沒接住這話，只是面無表情地看著魏正信。「三兒，我之前和你說過什麼，你還記得嗎？」

魏正信一愣，有些摸不著頭腦。「說什麼？」

魏老太爺指了指相思。「我之前告訴你，相思的事不要傳揚出去，她是你的親姪女，你竟去官府告發她，魏家人對你來說是什麼？」

魏正信之前敢明目張膽站出來告發相思，不過是料定魏老太爺起不來了，如今魏老太爺安好，他左想右想，也想不到能拿出手的理由來，便硬著頭皮道：「我若不告發她，日後被朝廷知道，魏家也是要受牽連的。」

魏老太爺沒說話，又看了看站在魏正信旁邊的微胖婦人。「當年是我趕她出門，你卻在我病著的時候讓她回來，是打定主意要氣死我不成？」

魏正信啞口無言，秦氏卻理了理頭髮，笑道：「爹，瞧您說的，當年究竟是怎麼回事，誰也不知道，相學、相玉這些年吃了不少苦，我這個做娘的心裡也難受，您就不能心疼心疼他們兩個？」

「是呀爺爺，讓娘留下來吧！」相學和相玉在旁幫腔。

秦氏摸了摸兩人的肩膀，抬頭對魏老太爺道：「要我說，爹就是偏心，您這場病都是大房氣得，如今好了卻不問他們的罪，反倒來責怪我們，相思是您的孫子……不，是孫女，相學、相玉也是您的親孫子，便是您要偏心，也不能太過呀！」

魏老太爺聽著這夾槍帶棒的話，面色卻極是平淡。「我的病，不是被氣出來的。」

秦氏臉色一變，與魏正信對視一眼，隨即道：「怎麼就不是被他們氣得？我們可都看著呢！」

「魏興。」魏老太爺淡淡喚了一聲，魏興便從裡屋出來，手中端著個托盤，托盤上放著個湯碗，他身後還跟著個老頭兒。

一見那湯碗，魏正信的臉色便白了。

魏老太爺指著那湯碗問：「你在湯裡放什麼了？」

魏正信心裡一慌，直瞅著秦氏，魏老太爺卻不等他想好回話，繼續道：「相思的事雖然老大一直瞞著，但說到底，他們從沒做出過傷害我、傷害魏家的事。你平日做的事我不是不知道，只是覺得既沒做出過傷天害理的事，便都是小事，誰知你最後竟然來謀害我。」

魏正信自然不能認這罪名，瞪著眼睛道：「我何時謀害過爹您呀？肯定是誰在您面前嚼舌根！」

「不用別人嚼舌根。你那天送來的湯裡加了什麼你清楚，我讓魏興請大夫來驗過了，不是什麼好東西，你若還不認，我也不要這張老臉，咱們就到衙門裡去辯一辯！」魏老太爺冷著臉道。

魏正信見躲不過，也有些心灰意冷，指著魏正誼道：「爹您偏心！大哥做了這麼大的錯事您不追究，卻揪著我的錯處不肯放，說來說去還不是看不上我！」

魏老太爺臉色有些難看，一瞬不瞬地看著自己這個兒子，手握緊了又鬆開，眼神卻漸漸暗了下去，他似是有些累，只道：「我不配做你的爹。」

魏正信紅了眼，只以為這是魏老太爺在罵他不孝，一腳踹翻了旁邊的桌子，臉紅脖子粗地喊道：「是我不配做您的兒子！我是個妾生的，出生就低人一等，就該一出生扔進河裡、江裡去餵魚，不該在這裡礙著您的眼！」

「老三！」魏正誼怒喝一聲，魏正信卻反而越發地瘋癲。「我不配做魏家人！相學、相玉也是，都該一出生就扔河裡去餵魚！」
魏老太爺的頭髮已經白了，臉上也多了許多細密的褶皺，往日精神奕奕，此時卻滿是疲憊之色，他閉了閉眼，聽著親兒子發瘋罵人，卻絲毫沒有悔改的意思。
魏正信說他偏心，他是偏心，他又怎麼能不偏心？這些年若不是相思父女撐起了家裡的生意，魏家能成嗎？靠魏正孝能行，還是靠魏正信能行？
都不行。
魏正信瘋了一般把屋裡的桌椅板凳統統都踹倒，相學、相玉也不攔著，滿眼怨恨地看著魏老太爺，秦氏亦在旁邊幫腔，專挑難聽誅心的話來說。
鬧了好半晌，魏正信才氣喘吁吁地停了手，紅著眼睛看一屋子的人，最後看向魏老太爺。「您是半點錯處也沒有的爹，是我不配做您的兒子。」
魏老太爺睜開眼，眸子冷漠。「既然這樣，你以後就不再是魏家的人。」
魏正信一愣，屋裡其他人也是一愣，卻是相思先反應過來，忙上前勸道：「爺爺，不用做到這樣……」
「這事妳別管。」魏老太爺繼續道：「往日你做的那些事我都能原諒，但是毒害自家人，我便容不得你；你說我偏心也好，說我不念父子之情也罷，從今天起，你不再是魏家的人，魏家家譜裡也不再有你的名字，相學、相玉也不必留在魏家，你領著他們出府去吧！」
一聽這話，魏正信徹底傻了，指著自己的鼻子張了張嘴。「你要趕我出府去？」

「我容不下你這樣的兒子，魏家也容不下你這樣的子孫，以後你和魏家再沒有半點關係。」魏老太爺看著眼前的地面，決絕凜然。

魏正誼和魏正孝好勸歹勸，魏老太爺卻絲毫不為所動，兩人只得再去勸魏正信，誰知魏正信偏不肯低頭，便聽魏老太爺淡淡道：「我和你的父子情分，就到此為止了，日後你若是再敢動魏家的人，我絕不會手下留情。」

聽到「魏家的人」幾個字，魏正信心裡翻騰得厲害，這老頭子真要把自己趕出去？真的這麼狠心？他不知道的是，當魏老太爺知道那碗湯裡放的東西時，心裡是怎樣地悲涼難過。

魏興捧著一個小木箱走了過來，將箱子舉到魏正信面前。「這是一千兩銀子，拿了銀子就出府去吧！桐香院的東西都已讓人收拾裝車，在大門口等著了。」

聽了這話，魏正信才知道魏老太爺是動真格的，臉色變了變。「爹您真的要我離開魏家？」

「你走。」

「好！」魏正信惡狠狠地應了一聲。「你別後悔，以後生養死葬，我也絕不再回魏家！」他說完，便一把奪過魏興手中的箱子，大步就往門外走；秦氏沒想到是這個結果，心中極為不快，但留在這裡也沒什麼用處，便領著相學、相玉往門外走。

「等一下。」相學拉住秦氏，轉頭給魏老太爺磕了個頭，眼中滿是戾氣。「這個頭是我替爹磕的，感謝您的養育之恩，您等著，我一定出人頭地，讓您知道不是只有魏相思會做生意，她會的，我都會。」

魏老太爺想說什麼，卻終是未發一言，平靜地看著幾人走了。

「老四一家留下，其餘的人先出去。」

現在誰也不敢惹魏老太爺，聽了這話，相思幾人乖乖出了門，屋裡便只剩下魏正孝、馮氏和相慶、相蘭兄弟。

魏老太爺嘆了口氣，想來趕魏正信離開，心裡並不好受，相慶便勸道：「爺爺別氣壞了身子，溫閣主叮囑說不能動氣的。」

魏老太爺點點頭，沈默片刻，道：「留你們一家，是因為我知道你們心裡肯定也不暢快，雖然你們沒說，但是只怕心裡也想著我偏心。」

魏正孝忙搖頭。「兒子從來不敢這麼想。大哥這些年為家裡勞心勞力的，要不是他在外面扛著，我們哪裡有安生日子過？」

說到這裡，魏正孝停住了，想了想繼續道：「而且兒子實在是不會做生意，更是幫不上忙。」

馮氏見魏老太爺面色稍霽，便順著往下說：「相慶、相蘭這兩個孩子也不是省心的，這些年要不是相思那丫頭在旁看著，只怕也要走了歪路。別的不說，相思是極念骨肉親情的，相慶、相蘭跟著她做了幾年的生意，見了世面，也長了本事，她也是盡心盡力了。」

「我不知道你們心裡是這樣想的，但聽你們這麼說，我很欣慰。」魏老太爺目光從幾人面上掃過，最後還是落在魏正孝的身上。「家裡的生意，你接不過去，相慶、相蘭如今跟著磨練，日後也要接管家裡的藥鋪店面，你大哥是個什麼性子你心裡清楚，不會苛待了這兩個親姪子，便是以後他有偏頗，我也不會讓的。」

「大哥為人厚道，兒子不擔心這些的。」

魏老太爺點點頭，又看向相慶、相蘭。「你們兩兄弟是和相思一起長大的，這次的事我也看出來你們是有手足情分，日後別生疏了便是，相思那丫頭雖然瞞了你們許多年，到底也是吃了不少苦頭的。」

兩兄弟本沒有怪罪相思的意思，聽了這話便乖乖應了。

魏老太爺說這番話就是給他們一個保證，讓他們不要想些有的沒的，讓魏家兄弟鬩牆，家中不睦。

魏正孝一家從屋裡出來，相思便進了門。她見魏老太爺坐在椅子上垂著眼皮，心知這老爺子心情不好，她心裡也不好受，勸道：「爺爺別想太多，過兩日三叔在外面吃了苦頭，便知道錯了，到時候教訓一頓讓他回來便是。」

魏老太爺卻覷了相思一眼。「妳當我是過家家？還能說走就走，說回來就回來？」

相思不想再惹他，正要開口，卻聽魏老太爺道：「老三的事我都想好了，妳以後別在我面前提他，情分這東西，強求的到底不成。」

第八十九章

家裡鬧了幾日，鋪裡的生意全靠掌櫃管著，有些事掌櫃卻做不了主，都是拖著，現下家裡的事都安穩了，相思便套了馬車去鋪裡。

城北這家藥鋪是前幾年才開起來的，起先生意不好，這兩年卻有些日進斗金的架勢，周遭的百姓知道這藥鋪裡的藥材道地，價格也合宜，抓藥便都來魏家藥鋪。

鋪裡的掌櫃姓劉，是個極精明能幹的，做事仔細，是鋪子剛開時請來的，在伙計面前極有威嚴。

相思今日穿一身素色收袖口的衣裙，頭髮只簡單梳起，看起來卻嬌俏可人。她一進門，便有個伙計招呼道：「您抓什麼藥？是有方子的藥，還是進補的無方藥？」

相思心裡覺得好笑，卻想看看這伙計什麼時候能認出自己來，於是就站在那裡不說話。

那伙計見眼前這個姑娘不說話只是笑，有些摸不準，但又見這姑娘生得挺美，心裡也有些心猿意馬。

劉掌櫃聽見這邊的聲音，抬頭往這邊看了幾眼，嘆著氣搖了搖頭。「小武子，那是你少東家。」

名叫小武子的伙計一愣，因有了這指點，抬頭再看時便是一驚。「少……少東家好！」

相思忍不住笑了起來，鋪裡其他幾個伙計也圍過來，看猴兒一樣把相思圍住。

「少東家妳真是個女的啊？」

「妳說以前我們怎麼就一點也沒懷疑呢？」

「少東家妳可真沈得住氣啊，妳現在可出名了。」

眾人正圍著相思七嘴八舌地說話，卻有個佝僂著身子的老頭兒進了門，他看了看相思這邊，搖頭氣道：「不守婦道，有傷風化！」

相思倒是沒往心裡去，幾個伙計卻覺得難聽。

「抓藥嗎？抓藥去櫃檯，這裡又不是你的『風化』學堂，你在這裡講給誰聽？」

老頭兒氣得不行，瞪了那伙計一眼，又不滿地看了相思一眼，轉頭就走了。

相思勸道：「他說他的，給咱們送銀子就成了，趕跑他幹什麼呀！」

小武子平日便知道相思的貪財性子，陪著笑臉道：「那老頭兒就住在旁邊，藥買不了多少，事情卻多，買了藥總說咱們鋪裡的飲片切得不夠薄，不夠均勻。他也不看看咱們鋪裡的『刀上』是誰，那手上功夫，雲州府裡也沒幾個能趕得上！」

鋪裡的「刀上」姓王，手上功夫了得，切出的飲片又薄又均勻，人人都誇好，只有這個老頭兒總是挑毛病。

這時劉掌櫃走了過來，遞給相思幾張紙。「少東家，鋪裡要進藥了，單子我已經列出來，妳過過目。」

相思接過看了看，笑道：「這鋪裡的事向來都是你辦的，你當掌櫃我就輕鬆啦！」

劉掌櫃抿了抿唇，躊躇片刻，道：「少東家，以後要是有……妳不方便辦的事，只管告訴我。」

相思心裡有些感動，點頭應了，又與劉掌櫃商量他自己拿不了主意的事，便快到中午。她出了門，看見一輛馬車停在門口，正有些躊躇，溫雲卿便掀開了簾子。

「上車。」

抓著他的手上了車，相思問：「你怎麼來啦？」

溫雲卿一面吩咐車伕出發，一面塞了個手爐給相思，這才道：「京城的詔書今日送到府衙了。」

「啊？」相思一愣，心裡有些緊張。「會治我的罪嗎？」

伸手理了理相思頰邊的頭髮，溫雲卿道：「只知道讓妳入京，我會陪妳一起去，便是有什麼事，我也能護住妳。」

聽溫雲卿這般說，相思放下心來，伸手扯著他的袖子。「那你覺得這事麻不麻煩？」

「不知道。」丟下這句，溫雲卿竟閉目養起神來，相思愣了一會兒，才發現這不是回魏家的路。

「咱們這是去哪裡？」

溫雲卿睜開眼，似笑非笑。「找個地方賣了妳。」

過了一會兒，馬車停在盧長安的住所，相思才知，原來這次入京的除了她，還有盧長安和唐玉川幾個沈香會的人。

盧長安沒在家裡，但是往日年節相思常來送束脩，盧家的僕人也認得，估計盧長安也快回來了，便讓兩人在廳裡稍坐，又奉上茶。

相思哪裡是個能坐得住的人，只安靜待了一會兒，屁股便像生了刺一般。見溫雲卿低頭喝茶，沈靜恬淡，相思便搖了搖他的手臂。「閣主，你說讓盧院長去京城幹什麼？」

溫雲卿輕啜了一口茶，沒急著說話，眼角餘光見相思眼巴巴地瞅著自己，心裡覺得好笑，面上卻鄭重其事。「沈繼和出事以後，南方的藥事都是盧長安管著，年前事情少，他尚能做得過來，但終歸不能一直這樣，估計沈香會的會長，應是盧院長來接任了。」

相思想了想，覺得不太對勁。「即便是讓盧院長接任，也沒理由讓他去一趟京城呀？難道……難道朝廷要把沈香會搬到京城去？」

溫雲卿卻沒立刻回答，只是淡淡道：「沈香會原先不過是南方六州藥商自發組成的商會，後來建立大慶國，本降旨讓沈香會散了，但那年遇上南方豪雨成災，藥田被淹無人救助，損失慘重，偏偏後來又有疫病，原先已解散了的沈香會眾人出手相助，才平安度過了這場災禍。」

「這事我聽過的。」相思眼睛亮晶晶的，繼續道：「後來皇帝便允准了沈香會的存在，還給了沈香會調撥藥材、發放藥材通關牒文的權力。」

溫雲卿點頭。「但這幾年，沈香會的作用卻不如以前了，且局促一隅，對北方藥事幾乎沒有助益，又經年前韶州府一事，朝廷怕是要把沈香會抓進手裡了。」

「其實沈香會本也在朝廷手裡的。」相思皺著小眉頭，卻偏生得嬌俏可愛，便有些少年裝老成之感。「批的通關牒文要月月上報給戶部，有地方出了急病瘟疫，防疫司也要下令去救，不過是浮在表面的自由罷了。」

溫雲卿伸手撫弄相思的眉頭。「若是這次沈香會由戶部接管，未嘗不是一件好事。」

相思被他弄得有些癢，抓住他的手，岔開話題。「盧院長怎麼還不回來？」

溫雲卿另一隻手又去撫弄相思的額頭。「說是出城義診去了，這時候也快回來了。」

「不要鬧了嘛！」相思再次捉住，嘟囔了一句，試圖轉移溫雲卿的注意力。「我一直對義診這件事存疑。」

溫雲卿挑眉，笑問：「為什麼呢？」

見他有了些興趣，相思忙道：「只給人看病，卻不給人吃藥，倒不如不給看呢！去看病的都是窮苦人家，哪裡買得起藥？到時候人家知道自己有病，卻沒錢治，天天想著，只怕病情還要加重了呢！」

相思話音剛落，便聽門外盧長安朗聲道：「那妳倒是送些藥給他們吃！」

相思和溫雲卿站起來，行過禮。

相思道：「那倒也行，下次院長你去義診，若遇上真吃不起藥的，就給他們寫張條子，讓他們拿著這條子去魏家藥鋪抓藥就成。」

盧長安沒立刻應聲，皺著眉頭上下打量了相思好一會兒，才搖著頭道：「你們一家都胡鬧！」

相思從善如流地點頭。「是是是。」

盧長安語塞，轉頭看向溫雲卿。「溫閣主，許久未見了。」

「韶州府一別數月了。」

三人落坐，說起三日之後赴京之事，盧長安也猜出了大概，對於朝廷接管沈香會，他倒是不反對，於是便約好三日之後一起赴京。

去京城，魏老太爺不放心，魏正誼也不放心，楚氏更加不放心，都想陪相思去，但魏老太爺大病初癒，家裡的生意又離不開魏正誼，只得讓楚氏陪著進京。

臨行前夜，魏老太爺哭天兒抹淚的，叮囑了相思好些話，又說魏明一家在京城裡，趙啟平也會護著她，讓她放心進京。

相思走後，溫雲卿去給魏老太爺把脈，魏老太爺端坐著，嘴角垂著，似是不太高興。

收回手指，溫雲卿道：「脈象平和，好生調養，應無事了。」

魏老太爺卻看著溫雲卿沒說話，溫雲卿也不急。好半晌，魏老太爺才忽然開口道：「相思的婚事，要看她自己的意思。」

溫雲卿面色沈靜。「是。」

魏老太爺又道：「你心思重，相思那丫頭也是有主意的，你要是能讓她點頭，這婚事我也不攔著。」

溫雲卿點頭。「好。」

魏老太爺皺眉上下打量了溫雲卿好半晌。「你的病真好了？可別她日後嫁了你，沒過幾天好日子就成了小寡婦；那丫頭這些年沒少吃苦頭，我只盼她以後過得舒心些便好。」

溫雲卿嘴裡有些苦，卻是沒表露出來。「不會讓思兒做小寡婦的。」

第二日，盧長安、唐玉川、相思和幾個沈香會的主事便一同出發，往京城去了。

因先前楚氏看過溫雲卿吃相思的豆腐，這一路她便像隻老母雞一般攔著、抱著相思，不肯讓她和溫雲卿稍有接觸。

這一路倒是十分順利，沒幾日就到了京城。

顧長亭等人已在城門等了一會兒，見車隊停下，楚氏先下車，他便迎了上去。「路上辛苦了。」

楚氏慈愛地笑了笑，拍拍顧長亭的肩膀。「長高了，長高了，在這裡等很久了？」

「只等了一會兒，姑母和姑父在府裡候著呢，讓我來接你們。」顧長亭說著話，眼角餘光看向車簾，只見車簾一晃，相思鑽了出來。

她上身穿著牙白色素面妝花小襖，下著秋香色緞裙，外面罩了一件披織錦鑲毛斗篷，一張小臉襯得明豔動人，她見顧長亭站在車外，笑著招呼。「你來接我們呀！」

顧長亭點點頭，伸手扶她下車，唐玉川卻也衝了上來，攀著顧長亭的肩膀。「長亭你看，相思竟然是個姑娘，你說咱們在一起這麼多年，怎麼就都沒發現呢？」

顧長亭摸了摸相思的頭頂，沒說話，一行人便往雀尾街去了。

等到了趙府，楚氏自然免不了魏明的一頓數落埋怨，相思嬌嫩的臉皮也被掐了好幾把。

第二日一早，相思和沈香會眾人便去了戶部，不過是簡單交代了沈香會的事，別的倒也沒提。出了大門，溫雲卿正在等著，說有事要說，相思便讓唐玉川先回趙府。

馬車裡只有兩人，溫雲卿卻從相思上車起便一言不發，相思有些納悶。「閣主，你不是有話和我說嗎？」

溫雲卿淡淡笑了笑。「到地方再說。」

相思覺得他今天有些不對勁，卻不知是哪裡不對勁，就見他對她伸出手來，十分溫柔地摸了摸她的頭。

第九十章

相思面前擺著一盅香噴噴、油亮亮的獅子頭，但對面溫和笑著的人讓她實在是吃不下去。

這裡是天香樓，之前溫雲卿病入膏肓，曾和辛老大、相思一起來過這裡，今日相思卻覺得這是鴻門宴。

溫雲卿給相思挾了一塊滑軟的五花肉，笑道：「這幾日趕路辛苦，妳多吃些。」

相思實在是有些餓了，受不住誘惑，端起那碗堆尖的瑩白米飯，正想吃，卻瞥見溫雲卿微微含笑的眼，想起上次惹他生氣時的事，這飯就吃不下去。

擱下碗筷，相思往溫雲卿身邊湊了湊。「怎麼啦？又生什麼氣？」

「我沒生氣，吃飯吧！」溫雲卿伸手摸了摸相思的頭，笑得越發溫柔。

相思想了半晌，也沒想出自己哪裡惹他生氣了，苦著臉端起小碗吃起來，吃兩口便抬頭看看溫雲卿，一臉不放心，溫雲卿又給她挾了塊肉。「之前因為擔心妳的事出岔子，我求了太后老佛爺，她老人家關照了禮部和宮裡，所以現在沒事了。」

聽到自己的事情驚動了太后，相思又有些吃不下去了。「怎麼還驚動太后娘娘啦？」

溫雲卿只是微笑道：「她老人家之前也聽人提起過妳，這次便想見見，但若下詔傳妳入宮，便有些興師動眾了，所以讓我來傳話。」

「要見我呀？」相思指了指自己的鼻子，有些疑惑，溫雲卿伸手將她的頭髮理到耳後。

「明早我去接妳。」

回到院子，見楚氏在等她，相思便笑盈盈地上前抱住楚氏。「娘，我的事朝廷應不會追究了。」

楚氏一愣，隨即臉色又沈了下來。「溫閣主告訴妳的？」

相思點頭，想起這一路上楚氏對溫雲卿總是客氣疏遠，便有些納悶。「娘，您好像不喜歡溫閣主呀？」

楚氏不像她四弟妹，若是看不上誰，張嘴便要罵，楚氏不滿意溫雲卿，卻一個不好也說不出來，如今見相思問了，楚氏總算找到個開口的機會，她握住相思有些涼的小手。「溫閣主對妳是不是有意思？」

相思一愣。「娘……說什麼呢？」

「妳告訴我實話。」楚氏頓了頓，臉色有些凝重。「妳若是普通人家的閨女，這個歲數早應許了人家，是我和妳爹做的錯事耽誤了妳，但總歸現在都走上正軌，我和妳爹都商量好了，要給妳尋個好人家，但溫閣主不是良配。」

相思總不能說出「我喜歡溫閣主」之類的話，心裡悶悶的，只得開口問：「娘，您覺得溫閣主不好？」

「溫閣主的品性倒是沒話說，他隨溫老閣主，也有濟世救人的胸懷，但就是身子不好，如今雖然看著像是好了，但妳想想，他從小就病著，底子肯定弱，能活個三、四十歲便算長壽了，妳若是嫁了他，日後肯定要守寡的。」

相思嚥了口唾沫。「娘，您想得太遠了些……」

楚氏繼續道：「而且忍冬閣在金川郡，妳要是嫁過去，以後山長水遠，我們想見妳一面都難；妳若是在婆家受了委屈，也沒人能給妳撐腰，我和妳爹只有妳這一個女兒，無論如何都不想讓妳遠嫁的。」

聽了楚氏的話，相思頭有些疼。倒不是因為楚氏的反對，而是對於如何處理自己和溫雲卿的事，她也拿不定主意。

見相思低頭不語，楚氏怕自己話說得過了，摸了摸女兒的臉。「我和妳爹都想讓妳找個知根知底，從小一起長大的，感情總歸是深厚些。」

相思悚然一驚。「娘，您不會是在打唐玉川的主意？」

楚氏瞪了她一眼，一臉恨鐵不成鋼。「小唐怎麼了？我覺得溫閣主還不如小唐呢！」

低著頭，相思悶悶道：「娘說得對。」

楚氏見相思那副任人宰割的模樣，聲音便柔了幾分。「我說的不是小唐。」

「那您說的是……」相思說到一半，臉色變得有些窘迫。「您是說大外甥？」

「妳小時候總占人家便宜也就罷了，怎麼如今還這樣稱呼？」楚氏有些不悅。

相思撓撓頭。「娘，兔子不吃窩邊草……」

楚氏瞪了她一眼。「你們是青梅竹馬一起長大的，如今都是大人了，怎麼就不能往這上面想？我是看著長亭長大的，那孩子從小就穩重懂事，從來妳捉弄他，他都讓著妳，日後成了親，他肯定會護妳、疼妳的。」

相思從來沒往這上面想過，聽楚氏這麼說，便覺一個頭兩個大。「可我不喜歡他呀！」

「不喜歡？」楚氏一愣，隨即氣道：「什麼喜歡不喜歡，成親後自然就有感情了；他現在在太醫院也有正經的差事，即便以後不在太醫院了，回雲州府也能自己開醫館，安穩可靠。」

相思不知道怎麼和楚氏解釋，硬著頭皮道：「可是我不喜歡他，就不能嫁他呀！」

她的話音一落，便聽得門外有什麼東西掉到地上了，娘倆都是一愣，楚氏大聲問：「誰在外面？」

靜默了一會兒，顧長亭的聲音傳了進來。「我來送紫蘇糕。」

每年元月末的幾日，雲州府的風俗都要吃紫蘇糕的，這說法京城本沒有，但魏明卻記得，親自做了些，讓顧長亭送來。

楚氏面色有些不自然，相思也有些訕訕，各取了一塊糕吃，顧長亭什麼也沒說，只稍坐一會兒，便告辭了。

因第二日要去宮裡見太后，相思早早便休息了，她怕楚氏擔心，又想著有溫雲卿同去不會有事，便沒告知楚氏。

第二日一早，相思穿戴整齊出了門，只說是鋪裡有事，楚氏倒是沒懷疑。

出了雀尾街，又行過兩條巷，相思便看見等著自己的馬車，她提著裙子上了馬車，笑盈盈問：「閣主，等多久啦？」

馬車裡閉目養神的男子睜開眼，見相思穿著柿子紅撒金紋荔色滾邊襖，下著鳳紋織錦緞宮裙，頸上戴著赤金瓔珞圈，頭上插著支金鑲珠翠挑簪，俏得不得了，眼裡便不自禁盈滿笑意。「很好看。」

起初相思沒反應過來，等聽明白了，臉便紅成了海棠色，低頭看了看，苦著小臉問：「是不是有點太俗氣了？」

溫雲卿極認真地上下看了相思幾眼，見她眼巴巴地瞅著自己，十分認真地搖了搖頭。「我以前覺得女子穿金戴銀確實庸俗，但今日見妳穿，卻覺得好看極了，大概是我偏心得太厲害。」

不多時，馬車到了宮門，一早就在那裡候著的宮人引著兩人進宮。溫雲卿有事要到前殿去拜見皇上，便先讓相思去後宮，相思正要走，卻被溫雲卿叫住。

只見他快步走到相思面前，從自己腕上褪下那只銀鐲，套在了相思的腕上。「妳戴著。」

相思不知這是何意，當下卻不好問，跟著宮人去了太后宮裡。

這雖是第二次進宮，卻是頭一次到後宮來，相思一路低頭看著自己的繡鞋，生怕多看了一眼花花草草犯了忌諱。不多時到了太后寢宮，跟著宮人進了正殿，相思瞥見主位上坐著個老婦人，想來就是太后，旁邊還坐著個稍稍豐腴的貴婦，應是溫雲卿之前說過的長公主李甯，便行了個宮禮。「民女拜見太后娘娘，拜見長公主殿下。」

這個宮禮是相思昨晚自學的，姿態不十分優雅，將將合格而已，看在太后眼裡，便覺得稚拙可愛，撝著嘴樂道：「哪裡來的小可人兒，怪不得雲卿那孩子牽腸掛肚地來求我保妳。」

李甯笑著對相思招招手，讓她在旁邊春凳上坐下，拉著她的手上下打量了半晌，也撝著嘴樂起來。「雲卿好福氣，這小模樣長得真好！」

相思笑得有些僵硬。她覺得眼前這情形怎麼……像醜媳婦見公婆？

相思的懷疑並沒有持續很久，才吃了半盞茶，李甯便憋不住了。「妳和雲卿是在韶州府認識的？」

放下手中茶盞，相思微笑點點頭。「溫閣主去韶州府救疫，我去韶州府送藥。」

「嘖嘖嘖！這就是有緣千里來相會嘛！」

太后老佛爺笑咪咪地靠在軟枕上。「以前甯兒還說，不知道雲卿能找個什麼樣的娘子，才幾日工夫，便真找著娘子了。」

相思臉上火辣辣的。「我……我和溫閣主沒什麼……」

「沒什麼？」李甯笑著拉起相思的袖子，那銀鐲便露了出來。「他連定情信物都給妳戴上了，還沒什麼？妳別看這鐲子樣式簡單，卻是他娘親手做的，只能給將來的兒媳婦呢！」

相思實在不知這其中的緣故，聞言大窘。

見相思如此反應，太后老佛爺摀著嘴，樂不可支。「看這丫頭的樣子，怕是不知道這銀鐲的意義，說不定是雲卿哄她戴上的呢！」

李甯也樂得不行。「雲卿這孩子，還怕我們吃了他的小娘子不成？」

相思覺得那銀鐲有些燙人，想褪下來，又怕當著兩人的面不適合，不褪下來，便相當於默認了她和溫雲卿有一腿。

雖然他們真的有一腿，但這事擺在檯面上說，還是怪羞人的。

見相思紅了臉，李甯也不好再逗弄她，問了些雲州府的事，相思便專挑些有趣的事情說，且講話又風趣，逗得兩人笑個不停。

正說到興起，溫雲卿便進了門來，太后老佛爺忙讓他在相思旁邊坐了，笑咪咪地像一隻老貓。

「你皇舅的事說完了？」

溫雲卿點點頭，不自覺地伸手去理相思的頭髮，相思惡狠狠瞪了他一眼，他卻恍若未覺。「說完了。」

清清楚楚把兩人之間的動作看在眼裡，太后老佛爺抿嘴笑問：「你們倆準備什麼時候成親？」

相思慌張之下忙看向溫雲卿，溫雲卿卻摸了摸她的頭，對太后老佛爺道：「看思兒的意思。」

於是三個人都看向了相思小可憐。

第九十一章

太后老佛爺瞇著一雙眼，和善可親地看著相思。「雲卿說看妳的意思，那妳倒是說說想什麼時候成親呀？」

相思暗中扯了扯溫雲卿的袖子，意思是讓他幫幫忙，誰知這廝竟全然沒有反應，只凝望著她，似乎也在等相思的回話一般。

李甯見狀，摀嘴笑了起來。「母后，您看看他們兩個，旁邊還有人在呢，便這樣眉來眼去的，好得蜜裡調油一般，我看這魏家丫頭臉皮薄，即便心裡想，也是不肯說出口的，不如您做了這成人之美的好事，賜婚算了。」

李甯話音一落，相思腦袋裡便「嗡」的一聲。這是不是太兒戲了些？不是說只見見而已嗎，怎麼又扯到賜婚上了？

「妳說得在理。」太后老佛爺點點頭，對相思道：「那我便給你們倆賜個婚，年底之前就把婚事辦了吧！」

相思發急，卻見溫雲卿沒反對，急怒交加之下，狠狠掐了他的手心一把，誰知溫雲卿卻趁勢將她的手抓住，一拉，兩人站了起來。

「謝太后娘娘賜婚！」溫雲卿說著，拉著相思跪了下去，一副心滿意足的模樣。

太后老佛爺雖然是笑咪咪的，但相思不敢忤逆，心不甘、情不願地跪著謝了恩。

出了太后寢宮，相思想要掙開溫雲卿，誰知手腕卻被緊緊抓住，她心裡窩火。「你算計我！」

溫雲卿拉著相思到了馬車旁，淡淡道：「上車。」

相思倔著，死活不肯上車，和溫雲卿玩起拔河來。

這副景象看在旁邊宮人的眼裡，便有些滑稽。這明明是個長得極好看的小姐，怎麼動作這般……粗魯？

相思正在氣頭上，才不管粗魯不粗魯，噘著嘴、瞪著眼，惡狠狠地看著溫雲卿。「你竟然算計我！」

溫雲卿嘆了口氣，用袖子擦了擦相思額頭上的汗珠。「我只算計這一次。」

一聽這話，相思的脾氣便像是烈火澆油，一下子起來了，紅著眼睛。「我還當真的只是來見太后的，誰知竟然是你故意設計我！我不和你好了！」

聽得「我不和你好了」幾個字，溫雲卿神色微微一變，忽然俯身將相思抱起塞進車裡，接著自己也上了馬車。

相思知道自己這句話大抵觸到了溫雲卿的逆鱗，卻不肯服軟，氣呼呼地把頭轉到一邊，還重複了一遍。「我不和你好了！」

溫雲卿理了理衣袖，頎長的身子緩緩向她壓了過來，相思往後退了退，咬著牙，一副隨時準備英勇犧牲的模樣。「你總欺負我，我再也不跟你好了！」

溫雲卿的雙手落在她耳後的車壁上，將相思牢牢困在身前，聽了這話，幽幽問：「不和我好，妳和誰好呢？」

「和誰好也不和你好！」

話音剛落，相思的嘴便被溫雲卿堵住，相思轉過臉，仍舊滿心怨恨。「你壞死了！壞死了！」

她這一轉頭，雪白的頸子便送到了溫雲卿的唇下，相思只覺得脖子一癢，微熱的唇貼了上來，時淺時深地咬著相思滑嫩的皮膚。

「你住嘴呀！」相思伸手去推，沒奈何推不動，氣得臉都紅了。「你欺負人！你壞！我明天就回雲州府，再也不見你了！」

溫雲卿緩緩抬起頭來，嘴唇輕抿著，定定看著她不說話。

相思被看得心裡發慌，卻嘴硬道：「你……你做錯事了，明明就是你做錯了！」

「思兒。」溫雲卿的聲音有些啞，似是極力壓住某些情緒。「我只算計妳這一次。」

相思愣了許久，癟著嘴。「但你突然讓太后娘娘賜婚，我回去怎麼和我娘交代嘛！我也還沒想好要不要嫁給你呀！」

「咱們先成親，成親之後妳有的是時間想。」

「你壞死了！」相思搗著臉哀號。

溫雲卿將她抱進懷裡。「妳說還未想好是否要嫁給我，那我問妳，妳可有拒絕這門親事的理由？」

相思想了想，悶聲道：「沒有……」

溫雲卿嘆了口氣。「我若是病不好，定然不肯招惹妳的，但如今我病好了，便無論如何都要把妳安安穩穩留在身邊。」

太后老佛爺半倚著軟墊，笑得跟一隻偷了腥的老貓一般。

「母后，您這笑得也忒賊了些。」李甯給葡萄剝了皮，遞到太后老佛爺唇邊，嘆息道：「雲卿那孩子，把魏家丫頭算計得死死的，您說他給那丫頭戴了銀鐲子，咱們看了自然就明白他的意思，哪能不遂他的意？」

把多汁的葡萄嚥進肚裡，太后老佛爺咂了咂嘴。「我看那丫頭也不是個白給的，看今天這情形，我倒覺得那丫頭把雲卿吃得死死的，我要賜婚，她還不樂意，雲卿大概也是逼急了，想著讓我壓一壓她，讓她從了。」

李甯掩唇笑了起來。「您這麼一說，怎麼像土匪霸占民女似的！」

「可不就像土匪似的！」太后老佛爺啐了一口。「我這麼大的年紀，哪裡看不出那丫頭心裡不樂意？但為了雲卿那孩子，免不得要做一回惡人，明兒妳就去皇帝那裡請一道旨，免得夜長夢多。」

「知道啦！不過今天看雲卿那副猴兒急，又要假裝淡定的樣子，總算像個年輕人。」

說著，宮裡這娘倆便又格格笑了起來。

馬車停在雀尾街上有一會兒了，車伕走了也有一會兒。

車裡的兩人相對坐著，誰也沒說話。

相思低著頭，清麗可人的臉上滿是不忿，還在為被算計的事惱怒。

「魏夫人那裡，我會處理的，妳什麼都不用做，什麼也不必說，統統都交給我便成。」

相思瞪了他一眼。「你一走，我娘肯定要扒了我的皮！」

嘆了口氣，男子道：「我自己的娘子，我肯定要護著的，妳別擔心了。」

相思沒說話，沈思良久，對溫雲卿伸出了三根手指。

第九十二章

「答應我三件事，親事我便應下。」

她的神色極為認真，定定看著溫雲卿。

男子神色溫柔。「妳說。」

相思捋了捋袖子，伸出一根食指。「第一，賜婚這件事實在太突然，爺爺、我爹和我娘估計沒有準備，若要訂下親事，需要他們答應。」

「好。」

相思再伸出一根手指。「第二，成親之後，沈香會裡的執事，我還是要做，不會大門不出、二門不邁。」

溫雲卿想了想。「只要妳別太累，我不反對。」

相思點點頭，伸出了第三根手指，卻沒有立即說話，而是一瞬不瞬地看著溫雲卿的眼睛，良久才冷靜開口。「人心和感情是世上最難持久的，我知道你此刻是真心實意喜歡我，所以凡事依著我，但還是那句『人心難久長』，這第三件事對我來說最重要，於閣主你來講，恐怕也最難答應。」

溫雲卿的臉色有些冷，卻是沒發作，只平淡道：「妳說。」

相思自然也看出溫雲卿的臉色不好，卻不肯退讓，一字一句道：「日後若閣主另有所愛，便請放我一條生路，我保證一別兩寬，不生怨忿。」

這時馬車走進了宮門裡，車裡昏暗起來，相思看不清溫雲卿的神色，心裡便有些急，解釋道：「咱們兩個的親事由於是太后賜婚，肯定是不好和離，但你既然是太后老佛爺的外孫，你求她肯定有用，我只怕對忍冬閣的聲名有毀，到時候難免有難事。」

出了宮門，車內漸漸亮了起來，相思終於看清楚溫雲卿的神色。

冷然嚴肅，對於相思來講，極為陌生。

「你……我這也是未雨綢繆罷了……」相思的聲如蚊蚋。

男子面色不變，幽幽開口。「妳想著忍冬閣的聲名，那妳自己的聲名可想著了？」

相思以為溫雲卿是因這事冷臉，慌忙解釋道：「這沒什麼的，我到時候在藥鋪裡繼續做事，大不了就是換個沒人認識我的地方。」

如果說方才溫雲卿的面色只是冷，現在便是冷得結了霜。「妳想得倒是周全。」

見他面色驟變，相思也覺出不對來，腦中靈光一閃。「我只是想得多、心思重……」

「這事想了多久？」

「也沒多久，臨時想的，臨時想的！」

「臨時想的？妳便把和離後的事想得這般妥當。」

相思一尋思，似乎也有些解釋不通，囁嚅道：「你答不答應嘛……」

溫雲卿深深看了相思一眼。「好。」

相思一喜，卻又警覺，忙收了喜色，卻還是被溫雲卿看在眼裡。他向相思伸出手，她有些猶豫，便聽他淡淡道：「三件事我都依了妳。」

相思把自己微涼的小手放到溫雲卿的掌心，正要說話，卻猛地被拽到了他的身前，身子失去控制，相思只能伏在他的膝上。「你幹什麼呀？」

她微微惱火地看向溫雲卿，卻見他眼如古井寒潭一般看不見底，相思有些怕了，便聽溫雲卿微冷的聲音道：「我雖答應了妳的三個要求，但這輩子，妳別想離開我。」

馬車到了雀尾街已是下午，相思下了車，本想好好安撫安撫炸毛的溫閣主，誰知溫雲卿一刻也未停留，驅車走了。

第二日一早，溫雲卿便去了趙府。趙平治先前因忍冬閣的事和他打過兩次交道，對他印象頗佳，請他在花廳坐了，在旁邊陪著喝了會兒茶。

「溫閣主這次來京裡要待多久？」

「朝廷想讓忍冬閣搬到京裡來，這次便是商議此事，實際需要多久，還要看你們戶部新上任的岑尚書。」

兩人都不是話多的人，寒暄幾句，便都垂眼喝茶。

不多時，相思和楚氏來了。昨兒相思已經和溫雲卿商量好，這事還是由溫雲卿和楚氏說，相思便沒和母親提起，誰知兩人才進花廳，顧長亭和唐玉川便也進到廳裡來。

相思有些為難。她本想私下裡和楚氏說這事，可現下竟趕集一般，人都到齊了，這可怎麼開口？

相思正為難，卻見溫雲卿暫時沒有要說的意思，心底便稍稍放鬆，她對溫雲卿笑了一下，他卻彷彿沒看見，側頭與趙平治說著什麼。

小心眼！相思心裡罵了一聲。

「老爺、老爺！聖旨到門口了！」這時府裡的管家忽然慌裡慌張跑進門來。

「聖旨？」趙平治一愣，隨即攜眾人小跑著往門外走。

等一行人到了門口，那傳旨的老太監早已到了。趙平治一見傳旨的是太后宮裡的孫公公，心下一愣，帶著眾人跪倒在地，朗聲道：「臣接旨。」

孫公公展開明黃的聖旨，捏著嗓子道：「奉天承運皇帝，詔曰，茲聞雲州府魏門之女相思嫻熟大方、溫良敦厚、才貌出眾，太后與朕躬聞之甚悅。忍冬閣閣主溫雲卿，值適婚娶之時，兩人天造地設，為成佳人之美，特將魏相思許配溫雲卿，命擇年內良辰完婚。欽此。」

在場眾人無不驚住，楚氏更是眼前一黑！

這次差事的緣由，孫公公心裡明鏡似的，見眾人慌神，便提高了聲音。「魏氏相思在何處，還不快快接旨？」

相思只得硬著頭皮伸出手去，楚氏卻亂中失了分寸，一下子抓住她的手腕想攔著。孫公公眉毛一挑，眼睛一瞇。「不接旨就是抗旨嘍？」

楚氏嚇得忙鬆開相思的手腕，眼見著寶貝閨女接住了那明黃的聖旨。

孫公公走後，門前這一伙人才渾渾噩噩站起來，都不知這是賜的哪門子婚？

趙平治皺眉看了魏明一眼，顯然也是摸不著頭腦。魏明看楚氏一副心痛非常的模樣，也知她素來膽小，有些擔心。「大嫂，先進去，進去再說。」

溫雲卿走到楚氏面前，一揖到地。「魏夫人，可否借一步說話？」

楚氏愣愣點了點頭，被溫雲卿引著進門，趙平治和魏明也跟了進去。

相思手裡捧著明黃的聖旨站在門口，不知一會兒溫雲卿會對自己親娘說些什麼，心中有些惴惴不安。

唐玉川從方才的衝擊中緩了過來，拍了拍顧長亭的肩膀，滿心疑問。「長亭，這皇上、太后怎麼說賜婚便……」

驀地，唐玉川住了口，因為他發現顧長亭看著相思的背影，眼中竟有他不能明白的隱忍之色……

屋裡只有楚氏和溫雲卿兩人，楚氏此刻已勉強鎮定下來，躊躇片刻問：「溫閣主，皇上為何會忽然給你和相思賜婚？這事相思之前知曉嗎？」

「魏夫人，這件事從頭到尾都是我的錯，和思兒無關。」溫雲卿低身行了個極大的禮，驚得楚氏往旁邊一跳。

「溫閣主，這禮我可受不起。」

溫雲卿面色平和恭敬。「我和思兒既然要訂親，您便也是我的母親，這個禮您受得的。」

楚氏對這個皇帝塞的女婿並不滿意，但在他面前卻也說不出難聽的話。「這事還得問問我家老太爺和老爺，我做不得主的。」

溫雲卿點頭。「這是自然，我會親自寫一封信讓人送去。」頓了頓，又道：「夫人您剛才問這事情的緣由，其實都是因我而起，是我喜歡思兒，所以央著太后娘娘賜婚，這事沒先求得您的同意，是我做得不周。」

楚氏一愣。「是你去求的？」

「是。」溫雲卿目光灼灼地看著楚氏。「我知道，在您眼裡，我不是相思的良配，也知道您在擔心什麼。忍冬閣雖在金川郡裡，但朝廷已有讓忍冬閣搬到京裡的意思，沈香會日後也會搬到京裡來，若思兒還在沈香會裡做事，便也要留在京裡的。」

見溫雲卿這般坦誠，楚氏心裡是又惱又沒法子，心裡也有些生氣溫雲卿使手段，便沒了顧忌。「溫閣主，我不想將相思許配給你，還因你身子有病，我不想讓她日後艱難。」

溫雲卿笑了笑，忽然伸手將前襟拉開，露出胸膛上那道顏色有些發白的傷痕。「我的病已好了，是思兒給了我一條命，之前魏老太爺也擔心我會讓他的寶貝孫女做寡婦，你們都疼她，我知道；若是我身子不成了，我斷斷不肯招惹她，更不肯讓太后賜婚！我會對她很好很好，這輩子都對她好，她想做的事，我都會支持，包容她、愛護她，不讓她受委屈。」

其實聽到溫雲卿提起魏老太爺時，楚氏心裡便稍稍安定。若是連魏老太爺也沒提點她小心，其實便是默認了溫雲卿，而等她聽到溫雲卿的保證時，心中微微有些動容。

想了想，她問道：「相思她是什麼意思？」

溫雲卿苦笑。「她什麼性子，夫人您肯定知道的，無論何時都要給自己留後路，她說這事一定要家裡的長輩都同意，又說即便成親，也要繼續留在沈香會做事，最後還說……」

見溫雲卿賣起關子，楚氏有些急。「你倒是說呀！」

溫雲卿眼中有幸災樂禍之色，臉上卻略有些委屈之意。「她說，要是日後過得不舒心，便要和離，繼續回雲州府做生意，讓我不能攔著……」

第九十三章

此時已是深夜，客人都已散去，只剩最後一位酒客在角落裡自斟自飲。酒館裡的伙計心中有些不安，只因這位爺傍晚時候便隻身前來，喝到如今月至半空也沒有離開的意思，只怕他一會兒要鬧事。

這伙計姓周，是外地人，才來酒館一個月，生怕在自己手底下出了岔，想了想，還是走到後堂去找老闆，把事情一說。老闆也有些頭疼，酒館做買賣，最怕的便是酒鬼鬧事，忙跟著伙計到堂裡去看，等看清角落裡坐的是誰時，卻是鬆了一口氣。

「不妨事，那是太醫院的顧太醫，人好著呢，不會鬧事的。」

小周伙計一聽，撓了撓頭。「太醫不都是一把年紀、花白鬍子的嗎？怎麼這位顧太醫這般年輕？」

老闆笑道：「你別看這顧太醫年紀輕，醫術可真不錯。半年前我害了風寒，換了好幾個大夫也不見好，有一日他來這兒吃飯，給我開了張藥方，我喝了之後，當晚便見好了，你說他醫術高不高明？」

小周伙計滿眼訝異之色。「這麼神奇？」

「這顧太醫，前途不可限量啊，他若要酒，你只管給他，不必怕的。」

小周伙計點點頭，眼角餘光看見顧大夫的酒壺空了，便上前滿上。

酒館裡只有顧大夫這一個客人，小周伙計便坐在櫃檯後面打盹，迷迷糊糊之間，聽見似乎有人進門，心中納悶今晚喝酒的人怎麼這麼多？抬起頭來想招呼，看見一個清貴至極的白衣公子進門，這位公子進門後逕自坐到角落那張有人的桌子前，他便知道兩人是認識的，於是沒吭聲，只是兩隻耳朵兔子一般豎了起來。

顧大夫沒說話，只是一杯接一杯地喝著酒，顯然是有些愁心事，不多時，那酒壺便空了，小周伙計忙上前添酒，順便瞟了眼那才進屋的公子，等看清這人的容貌，心底便是一驚——這人生得好啊！

但好在哪裡，來自山裡的小周伙計又說不出，只覺得衣著華貴，渾身散發著讓人說不清、道不明的開闊之意，就像供在佛龕裡的佛祖，卻又比佛祖要多食些人間煙火氣。

這一愣神間，酒便灑了一些。

「小二哥，酒灑了。」

小周伙計兀自愣神，反應了一會兒才「唉呀、唉呀」地叫著停手，急忙道歉，轉身去尋抹布，卻聽得一直沈默的顧大夫幽幽開口。「你明明來得比我晚。」

小周伙計心想，這位白衣公子確實比你來得晚呀，接著又聽那白衣清俊公子回道：「但我用情並不比你少。」

小周伙計心裡納悶：來酒館喝酒，還有用情多少之分嗎？以前沒聽說過啊？

找到一塊乾淨的抹布，小周伙計小心翼翼擦拭著方才灑出的酒，見顧大夫又喝了一杯酒，悶聲道：「不公平。」

小周伙計這下更加摸不著頭緒了。擦完了桌上的酒漬，他十分勤快地擦起了旁邊的桌子，生怕離得遠了漏聽了兩人的對話。

「你早應有察覺，只是你始終不肯更近一步。」白衣公子說。

顧大夫又倒了一杯酒，聲音有些寂寥之意。「她不告訴我，便是不想讓我知道，所以我不問。」

白衣公子給自己斟了一杯酒。「思兒她很好。」

「她自然很好。」顧大夫喝了杯中酒。「但她決定的事，從無悔改，小時候起便是如此，我……我知道她對你不一樣，我爭不過你。」

小周伙計這時才聽出點端倪來，心想這「思兒」應該是位美貌端莊的小姐，這顧大夫是為情所傷啊！心裡便有些同情。

角落裡的兩人一時間都沒再說話，小周伙計也把桌子擦亮了，只得回櫃檯後面偷聽，誰知兩人竟就這般坐了半晌。

直到月亮升得老高，那白衣公子才站起身來，將酒壺拿遠了些。「少喝些酒。」

顧大夫卻伸手將酒壺拿回來。「我身體好得很，不像你。」

那白衣公子沒說話，起身往門外走，卻又在門口站住，轉頭說：「可我會和她白頭到老。」

銀輝灑在白衣公子的側臉上，恍若天宮仙人。

白衣公子走後，顧大夫也沒了心情，喝完杯中酒，便來櫃檯結帳。

小周伙計收了銀子，猶豫再三，終是忍不住勸道：「顧大夫，您要保重身體呀！我看您比方才那位公子要好多了。」

只見醉意朦朧的男子一愣，隨即開懷大笑起來，只是笑中似有淚。

相思小心翼翼偷看了自己親娘一眼，規規矩矩坐著，乖巧得不像話。

楚氏平時極和善可親，此時卻是冷著一張臉，像是要吃人一般，見相思不說話，便先開了口。「這門親事，妳是怎麼想的？」

「我聽娘的。」

「妳聽我的？現在宮裡賜婚的聖旨都到了，我有什麼法子？我還能不同意？」

相思忙上前拍了拍楚氏的後背。「娘別生氣。」

「我不生氣？我這邊還什麼都不知道呢，妳就不得不嫁出去了！」

相思不敢再開口，只小心陪著笑，楚氏看在眼裡，心便又疼起來。「妳和我說實話，妳是不是也喜歡溫閣主？」

相思想了想，點點頭。

楚氏嘆了口氣。「罷了，妳若是喜歡他，我總不能攔著不讓嫁，而且現在宮裡還賜了婚……」

見楚氏又面色鬱鬱，相思忙岔開話題。「娘，年前爹讓我在京裡買了個鋪子，這兩天我已找人整頓好，藥櫃、藥材都準備得差不多，過兩天就開業了。」

楚氏心不在焉地點點頭，相思要告退，才走到門口，便聽楚氏叫道：「妳回來，我還有話沒問妳呢！」

相思僵硬地轉過身來，滿臉堆笑。「娘，什麼事呀？」

楚氏冷下臉。「妳既然也同意這門婚事，為何親還沒成，便提和離的事？」

於是接下來的一個時辰裡，楚氏給相思上了一堂極其漫長的「女子婚後德行與規範」課，主講內容包括：服侍丈夫起居諸事、孝順公婆日常注意事項，以及從一而終不准和離的重要性。

從楚氏屋裡出來，相思的臉已經僵了，她看了看昏暗的天光，低聲罵道：「你行！你厲害！你等著！」

相思和唐玉川到戶部的時候，盧長安和幾個沈香會的人已到了。這些人最初知道相思是女兒身時，也有些抹不開臉，可是一路行來，發現相思除了穿上裙子，和原來沒什麼不同，便沒有外話。

眾人等了一會兒，有個三十多歲穿官袍的男人進到屋裡來，正是負責此次沈香會事宜的戶部侍郎沈青。

沈青一進屋，便對眾人拱手，笑道：「方才有事耽擱了，還請諸位不要見怪。」

眾人見過禮，沈青讓坐。「這次朝廷請諸位來京裡，所為何事，相信諸位已有耳聞。」

盧長安頷首。「雖有耳聞，但卻一直沒有收到朝廷的正式文書。」

「盧院長這幾個月一直為南方六州的藥事操勞，朝廷是看在眼裡的，這次請諸位進京，也是為了讓南方藥事在沈香會的管理中，更勝往昔。」沈青環視一周，見眾人都認真聽著，便繼續道：「經韶州府大疫之後，聖上越發看重藥商、藥事，所以意欲將沈香會移至京中，掌管南北藥事。」

眾人心裡早有準備，所以聽了這話亦不驚訝，都看向盧長安，盧長安沈吟片刻，起身對沈青拱了拱手。「來之前我等已商量好，全聽朝廷差遣，只是掌管北方藥事這一項，怕是不好辦。」

沈青也知掌管北方藥事的難處在哪裡。「北方藥事尚且不急，先讓南方藥事恢復秩序，其他的以後再說。」

既然沈香會一事眾人皆同意，沈青便說了些需要沈香會配合的事，又說安排了沈香會在亭南街尾辦公，緊鄰著防疫司。

事情議完，眾人便欲退出去，戶部新上任的尚書岑昌平進門，沈青忙迎上去躬身行禮。「尚書大人。」

沈香會眾人也上來行禮，岑昌平點點頭，等到目光落在相思身上時，臉色立刻冷了幾分。「沈香會沒人了嗎？怎麼讓一個婦道人家來了？」

這位尚書大人，相思是知道的，他原是禮部的官員，迂腐至極，相思以女兒身拋頭露面處理沈香會諸事，這位大人肯定是看不慣的，所以她早有心理準備，便只低著頭沒說話。

沈青卻受了趙平治的囑託，上前解釋道：「大人，她是雲州府魏家的，之前在韶州府大疫時救疫有功，曾受到聖上封賞。」

聽了這話，岑昌平又看了相思一眼。「婦道人家，能有什麼見識？不過是運氣好罷了。」

回到趙府，相思才歇了一口氣，便收到雲州府的來信，說是魏老太爺夏時要來京裡。相思想了想，既然沈香會要在京中辦事，她長久住在趙家總歸是不方便，索性挑個院子買下，日後魏老太爺來京，也有個落腳處。

這麼一尋思，她便出門找楚氏商量去了。

第九十四章

相思被賜婚後，楚氏便寫了一封家書送回雲州府，過了幾日收到回信，是魏老太爺讓魏興寫的，只有寥寥數字，不過是說些雲州府近況，直到信的最後才提起婚事：順其自然。

楚氏便不能再說什麼，至於買宅子的事，她覺得也可以。畢竟沈香會日後要在京裡辦事，魏家藥鋪也要在京裡開起來了，有個落腳的地方自然方便。

於是在沈香會諸事忙碌之餘，相思尋遍了京中各處，總算找到了兩處地段合宜的宅子。一處宅子小一些，亭臺樓閣倒也景致有韻味，只是若住的人多了，怕是不合用；另一處宅子十分寬敞，三進的院子，後面還有大片的空地，若是日後有需要，也可以再建，只是這院子久無人住，荒草成片，乍看有些淒涼。

想了許久，相思到底是買了那所大宅子，又找到幾個活兒好的泥瓦匠，先修葺一番；因現下正是冬末春初之時，草木之類自然無法栽植，相思也不急著住進去，只等春日到了，再修整院子。

相思隱瞞身分的事既然已了結，楚氏也放下心來，客居趙家，總歸是不方便，便和相思商量先回雲州府，等年中再和魏老太爺一起來京裡。這些日子相思忙得要飛起來，也沒時間陪楚氏，聽了這話，沒別的話，找到幾個雲州府跟來的老家人陪著楚氏，又聽說辛家這兩天要送貨去雲州府，相思便打了招呼，讓楚氏一行人同辛家的送貨隊伍一起回去。

沈香會這半年的時間一直處在混亂無序的狀態，雖然原先會裡的人多半還在，但之前建立起來的流程都已亂了，一時之間難以復原，盧長安和大家一商量，覺得不如重新規定流程、設置人員，於是忙得人仰馬翻。

原先沈香會在雲州府裡，雲州府又處於南方六州的中心，所以文書來往較為便捷，但如今沈香會在京裡辦事，要取藥材通關牒文便麻煩許多，路上耗時費力，實在得不償失；最後與戶部沈大人商討之後，準備先在南方六州設六個可派發藥材通關牒文的分會，但他們所派發的通關牒文需要存有帳目，這些帳目每月月底交到京中，同時各關口也會將當月收到的通關牒文送到沈香會，核對出入。

這法子雖然大大方便了六州藥商，但這六處的人員都需要選定，中間印信、文書等事宜都要辦，相思便跟陀螺一般轉了起來。平日裡魏明根本找不著她的人，夜裡去，也只能見她一臉疲憊，雖然心疼，卻是支持的。「我像妳這般大的時候，對藥材的事很癡迷，但是老頭子太倔，就因我是個女兒，不肯讓我沾手，不像妳現在，想做什麼便能做什麼。」

說來也奇怪，自從上次溫雲卿和楚氏談話之後，相思再也沒見過他的人，本來憋了一肚子的火氣也沒處撒，這火氣便漸漸醞釀發酵，隱忍不發。

不知不覺，便至三月，天氣漸漸回暖，買的院子已收拾得差不多，只等過些日子找到花匠來侍弄院子。於是相思辭別了趙平治和魏明，找了一個風和日麗的天氣搬了進去，雖說是搬家，卻不過是搬些日常用具、換洗衣物之類。

但若要長住，日常器具總要備齊，相思便去找了家鋪子，買了桌案、椅凳、床榻之類，讓店家幫忙送到院子裡，誰知她才到家門口，就看見鄰門也在往裡面搬東西，心裡有些納悶，見紅藥從院裡出來，身上繫著條圍裙。

相思點點頭。「我記得之前鄰院不是沒人住嗎？」「東西都買好啦？」

紅藥看了看鄰門那邊忙忙碌碌的伙計，搖搖頭。「不知道，今早便開始有人出入，可能賣出去了吧！」

相思點點頭，讓伙計們把東西搬進去安置好，等一切收拾完，天已黑了，紅藥端了醇香的鴿子湯上桌，忙碌了一整天的相思和白芍早已餓得前胸貼後背，捧著碗正要吃，卻見唐玉川進門來。

相思忙招手。「一起來吃呀！」

唐玉川哪裡是個會客氣的人，從紅藥手中搶過飯碗便大口吃起來，邊吃邊嘟囔。「妳今兒沒去沈香會，我代做妳的活兒，累死了！」

相思頭也沒抬，一口氣喝了半碗湯。「以前你有事，我也代著你的活，好借好還，再借不難。」

「妳有理……紅藥再給我來碗湯！」唐玉川眨眼間便吃光了一碗飯，嚷嚷道：「反正我永遠說不過妳。」

吃光了一碗堆尖的米飯，相思腹中溫暖，心情大好，見對面的唐玉川偷偷抬頭看了她一眼，又連忙低頭吃飯，相思挑眉。「你怎麼啦？」

唐玉川先是沒說話，接著卻放下手裡的飯碗，面色極為莊重。「相思，妳覺不覺得長亭最近不太對勁？」

相思一愣。「怎麼不對了？」

平日唐玉川說話從來不這般費勁，誰知今日竟像大姑娘一般，扭扭捏捏。「我覺得……覺得長亭好像喜歡妳。」

此言一出，紅藥和白芍便端著碗出去了，相思愣了許久，面色卻漸漸平靜，端著碗喝起了湯。「你為什麼這樣說？」

唐玉川坐直了身體。「皇上賜婚前，長亭有事沒事總是往妳這邊跑，可是從賜婚到現在都過去多久了，長亭來見過妳幾次？好幾次我說要來找妳，他都說有事情先走了，賜婚那天，我也看見他的臉色，傷心欲絕一般，反正我看長亭是對妳有意思。」

「我求你一件事。」相思放下碗，低著頭。

唐玉川鮮少見到相思這般，不知她接下來要說什麼，也有些慌。「什麼事？」

她抬起頭來，極為認真地看著唐玉川。「方才的話，你再也不要與任何人說，他現在不想見我，但時間久了自然會好，若這層紙捅破了……」

縱使唐玉川是個遲鈍的人，聽到這裡也明白了，愣愣點點頭。「我知道了，不會再說了，我就尋思咱們幾個一起長大的，總不能就這樣疏遠了。」

「我知道，你不用擔心這事，我會處理的。」

聽相思這般說，唐玉川便放下心來，喝了兩碗湯，就把方才的事忘了，用下巴指了指隔壁的方向。「我剛才過來的時候，看見鄰院亮著燈，那院子也住人了？」

相思點點頭。「今天才搬來的，應該是賣了。」

唐玉川一拍大腿。「我也想在京裡買個院子，還想著明天看看那院子，和妳做鄰居呢！也不知是被誰買了去？」

「我也不知道，哪天有時間去拜望一下，日後也有個照應。」

過了月餘，天氣回暖，相思找了兩個花匠在院子裡種上花木，原本的荒涼庭院立刻被生機勃勃替代了。相慶、相蘭被魏老太爺踢到京裡來，幫著相思照顧生意，三人先去趙府拜見趙平治和魏明，相思也見到了顧長亭，他神色倒還自然，只是略清減了些，相思便只問些家長裡短，別的都不提。

從趙府回來已經入夜，讓相慶、相蘭安置好，相思才回臥房，不經意抬頭，卻見鄰院還有燈光未滅，心中有些納悶。這院子裡住的人實在有些古怪，平日也沒個人說話，但卻有來來往往的腳步聲，可知裡面的人是不少的。

相思站了一會兒，便回屋安歇了。

第二日，因要送相慶、相蘭去藥鋪，相思便起得比平日早了些，吃過早飯，天還未亮。相思三人上了馬車，便聽見旁邊那戶的門也「吱呀」一聲開了，從門裡駛出一輛馬車來，只是天黑，相思看不清人，從旁邊路過時，也只能看到黑漆漆的車壁，到底沒看清是個什麼樣的人。

這家還挺神秘。相思暗暗想。

相慶、相蘭這些年常和相思走南闖北做生意，有幾間藥鋪還是他們一手開起來的，所以京城這間新開的藥鋪難不倒他倆。相思把鋪裡的掌櫃、伙計介紹給兩人，又簡單說了說這兩天需要做的事，便出門往沈香會去了。

晨光熹微，亭南街上寂靜無聲，街尾的沈香會卻隱隱傳出對話聲和腳步聲。相思進門便看見幾個青年人搬著個大木箱往東屋走，其中一個瘦高個兒看見相思來了，招呼道：「妳今兒來晚了啊，中午請大夥兒吃飯！」

另一個微胖的青年起鬨。「要天香樓的獅子頭！」

相思捲起袖子，搬起一個稍小些的箱子，笑道：「中午我請客。」

那微胖的青年吹了個口哨，小跑著進屋了。

這些箱子是剛從雲州府運來的，裡面裝著沈香會這五年的帳目，等都搬進東屋，天已大亮。盧長安拎著兩個食盒進了屋裡，見帳本都擺好了，哈哈笑道：「我這是倚老賣老，你們這些年輕的就多幹些吧！」

方才和相思說話的微胖青年叫陳大仲，一面說「應該的」，一面上前搶過盧長安手裡的食盒，掀開一看，見是包子、蝦餃等吃食，熱呼呼地冒著氣，便招呼屋裡的人吃起來。

相思在家裡吃過了，便一邊整理帳目一邊對盧長安道：「院長，我想從最近兩年的帳目開始整理，若是做參考，還是越近越好，只是去年韶州府瘟疫可能會有些影響，要注意些。」

盧長安點點頭。「這主意本也是妳出的，妳領著大家整理吧，京城雨季要來了，沈大人今日和我出城去看幾處庫房，要晚上才能回來。」

「成，那我晚點去驛館找您。」

簡單吃過早點，沈香會眾人便按照相思的要求，開始整理近兩年的帳目，按照藥材種類、數量整理出一張單子，為今年在六州設分會做參考。

一直整理到中午，去年的帳目才整理了一半，相思便讓人去天香樓點了幾道拿手菜送來，眾人擠在一張小桌前吃了。

快到傍晚時，戶部忽然來了個差人，說是尚書大人有事要問，讓他們派個管事的人去，相思本想躲著，誰知這幫沒義氣的竟都推她過去。相思心裡對那位岑昌平大人實在是有些感冒，但想著她日後若還是在沈香會做事，與他自然會經常見面，倒不如早些解決這位自負岑大人的偏見。

這麼一想，相思便簡單收拾了一下，同那差人去了戶部。

到戶部時，岑昌平大人的專用會客室裡有人，相思便乖乖坐在外間等著，約過了半個時辰，才聽見門一響，走出一個人來。

這人穿著白衣白衫，眉眼如畫，風姿綽約，一雙眼像是含著笑。

相思身子一僵，隨即醞釀多時的惱怒便翻騰上來，她卻沒發火，十分嫻靜地微微福身，輕聲道：「妾身見過溫閣主。」

相思能感覺到面前男人的身體明顯僵硬了一下，心中立刻覺得舒爽許多，繼續垂著頭，跟個小媳婦兒似的。「岑大人召妾身前來談事，失陪了。」

說罷，她便邁著小步進了屋裡。

溫雲卿眉眼微微一動，眼中的笑意擴散開來，最終嘴角也忍不住勾了起來。

相思進門時，岑昌平正在寫奏章，相思福身一禮。「民女拜見岑大人。」

眉頭一皺，岑昌平抬起頭來，極為不悅地看了看她。「妳怎麼還在沈香會？」

相思心中暗罵了一句，面上卻是沒有絲毫不敬。「民女數年前就一直在沈香會做事，未曾聽聞『女子不能入沈香會』之事，不知大人何出此言呢？」

「妳沒聽過這話，是因為正經的女子都不會像妳這般拋頭露面，妳怎麼反而還得寸進尺呢？」

相思笑了笑。「岑大人，韶州府瘟疫時，我為了救治瘟疫，做過許多事，連聖上都是認可的，難道只因為我是個女子，我做的事便是錯的嗎？我不應該救疫？」

岑昌平一噎。「自然不是。」

「既然我之前做的事於國於民有利，為什麼現在就不能繼續做這樣的事？」

岑昌平有些惱羞成怒。「我找妳來不是說這些，有正經事要問妳。」

便見他將手裡的文書推到相思面前。「沈香會要在六州設立分會是怎麼回事？分會設立後，不是依舊不受管束？時間久了會出問題的。」

「大人您的擔心很有道理，會裡也有這樣的擔憂。」相思先拍個馬屁，接著引入正題。「所以會裡會實施兩個制度來保證這個問題不會出現。」

岑昌平有了些興趣。「什麼制度？」

「第一，每月對帳。但凡發出去的藥材通關牒文，都要在特製的帳本上做好記錄，如果有塗改的地方，需要塗改之人簽上名字和日期，以保證其真實性，這些帳目會在每月月底送到京裡，與各個關隘送來的牒文進行核對，以備及時發現問題。」

岑昌平原來是禮部的，對戶部的事宜雖不說精熟，卻也懂得一些，仔細琢磨了相思的話，心中有些驚訝。「這法子是誰想出來的？」

相思微笑道：「正是我這個沒見識的婦道人家。」

岑昌平本以為是盧長安或者沈香會裡某個有為青年，是要提拔一番的，沒想到卻是這個被他瞧不起的女子，老臉一紅。「第二個制度呢？」

「輪換制。」

岑昌平有些不明白。「輪換制？」

「對。」相思點頭，隨即解釋道：「先前沈香會之所以會成為沈繼和的私器，皆因沈香會由他一人說了算，所有權力也都在他手中，這輪換制，便是每個季度六州分會內的人員相互交換，所謂流水不腐，就能避免很多問題。」

這法子朝廷的確沒用過，岑昌平也是第一次聽說，忍了忍，還是忍不住問：「這法子總不會還是妳想的吧？」

一出大門，相思就看見那輛玄色的馬車，溫雲卿坐在馬車裡微微笑著，相思依舊福身。「閣主有禮了，妾身告辭。」

說罷，她便邁著小步上了馬車，讓車伕回家。

誰知她一走，後面的馬車也動了，不遠不近地跟在相思的馬車後面。相思覺得有些好笑，心想：看你跟到什麼時候。

誰知這一跟，竟是跟到了家門口，相思只得繼續裝淑女，讓人拿了八百年用不到一次的腳凳放好，踩著腳凳下了馬車。

那輛玄色的馬車隨即也停在門口，溫雲卿下車，看向相思。

「時間不早了，閣主跟著我做什麼？不知道男女大防嗎？」假淑女相思小姐皺著眉，一副極看不慣的模樣。

溫雲卿眼裡都是笑意，卻是拱手道：「魏小姐，我只是回家，並不是跟著妳。」

說罷，他轉身進了鄰院大門。

相思面色又驚又疑，愣了半晌，才邁著憤怒的小步進了自家院子，咬牙切齒道：「你厲害！竟然住到我眼皮底下了，我倒要看你能厲害到什麼時候？哼！」

第二日，相思套車出門，又在門口遇上溫雲卿的馬車，溫雲卿的馬車跟著相思一路到了沈香會，駛進了沈香會對面的宅院裡。

中午時候，相思出門，便見對面門上掛了個玄色的匾額，上書三字——忍冬閣。

晚上相思從沈香會出來，卻見溫雲卿站在沈香會的門口，便小步上前，福身道：「妾身見過溫閣主，閣主安好。」

溫雲卿聞聲回頭，好看的眼裡全是笑意，聲音卻是淡淡的。「我有事和妳說。」

相思後退兩步。「那便在這裡說，李下不正冠，咱們總要避諱些，別讓人說了閒話。」

溫雲卿竟然點點頭。「魏小姐說得是。」

他也後退了兩步，和相思隔著好幾步的距離。「這兩日要下雨了，還請會裡早準備些庫房。」

相思點頭，垂眼應道：「妾身知道了，多謝溫閣主。」

溫雲卿點點頭，嘴角忍不住勾了起來。

第九十五章

四月，京城連降暴雨，來京城裡販貨的藥商們倒了楣，藥材還沒脫手，便遇上這樣的天氣，賣也賣不出去，存又無處存，好在沈香會一早在城外準備了不要銀子的庫房。此時別說不要銀子，便是收銀子，這些藥商們也是肯的，於是沒找到庫房存藥的藥商們，便排著隊往城外走。

但準備的庫房究竟有限，兩日之後，便再無處放藥。

戶部又撥了兩個抄沒的宅子給沈香會，沈香會眾人便只得冒雨帶著藥商們去運藥。

馬車從瑞親王府門口一直排到了街尾，昔日威武莊嚴的府邸，因為失去了主人，而淪為庫房。

王府門口站著幾個人，其中一個穿粉白衣裙的女子格外惹人注目，她生得極是好看，皮膚瑩白如玉，一雙眼似乎永遠帶著親和笑意，手中撐著一把樸素的油紙傘，素雅得如畫中仙女一般。

有的藥商不認識相思，進進出出總要瞟上兩眼，把唐玉川氣得不行，恨不得上去挖人家的眼睛。

風雨越來越大，有幾輛車上的油氈沒封嚴，被風吹起來，旁邊一個老者驚呼一聲想要按住，誰知卻被彈倒在地，他拍著大腿喊道：「這裡面裝的是澤瀉，可不能見水呀！」站在門口的幾人忙衝上去，拉油氈的拉油氈，拽繩子的拽繩子，相思一手撐著傘，一手去扶那老者，誰知又颳來一股妖風，吹得相思她握不住傘，自己也往後仰。

此時卻有一雙手扶住她的後背，人才沒摔下去，相思忙回身。「謝……」話說到一半，她住了嘴，往後退了一步，福身道：「溫閣主。」

溫雲卿撐著傘，衣衫被風吹得呼呼作響，眼睛卻一直盯著相思，見她這般疏遠客氣，心裡自然不舒服，卻是沒發作，只淡淡道：「小心些。」

這一番折騰，相思的衣服便濕透了，濕透的布料緊貼在身上，勾勒出曼妙的身形，相思沒注意，轉身扶著那老者到門口躲雨，正要折返到雨幕之中，路卻被人擋住。

「溫閣主，請讓一讓。」相思想從旁邊繞過去，手臂卻被捉住。

溫雲卿定定看著她，低聲道：「衣服濕了，先回去。」

相思低頭一看，臉上一紅，溫雲卿的大氅已經從天而降，將她嚴嚴實實罩住。唐玉川也聽見這邊的動靜，快步走過來，對相思道：「妳先回去吧，這裡有我看著就成，反正也登記完，就剩往裡搬了。」

相思只得點了點頭。「那我先走了啊！」

唐玉川揮揮手。「走吧、走吧！」

相思轉身想往馬車那邊走，誰知溫雲卿今兒卻像吃錯藥一般，長臂一伸，將她半抱著往外走。

相思「哎呀」一聲，隨即故態復萌。「溫閣主，男女授受不親，你再這樣我要叫人了。」

溫雲卿步子邁得極大，聽到這話，卻不看相思，低聲道：「妳這樣鬧了一個多月，便是生氣我向魏夫人告黑狀，此時也該消氣了，難不成妳要一直鬧下去？」

走到車邊，溫雲卿將雨傘一收，將她送上車，自己隨即也跳了上去。相思往車角一縮。「溫閣主，經過我娘的教訓，我想明白了，先前是我不知禮數，時常冒犯你，日後我肯定不那樣了。」

「哪樣？」溫雲卿挑眉。「不強抱我了，還是不強親我了？」

相思大蘿蔔臉不紅不白。「兩樣都不了；我娘還教我夫為妻綱，如果日後咱們成親了，閣主說的話都是對的，我都照做，絕對不違逆。」

溫雲卿的眉頭微微蹙了起來。「妳說『如果』是什麼意思？」

相思偏著頭，濕髮緊貼著小臉，笑得十分靦覥。「閣主你怎麼還是這麼咬文嚼字？我不過隨便一說，你隨便一聽便是了，難不成還要去告黑狀？」

「這次不告黑狀了。」溫雲卿將車簾放下，阻斷了車外的風雨之聲，隨即伸手將相思扯過來。「我自己收拾妳。」

說罷，便向相思壓來，黑暗中卻沒親到想像中的柔軟，而是親在相思微涼的手心上。

「溫閣主，你看你，一言不合就動嘴，咱倆還沒成親呢，你這樣實在是不合禮數。」

溫雲卿親了親相思的手心，嘆了口氣。「我錯了還不成？不該去告黑狀的。」

相思氣了好幾個月，哪裡是這般好哄的。「閣主告訴我娘之後，我深受教育與感動，只後悔沒有早日領會女子德行的根本，做了許多荒唐事，若日後我有做得不對的地方，還請閣主繼續告訴我娘，我一定會乖乖聽她教誨，做一個識大體的婦人。」

「思兒，我真的錯了。」溫雲卿的聲音就在相思耳邊，弄得她有些癢。

她縮了縮脖子，卻覺得肩頭一涼，伸手一摸，不知何時自己的衣帶被解開了，前襟被扯散，肩膀全都裸露了出來，令她一驚，怒道：「溫雲卿！」

一雙修長的大手回應了她。這雙手溫暖乾爽，扶在相思的肩頭，也不知從哪裡尋到的乾爽帕子，開始擦拭她的身體。

「別著涼了。」

那濕衣服好脫不好穿，相思使了牛勁也沒把那濕成一坨的衣服分開，身上只穿著肚兜，面前還有一頭狼，相思實在沒有安全感，只能雙手抱胸。「你再這樣我就喊非禮了啊！」

溫雲卿的手依舊在相思的身上游移，像是摩挲著連城寶玉，聽了這話，卻是輕笑了一聲。「妳我已訂親，遲早不都是我的？」

相思忽然全身放鬆下來，溫雲卿察覺到她的變化。「想通了？」

少女沒說話，只是微微向前傾身，主動投入了溫雲卿的懷裡。他一僵，手掌緩緩從相思的後脊摸了上去，只覺觸手光滑，鼻尖亦有少女的馨香之氣。

溫柔鄉，從來讓人沈醉。溫雲卿貼在她的頸窩上聞了聞，輕聲呢喃。「好香。」

卻聽相思忽然道：「八下。」

「什麼八……」溫雲卿沒往下說，心中彷彿猜到了什麼。

相思推開溫雲卿，聲音嬌軟可愛，說出的話卻不怎麼招人喜歡。「我記得聖旨上只說年內完婚，方才閣主你既然提前摸了八下，那婚期便推遲八個月如何？如今是四月，正好等到十二月完婚。」

黑暗中，相思看不清溫雲卿的臉色，卻聽他嘆息道：「思兒，我真的錯了，以後不敢了。」

「夫為妻綱，閣主以後可千萬不能再說自己錯了，你哪裡會錯呢！」相思依舊不肯鬆口。

溫雲卿伸手將她的濕衣服扒了下來，這次卻沒再碰到相思的身體，估計也是怕了。他從旁邊的小匣裡取出一套乾爽的衣衫，小心翼翼地給相思穿上，並保持著極遠的距離，又說一聲。「思兒，我真的錯了，再也不敢了。」

相思這次沒說話，卻聽溫雲卿又道：「既然妳提起婚期，妳覺得婚期訂在什麼時候適合？」

「十二月呀！」

相思能明顯感覺到溫雲卿一噎，心中暗樂，誰知他卻忽然出手將她拉進了懷裡，熾熱的氣息吹在她的頸子上，實在有些燙人，相思再次使出殺手鐧。「閣主，一年雖然只有十二個月，但是我冬天極易生病，若是害了重病，起不了床，總歸也是不能成親的呢！」

「讓我抱一會兒。」溫雲卿的聲音裡透著一股無奈。

六月，京城煙柳滿紫陌。

相思和相慶、相蘭站在城門口，等著魏老太爺一行人的到來。

十幾輛馬車由遠及近，到城門口停下，車簾掀開，魏興扶著魏老太爺下了車，相思幾人忙上前。

魏老太爺比年初時略胖了些，臉色白裡透著紅，相思笑著迎上去。「這一路辛苦吧？」

魏老太爺「嘖」了一聲。「老子走南闖北的時候，你們還不知在哪裡尿尿、玩泥巴呢，這麼點路，有什麼辛苦！」

旁邊的魏興附和道：「是，老爺年輕的時候，可比你們現在強多了。」

相慶、相蘭連連點頭，生怕臭腳捧得晚了。

楚氏這時也走了過來，拉著相思看了兩眼。「沈香會的事辛苦了吧？」

「現在都走上正軌了，倒是還好。」相思往車後看了兩眼。「爹沒跟著一起來？」

楚氏臉色有些發窘。「家裡的生意總要有人看著，我們都要來，他就只能留在雲州府了。」

「讓他留著有什麼，難不成讓我們幾個留？」魏老太爺吹鬍子瞪眼。

相思默默為自己的留守老爹點了根蠟燭，領著眾人準備回京裡的宅院。

這時有一輛極寬大的玄色馬車緩緩駛來，魏老太爺瞇著眼，看了相思一眼，見相思忽然收起方才的笑容，低眉屈膝的，儼然換了一副面孔，心裡有些奇怪，便見溫雲卿從那馬車下來，走到他面前深深一禮。「老太爺。」

魏老太爺點點頭。「我聽說忍冬閣也搬到京裡來了？」

「是，晚輩在天香樓裡備了酒席，為您和魏夫人接風洗塵。」

第九十六章

天香樓裡，其樂融融。

賜婚一事後，溫雲卿便時常給魏老太爺寫信，楚氏回雲州府後，也收到了溫雲卿的平安信，信中時常提及相思，楚氏看了也安心，所以這桌飯，倒吃得賓主盡歡。

只是相思全程低眉屈膝的，一副小媳婦的嬌羞模樣，楚氏看在眼裡，覺得女子確實應該是這番模樣，只是相思做起來卻有些彆扭，但彆扭在哪裡，她又說不出，只能當是沒看習慣的緣故。

相思坐在魏老太爺旁邊，她這副模樣自然也入了魏老太爺眼裡，但這老頭兒是個人精，桌上也不多問、不多看，等著與溫家小子分開後再說。

溫雲卿盛了一碗湯，遞到相思面前。「這湯不錯，妳多喝些。」

相思沒抬頭看他，只低低應了一聲。「謝謝溫閣主。」

旁邊的魏老太爺眉頭一挑，覺得自家大寶貝的情緒不對，這明顯是和人鬧彆扭了嘛！要不哪裡能這般陰陽怪氣地說話？

那碗湯，相思自然是沒喝的，溫雲卿便又給魏老太爺盛了一碗湯。「這湯祛寒暖胃，您也喝一些。」

魏老太爺倒是沒拒絕，端著小碗喝了起來，卻不說別的話，溫雲卿便又給他挾了一顆肉丸，殷勤勸菜。

不一會兒，魏老太爺吃飽了，摸著滾圓的肚子長吁一口氣。「吃飽了，乏了，咱們回去吧！」

相思正要起身，肩膀卻被溫雲卿按住，聽他對魏老太爺和楚氏道：「其實今天晚輩是來求親的。」

楚氏一愣，魏老太爺卻覺得腳背一疼，瞪了一眼在桌下用腳踹他的相思，才道：「你說說看。」

溫雲卿看看相思，起身恭恭敬敬一禮。「既然老太爺和夫人都不反對我和相思的婚事，不如早些訂下婚期，我也好早日準備，免得到時辦得匆忙委屈了相思。」

相思依舊垂頭沒說話，若是外人看在眼裡，便覺得這是個極溫婉的小姐，只有魏老太爺知道她方才踩的那一腳有多狠，加上心中也想知道相思這是在生什麼氣，便沒立即應下這婚事，反問道：「那你想訂在什麼時候？」

「如今已是六月，下聘、訂婚期、籌辦等事怎麼說也要兩、三月，訂在八月如何？」即便現在訂下來，準備也要兩、三個月，八月是最早的時候了，再早便要辦得不周全。

魏老太爺摸了摸下巴。「你們倆的婚事，不能馬馬虎虎地辦，確實要早些準備。」聽得這句話，溫雲卿略感心安，誰知魏老太爺話鋒一轉。「不如就訂在十二月，這樣時間保准夠用。」

若是昔日溫雲卿重病之時，聽了這話，只怕是要吐血的。

這時相思低頭喝起了湯，接著抬頭看了溫雲卿一眼，眼中略有笑意。

魏老太爺今兒才到京城，一路舟車勞頓，溫雲卿便不再提這事，送他們回院子。

他本想著進院喝杯茶，誰知才到門口，相思便規規矩矩行了個極周正的禮。「溫閣主，今日多謝款待，你也回去休息吧！」

得，溫雲卿只得轉身回自己的院子。

魏老太爺進了院子，目光所及皆有綠色，實在清幽雅致，讚了兩聲，轉頭見相思的神色也活泛起來，便覺得好笑。「溫家那小子怎麼得罪妳了？」

此時楚氏已被紅藥引著去休息，相思說話便沒有顧忌。「他讓太后逼婚，還向我娘告狀。」

「這小子也該收拾收拾，不然日後成了親，還不把妳搓圓了。」魏老太爺哼了一聲。

相思點頭。「可不是，現在不立立規矩，以後可不得了，所以這婚期您可千萬不能順著他，一定要拖到十二月。」

魏老太爺狠狠點點頭，誓要為自己的大寶貝出口惡氣。

第二日一早，溫雲卿提著個食盒去拜訪魏老太爺，食盒蓋子還沒掀開，那股鮮香便引得人發饞。

魏老太爺端坐著，一副不為所動的模樣。「忍冬閣的事情很多吧？你不用管我，這裡有相思呢！」

「這道清釀鱔魚是可遇不可求的美味，晚輩不敢獨享，特意給老太爺送來嚐嚐。」溫雲卿環視一周，沒見到相思的身影，便忍不住問：「思兒呢？」

魏老太爺咂咂嘴，掀開那食盒的蓋子。「她聽說你來了，說是男女大防，躲屋裡去了。」

溫雲卿一噎，見魏老太爺抬起頭來，面上略有不滿之色。「怎麼？你來不是為了給我送鱔魚，是為了看相思那丫頭？」

溫雲卿的意圖被戳破，卻也不知臉紅。「主要是給您送吃食，要是能順便見見她也是好的。」

魏老太爺已提起筷子，挾了一塊鱔魚肉放入嘴裡，只覺得肉質肥美鮮嫩，確實是個好物，把這口肉吞了下去，才道：「既然是順便見見，那見與不見也沒什麼要緊的。」

溫雲卿暗嘆一口氣，端起飯碗，與魏老太爺一起吃了起來。魏老太爺平日便是個護食的人，先前見溫雲卿吃了幾口，念在是他帶來的，也沒追究，誰知這廝竟吃個沒完，魏老太爺便有些氣了。「你這是送給我吃的，怎麼自己還吃個沒完了？」

溫雲卿臉不紅道：「這麼一盤子呢，您又吃不了。」

「吃不了我下頓吃！」魏老太爺將那清釀鱔魚往自己這邊挪了挪，實在有些為老不修。

溫雲卿總不能真的去搶，一雙筷子提在手上，略有些落寞寡歡。

嘆了口氣，他陪著小心道：「老太爺，我和思兒的婚事，日期能不能往前……提一提？」

「不能。」魏老太爺頭也沒抬便痛快拒絕了。

溫雲卿豁出去，臉皮也不要了。「爺爺，我和相思遲早要成親的，要是冬天成親，實在辛苦，我看八月最好不過。」

聽得溫雲卿叫自己「爺爺」，魏老太爺差點噎到，瞇著眼睛道：「你這個小子，亂叫什麼？」

「早晚也要改口的，不如早些習慣了好。」溫雲卿往魏老太爺旁邊移，端起茶杯遞過去。「爺爺，這魚肉吃多了有些膩，快喝兩口茶解膩。」

魏老太爺滿嘴流油，卻是不接那茶杯，又挾起一塊魚肉塞到嘴裡。「我覺得不膩。你東西既然送到了，就回去忙吧，我也不留你了。」

魏老太爺做起卸磨殺驢的事，那是極為順手的，一揮袖子，頭也不抬，便算是送客了。

溫雲卿臉皮再厚，這下也留不住，卻是伸手去取那食盒，從底層端出另一碗清蒸黃鱔來，這碗與魏老太爺吃的那碗略有不同，油少了許多，看起來清爽可口。

將碗放在桌上，溫雲卿恭謹地道：「這碗是給思兒的，一會兒讓她出來吃，涼了就不好吃了。」
魏老太爺昨兒才聽了相思的控訴，所以一點也不心軟，敷衍著點點頭，又揮了揮手，溫雲卿才走了。
見人走了，魏老太爺便偷吃了一塊給相思的清蒸黃鱔，這一吃，心裡就不是滋味了——比他那碗好吃，好吃多了！
不多時，相思的小腦袋偷偷從門後鑽了出來，打量了一圈尚不放心。「他走了？」
「走了。」魏老太爺心裡有些鬱悶。
相思方才在後面聞著這味道，肚子裡的饞蟲早已忍耐不住，也不管魏老太爺為何情緒不高，直奔著那碗給她留的美味去了，吃了兩口，只覺得鮮香無比。「好吃、好吃！」
魏老太爺心裡不高興，伸出筷子從相思碗裡挾了一塊，小口小口地吃了，才道：「婚期說什麼也不能提前，等也要讓溫家小子等個夠！」
之後一段日子，溫雲卿風雨無阻地來給魏老太爺送吃食，其殷勤程度，簡直讓魏興看了都害怕，忍不住在魏老太爺面前幫著說幾句好話，而後溫雲卿來送吃食便多帶了魏興一份。
每次溫雲卿走了之後，相思總是一邊端著碗吃得滿頭是汗，一邊給另外兩個滿頭是汗的老頭上洗腦課，說些「小心敵人的糖衣炮彈」、「威武不能屈，富貴不能淫」之語，那兩人便一面吃得熱火朝天，一面點頭應著。
這樣的日子一直持續到八月，溫雲卿想在八月成親的事算是徹底黃了，於是在家裡痛定思痛，一連三日沒來，魏家老少三人天天一早便往外望，像是嗷嗷待哺的幼鳥。

魏老太爺吃饞了，吃了兩日府裡的飯菜，覺得嘴裡能淡出個鳥來，心裡便不是個滋味，對同樣餓腸轆轆的相思道：「要不……妳和溫家那小子成親算了？」

相思把眼一瞪。「爺爺您也忒沒志氣，竟為了一口吃食要把我賣了。」

但她話音才落，肚子便極不爭氣地發出了一聲「咕嚕」，魏老太爺聽在耳裡，指了指她的肚子。「妳有志氣。」

相思「哼」了一聲，悶悶不樂地回屋去了。

第四天，略有些疲色的溫雲卿再次登門，手裡卻沒提著那讓魏老太爺日思夜想的美麗食盒。

第九十七章

魏老太爺盯著溫雲卿的手，彷彿這樣盯著，他就能空手變出個食盒來。

「你怎麼空手來了？好吃的呢？」魏老太爺有些不滿。

溫雲卿清俊的臉上全是委屈。「都說吃人家嘴軟，爺爺您吃了我兩個月，怎麼就是不鬆口？」

魏老太爺眼一瞪。「你送吃的來是你孝敬我的，哪有晚輩孝敬長輩還要回報的？」

溫雲卿也不爭辯，頹然坐在椅子上。「那您究竟怎樣才肯讓思兒嫁給我？」

魏老太爺一聽這話，一雙小眼兒瞇成了一條縫，胖身子也擠進了椅子裡，往溫雲卿那邊傾了傾身。「你怎麼現在還不明白？我即便吃你的嘴軟，但也不敢惹那丫頭，要是真把她惹火了，也沒我的好日子過呀！」

溫雲卿眼睛一亮，卻聽魏老太爺又說：「而且你這小子也著實可氣，沒事去她娘哪裡告什麼黑狀，還不是你自找的？」

「我也不想的……都是那天被思兒氣到了。」溫雲卿摸了摸鼻子，苦著臉道：「太后才說了賜婚，思兒便想著日後和離的事，您說我聽了心裡能好受嗎？」

魏老太爺摸了摸下巴，神色正經許多，斜眼看著溫雲卿問：「那丫頭鬼靈精得很，她提前說和離的事，便是告訴你她的底線在哪裡，即便她不和你說和離的事，你以為真到了那一天，她沒能力自己脫身？她從小在啟香堂長大，見識和普通的閨閣女子大有不同，平常女子覺得從一而終便是本分，在那丫頭眼裡，只怕一點也不認同。」

「我知道的。」溫雲卿也正了臉色。

魏老太爺嘆了口氣。「所以說到底，這事還是要相思點頭的，你巴巴地來求我，我也不能點頭呀！」

「我何嘗不知道。年初認錯了，但她就是不鬆口，這兩個月你們來了，她更是連面也不肯見。」

搖搖頭，魏老太爺壓低聲音道：「今兒沈香會沒事，她就在自己院子裡呢！」

從魏老太爺處出來，溫雲卿便看見魏興站在門外，笑著點點頭。「魏叔。」

「怎麼樣？」

溫雲卿搖搖頭，苦著臉。「爺爺不鬆口。」

「唉，這也怪不得老爺。相思天天耳提面命的，他要是答應了，肯定沒有好果子吃。」

自從魏老太爺和魏夫人住進來以後，這院子便越發地有生氣，穿過一條小徑，溫雲卿來到相思的院子前，門沒關，紅藥和白芍在院子裡曬書。

紅藥先看見了他，福了福身。「小姐在屋裡呢！」

溫雲卿點頭，隨手拾起一本書，見上面寫著一首小詩，眼裡忽然滿是笑意。

進了屋，卻見相思躺在藤椅上，睡得正熟，一隻手垂著，手指微微鬆開，握著的一本書要掉不掉。溫雲卿俯身將書從相思的手中抽了出來，掃了一眼，見是講京中風物的，也不知她是從哪裡尋的？

她睡得很安穩，小腦袋偏向一側肩膀，潔白的頸子弧度優美。因是在自己房裡，相思只穿著輕薄中衣，將玲瓏有致的身體勾勒得細柳一般，溫雲卿瞧了兩眼，便坐在旁邊小榻上看書。

時值八月，天氣已很熱了，魏老太爺搖著蒲扇、吃著瓜，心裡美滋滋的。

魏興吃完一塊瓜，又拿起一塊，邊吃邊道：「老爺，我看溫閣主要磨也磨了，差不多就訂日子吧，總不能真訂在十二月，天兒多冷啊！」

魏老太爺沒著急說話，咬了幾口瓜，只覺得嘴裡甜蜜蜜的，閉著眼品味了一會兒，才悠悠道：「你別看他今天裝可憐便心疼那小子，他其實暗中早已開始準備婚事了，只要我一鬆口，你信不信他明兒就能抬著花轎來搶人？」

魏興默默吃瓜，許久之後才幽幽道：「那還是把婚期訂在十二月吧，多留相思一段日子。」

魏老太爺聽了這話，心裡難受得緊，瓜也吃不下去。「你說得我心裡怪難受的。」

於是兩個年紀加起來有一百多歲的兩人，捧著瓜，暗自神傷。

晚些時候，天色忽然有些陰沈，相思迷迷糊糊醒了，睜眼見屋裡已經有些黑，嚶嚀一聲，動了動有些僵硬的頸子，緩緩坐了起來。

之前屋裡悶熱，她睡得又不老實，此刻坐起來，中衣便鬆鬆垮垮地滑了下來，露出纖細的玉色肩頸，像是一節嫩藕。

她腦子裡有些迷糊，加上才睡醒，身子也酥軟得不像話，伸手去旁邊的桌上摸火摺子，卻摸到一根堅硬的棒子，不禁嘟囔道：「紅藥拿棒子進來做什麼……」

便聽那棒子說了話。「總算是醒了。」

相思沒防備，下意識往後退了一步，膝蓋卻撞在藤椅上，「哎呀」一聲便要摔倒。

溫雲卿伸手一撈，將她拉進懷裡，然後一翻身，將相思禁錮在胸前。

「你什麼時候來的？」相思皺著眉問。

溫雲卿一面伸手去揉相思撞疼的膝蓋，一面道：「中午便來了，看妳睡得香甜，便沒吵醒妳。」

「你見我睡得香甜，便……」

「便應該避嫌躲出去，更不應該到女兒家的閨房裡來。」溫雲卿替相思把話說了，長長嘆了口氣。「但是我忍不住，連忍冬閣的事情也不做，在妳旁邊坐了一整個下午。」

此刻屋裡已經黑得看不清人，溫雲卿的聲音沙啞低沈，像是濃黑的暗流，流進相思的身體裡、腦子裡，膝蓋上的那隻手也很溫柔，令她有些捨不得推開。

溫雲卿揉了一會兒，手便有些不老實，一點點向上游移，滑到了相思的腰上。「這裡痛不痛？」

相思這才發覺出不對勁，慌忙搖頭。「這裡不痛，一點也不痛。」

溫雲卿輕笑一聲，大掌包裹住纖細腰肢，緩慢揉捏起來。相思只覺得半個身子都酥麻起來，嚶嚀一聲，用手推溫雲卿。「別鬧了嘛！」

溫雲卿便順勢握住她的手，拿到唇邊親了親。「思兒，咱們成親吧！」

此時屋裡只有兩人，相思又受制於人，便不像之前拒絕得那般有底氣。「我聽爺爺和娘的。」

相思的頭髮鋪散開來，像是一疋墨色綢緞，溫雲卿側身而臥，緩緩摸著她的頭髮，很久，才低低開口。「思兒，咱們月底成親好不好？」

相思被他的聲音蠱惑，一時間沒反應過來，便覺得唇上微涼，溫雲卿親了上來。

入春雨潤物無聲，相思便化成了一灘水。

過了一會兒，相思有些喘不過氣，哼了兩聲去推溫雲卿，溫雲卿戀戀不捨地離開她的唇，啞著嗓子吐出兩個字。「成親。」

「不！」

溫雲卿便又壓了上來，耳鬢廝磨許久，又吐出兩個字。「成親。」

相思氣喘吁吁。「就不！」
「唔……」相思的嘴又被堵住。
她的衣帶不知何時散了開，中衣早已滑到腰間，裡衣也歪扭得不成樣子，墨綠色肚兜襯得皮膚白玉一般，小胸脯微微隆起，稚嫩又魅惑。
她有些羞赧，雙手抱在胸前，溫雲卿卻不讓，將相思兩手牢牢固定在身體兩側，氣息有些不穩。「別遮著，我想看。」
「大色鬼！」相思惱了，扭動著身子想掙脫出去，沒奈何死死被壓制住，一點還手的餘地都沒有，又氣又急。「色鬼、色鬼、大色鬼！」
溫雲卿從她的頸子旁抬起頭，眼睛略有些迷離。「成親。」
「就不！」
溫雲卿一手握住相思兩隻手腕，另一隻手從她的衣領伸了進去，修長的手指緩緩摩挲著她的脊背，哄道：「遲早咱倆都要成親的，妳再怎麼拖，也拖不到明年去。」
相思的脊背微微弓起，忍不住貼上溫雲卿的身體。「你就知道欺負我！我要生病，我要病得下不了床，看你到時候怎麼成親？」
溫雲卿輕輕掐了她的軟肉一把，沈重的呼吸噴在她頸子上，聲音低沈。「我是天下最好的大夫，不管妳得了什麼病，我都能治好妳的。」
相思一噎，加上受制於人，覺得委屈得不行，淚珠便掉了出來。

「嗚嗚嗚！你欺負人！你就知道欺負我！」

溫雲卿鬆開手，微涼的唇吃掉了相思的淚珠，哄道：「好好的，怎麼說哭就哭？」

相思雙手得到自由，一面用手背抹眼淚，一面哭訴。「你壞！大壞蛋！」

溫雲卿嘆了口氣，將相思扶起來，拉開她揉眼睛的手。「揉紅了。」

相思哼了一聲，滿心委屈地癟嘴坐著，溫雲卿便去點燈。

點完燈回頭一看，便見一個衣衫凌亂的可人兒坐在榻上，一副楚楚可憐的模樣。

相思也低頭看見了自己的慘樣，扯著腰帶問：「你看看嘛，成什麼樣子了啊？」

溫雲卿上前，先將她的裡衣整理好，嚴嚴實實繫上帶子，又開始整理中衣。相思委屈得不得了，不停抽泣卻沒再掉金豆子了。

忍不住嗤笑一聲，溫雲卿忽然抬頭親了相思的額頭一下，再若無其事地去整理衣服，相思便更加委屈了。「你……你看你，你又親我！」

「我忍不住嘛！」溫雲卿學著相思的口氣說道。

溫雲卿給相思繫著腰帶，忽然想起午間在那本書上看到的東西，低著聲音道：「二八佳人體似酥啊……」

相思一僵，便聽溫雲卿又笑道：「這個『酥』字用得很香豔嘛！」

相思不說話，溫雲卿又低頭親了她一口，親完還摸了摸嘴唇，一副意猶未盡的模樣。

他蹲在榻前，眼裡都是星光，輕聲哄道：「思兒，咱們成親吧！」

相思怕他再動手動腳，眼珠子一轉。「答應你也成，但你得先贏了唐玉川和我大外甥。」

溫雲卿不解。「比什麼？」

第九十八章

第二日，魏家支起牌桌，摸起了骨牌來。

相思和唐玉川一伙，溫雲卿和顧長亭一伙，四個人裡只有溫雲卿是沒玩過的，其他三人從小玩到大，且極有默契，一個眼神，便知道對方要什麼，這個牌局，不是二對二，而是三對一。

溫雲卿起先連怎麼玩都不知道，更別提贏，玩了幾把，總算摸清了門路，但敵方是配合極有默契的相思和唐玉川，己方是一點默契也沒有，且時刻想著拆臺的細作顧長亭，這輸贏用腳都能猜到。

一天下來，溫雲卿竟沒贏一次。

收了牌局，唐玉川拍了拍垂頭喪氣的溫閣主，安慰道：「沒事、沒事，我看你是個有天賦的，玩個一年半載的肯定能贏；我們三個那是從小玩到大，以前一到放假年節，我們都要整天整宿玩的，你現在贏不了是正常。」

他不安慰還好，這一安慰，溫閣主越發地喪氣了。

顧長亭接過相思還給他的金錁子，微微挑了挑眉，淡淡道：「閣主你多加油。」

當天晚上，溫雲卿回院後，便把自己的三個徒弟都叫到了屋裡。這三個人倒是偶爾也會摸骨牌玩，比溫雲卿的水準要高一些，於是這次輪到徒弟教師父，三個人輪流傳授了摸骨牌的技巧，傳授完技巧，四個人便操練起來。

玩到午夜，江成成便睏得受不住了，打著哈欠道：「師父，今兒就到這吧，明兒還有活兒要幹呢！」

平日溫和清淡謫仙般的人物，此刻眼裡全是綠光，一口回絕了徒弟的請求。「不成，我才摸到點門路。」

江成成只得拖著沈重的手去摸骨牌。

又過了一個時辰，別說江成成睏得不行，連方寧也支撐不住了，勸道：「師父，這骨牌得慢慢學，欲速則不達，還是早些休息，明兒我們再陪您練。」

溫雲卿盯著手裡的骨牌，一眼未抬。「不能慢慢學，不然我啥時候才能娶你們師娘進門？」

三個徒弟這下再也不敢多言，強瞪著眼當牌架子。

直到天快亮時，溫雲卿才算是良心發現，放三個徒弟回去了。

日夜集訓的效果自然是有的，但的確如唐玉川所說，想贏還差得遠呢，加上顧長亭搗亂，玩了五、六天竟是一次也未能贏。

於是溫雲卿日日常在魏家，白天在那兒玩一天，晚上回家玩一宿，日夜不間斷地練習「娶妻必修術」——骨牌。

九月初的時候，相思摸骨牌都摸煩了，唐玉川手掌上也長了些薄繭，顧長亭倒是心如止水，這時天氣炎熱，一天下來實在是有些辛苦。

相思中午是要午睡的，到了九月便挺不住，中午總要回院去睡一覺，養足了精神才好再戰。

這日午後，她睡醒後便去尋唐玉川幾人，到了四角小亭時，溫雲卿趴在石桌上，應是睡著了，相思放緩了腳步。

她在溫雲卿對面坐下，見他睡得有些沈，便趴在桌上看他。

清俊的眉眼，風姿瀟灑，只是眼睛下面有些暗，顯然這些日子沒有睡好。

相思也還沒睡夠，便趴在溫雲卿對面昏昏沈沈睡了過去。

過了一會兒，唐玉川和顧長亭也來了，遠遠地便看見亭內兩人，於是在外面停下腳步。

顧長亭看了一會兒，唐玉川有些擔憂，也悄悄去瞅顧長亭，見他神色平常，才稍稍放下心來。

「走吧！」顧長亭轉身往回走，唐玉川又看了亭裡一眼，才跟著走了。

唐家在京城裡是有藥鋪的，沈香會沒事的時候，唐玉川便總在鋪子裡忙，但自從開始摸骨牌，唐玉川便有些分身乏術了。

這日趁時候還早，唐玉川到鋪裡交代幾件事，交代完了便要去魏家報到，誰知剛出門，就見溫雲卿站在階下。

「唐小弟，看你馬車停在這兒，特意等你一起過去的。」溫雲卿笑得和善。

唐玉川歪頭想了想，有些困惑。「你不就住在相思她家隔壁嗎，怎麼一早能路過這裡？」

謊話被戳穿，溫雲卿也不再繃著，拉著唐玉川上了自己的馬車，又遞了一個盒子給他。

唐玉川一臉狐疑。「什麼東西？」

「你打開看看。」

掀開盒子，唐玉川便看見裡面躺著的老山參，他是識貨的人，一眼就看出是個稀罕物，驚喜道：「這是給我的？」

溫雲卿拍了拍唐玉川的手臂。「我留著也沒有用，給你吧！」

唐玉川心裡一喜，隨即狐疑地看向溫雲卿。「你不會是讓我一會兒輸給你吧？這可不成，相思會吃了我的！」

見唐玉川腦袋搖得撥浪鼓一般，溫雲卿又從袖子裡抽出一張紙來。「金川郡有幾家藥鋪，要收些藥，列了一張單子給我，你看看你能不能送？」

唐玉川是個極愛銀子的人，手伸出去又縮回來，往復幾次，終於沒忍住，將那單子接過看了，眼裡都是白花花銀子的光影，聲音也有些抖。「這也給我？」

「當然是給你的。」溫雲卿拍了拍他的肩，低聲道：「我也不用你故意輸，就是給我放放水，總不難吧？」

於是這日上午，唐小爺的手氣格外不好，與相思也少了些默契。

到了下午，手氣就越發臭了起來，相思這一邊略現頹勢，但好在有顧長亭放水，總算沒讓溫雲卿贏。

晚上相思察覺出不對勁，把唐玉川揪來好一頓審問，唐玉川便一五一十地招了，把相思氣得牙癢癢，罵道：「多虧我發現得及時，不然還得了？」

於是第二日，相思把唐玉川踢出了自己的隊伍，讓顧長亭和自己一組。

這樣又打了幾日，溫雲卿的牌技越來越好，相思便贏得越來越艱難。

這日，相思的手氣也不好，最後一圈牌格外爛，她看看顧長亭。「怎麼樣？」

顧長亭不置可否，相思心裡便越發地沒底。

而另一邊的溫雲卿和唐玉川，卻面露喜色。

玩到最後，眼見溫雲卿就要贏了，相思急紅了眼，一個勁地踹顧長亭的腳，讓他擋住，別讓溫雲卿跑了。

溫雲卿出了倒數第二張牌，若是這張牌他們吃不下，溫雲卿便要贏了。相思把手裡的牌看了個遍，竟沒有一張能管用的，心裡急得不行。「大外甥你管住他呀！你快管他呀！再不管他就要跑了！」

溫雲卿臉上竟有緊張之色，直直看著顧長亭，只見他視線在自己手裡的牌上一一掃過，抽出一張正要打出來，卻又搖著頭收回去，似乎有些不滿意。

唐玉川也握著手裡的牌，緊張兮兮地看著。

顧長亭不知為何搖了搖頭，又抽出那張牌，相思心裡一喜。「大外甥真厲害！」

誰知下一刻，顧長亭竟把那張牌又收了回去，聳了聳肩。「我管不了。」

相思一愣，隨即像被踩到尾巴的貓一般跳了起來。「你是不是也被他收買了？咱們這麼多年的交情，你怎麼能這樣？我不信，你把牌給我看看！」

說著，相思便湊過去要看顧長亭的牌，誰知顧長亭竟長臂一伸，將手裡的牌丟進桌上亂牌裡，唐玉川見狀，猴子撈月般一頓亂攪，把那些牌和桌上原有的牌攪得一團亂，哪裡還能找到顧長亭方才扔的什麼牌？

相思氣得牙癢癢，追著唐玉川圍著亭子跑了起來。

婚期訂在九月末，秋高氣爽，最適合的了。

聽到消息的魏正誼也來了京裡，抱著相思哭了好幾天，那樣子竟比楚氏還要傷心些。

第九十九章

「一拜天地，拜！」

「二拜高堂，拜！」

「夫妻對拜，拜！」

九月末的一個吉日，風雨大作，迎親的隊伍去新郎家隔壁迎娶新娘子，吹吹打打繞著長街行了一圈，又回到新郎家裡，眾人的衣服濕了個透，只是人人臉上都帶著笑，一絲惱火也不見。

而溫閣主三個帶著黑眼圈的徒弟更是滿臉喜色，讓陰沈無比的天空都亮了幾分。

那喜婆一輩子做了百來場親事，但凡遇上這樣的天氣，無論新娘家還是新郎家，總要遇上點岔子，還有鬧到不成親的時候，但這一對新人竟一點么蛾子也沒有，實在是奇了。

喜婆扶著身形裊娜的新娘子，卻能聽見外面的風雨聲，心裡不禁想到：老人都說，迎親遇上風雨天，新娘子一定是個厲害的，想來這個美貌的小娘子，也應該厲害得很。

溫夫人一聽聞親事，第二日便啟程往京城來了，一起操辦婚事。從溫雲卿降世時，她便時時擔心抓不住這個兒子，更是不敢奢想有一天溫雲卿能如常人一樣娶個娘子、生一堆孩子，可是如今竟如作夢般都實現了，她夢裡都笑醒了幾回。

拜完天地，一幫丫鬟、婆子便簇擁著相思進了新房，前廳便只剩溫雲卿來抵擋如雲一般的敬酒賓客。

忍冬閣素來交往廣泛，今日宮裡也賜了許多珍貴的寶貝，江湖上、朝廷裡，凡是有些關係的，便都來湊個熱鬧。

紅彤彤的新房裡，身著喜服的相思端端正正坐在大紅喜床上，遮著蓋頭看不見臉色。這時紅藥進了屋裡，小聲道：「小姐，白芍在外面看著呢，您快歇歇，吃些東西吧！」

相思這才動了動，蓋頭掀開，便看見一張粉妝玉琢的小臉，臉上那雙黑曜岩一般的眼裡，透著一股機靈勁。

她起身在屋裡走了兩圈，活動活動手腳，有些不滿地嘟囔道：「這成親也忒累了些，真是要鬧死人了！」

紅藥搗嘴笑了笑，扶著相思在桌前坐下。「哪家都是這麼辦的，小姐這婚事還算省心的，凡事都是溫閣主辦了，要不還不知要怎麼辛苦呢！」

相思接過紅藥手中的熱茶，啜了幾口，又忍不住嘆了口氣。

紅藥想了想，又忍不住笑了笑。「今天老太爺可是哭得鼻涕都流了出來，是真不捨得小姐出嫁。」

相思也笑了出來。「可惜我今天蒙著蓋頭沒看見，不過沒事，明兒我偷偷回去一趟，好好笑話笑話他。」

兩人正說著，忽聽門外白芍咳嗽了一聲，相思連忙跑到床前坐好，紅藥手忙腳亂地整理了一下，便聽門外溫夫人和白芍說了兩句，敲門進來屋裡。

溫夫人走到床前，看見床上坐著的小人兒，忍不住笑了笑，對紅藥道：「我帶了些小酥肉和小圓子，妳扶夫人起來吃一些。」

紅藥一愣，溫夫人便自己掀了相思的蓋頭。她見相思小媳婦一般低頭垂眼，便又忍不住笑了笑，拉著她的手到桌前坐下。「雲卿那邊還不知要鬧到什麼時候，我清靜慣了，受不了外面的鬧騰，所以來給妳送點吃食，免得妳在這裡乾餓著。」

相思本就生了一副招人喜歡的模樣，今日又是出嫁的新娘子，更嬌俏幾分，低著頭小聲道：「謝謝娘。」

溫夫人不知想到了什麼事，又忍不住摀嘴笑起來，好一會兒才止住笑。「怪不得雲卿急得猴兒一般，妳這樣子，誰見了能不想？」

相思臊得滿臉通紅，溫夫人不再取笑她，從隨身丫鬟手裡接過一個小瓷碗遞給她。「我聽雲卿說妳愛食甜，這是我讓廚房剛做的小圓子，甜滋滋的，妳嚐嚐合不合胃口？」

相思忙雙手接過，吃了一個糯米圓子，點頭讚道：「好吃，味道很好呢！」

「那就都吃了，明兒我再讓廚房給妳做一些。」

相思不客氣，一會兒那小圓子便吃了個精光。

溫夫人滿眼都是暖洋洋的笑意。「妳這孩子，一碗小圓子也吃得這般香，要是和妳一起吃飯，只怕要多吃一碗的。日後妳可不能學雲卿，我看他吃飯，一點也不香，反而很倒胃口。」

相思「噗哧」一樂。「溫閣主都要成仙了，不用吃飯的。」

兩人說了一會兒話，溫夫人便退了出去。不一會兒，又有前廳伺候的丫鬟來傳話，說叫相思先歇息，前面還要鬧一會兒呢！

這幾日，相思既要忙婚事，也要處理沈香會的事，今兒天沒亮，便起來梳妝打扮，實在是累得乏了，便讓白芍和紅藥幫著卸了滿頭珠飾、鳳冠霞帔，在淨室舒舒服服泡了個澡上床。

她本拿了一本書，想看著等，誰知才看一會兒，眼皮便打起架來，擁著被子睡著了；紅藥只留了一盞燈，便和白芍悄悄退了出去。

相思其實睡得不踏實，隱隱還能聽到前廳的吵鬧聲。

送走賓客已是深夜，溫雲卿先去溫夫人那裡問了安，又吩咐方寧一些事才進了房。

房裡的燈有些昏暗，透過紗帳，他隱隱能看見床上躺著的可人兒，膚如凝脂，面如桃花，如瀑墨髮鋪散著，青澀又魅惑。

溫雲卿看了兩眼便進了淨室，不多時出來，已換下喜服，只著裡衣。

吹了燈，摸上床，將相思摟進懷裡。

相思嚶嚀了一聲。「都送走啦？」

溫雲卿應了，扯過綠綢錦被，蓋住相思暴露在空氣中的光裸肩膀，用手摸了摸，觸手微涼。「這幾天累壞妳了。」

相思哼唧兩聲，小臉貼上溫雲卿的胸膛，便聞見熟悉的淡淡藥香和輕微酒味，小鼻子皺了皺。「你喝了多少酒呀，對身子不好的。」

「沒多少，睡吧！」溫雲卿輕輕拍了拍她的後背，親了親她的額頭，便當真不再動作。

相思也累得乏了，嘟囔了兩句，便墜入沈沈的夢裡。

半夜，相思渴醒了，沒奈何整個人被溫雲卿抱在懷裡動彈不得，便只得拍了拍他的手臂。

溫雲卿動了動，低頭問：「渴了？」

相思「嗯」了一聲，溫雲卿起身去點燈，不多時倒了一杯水，相思便坐在床上就著他的手喝了。

等溫雲卿放好杯子回頭看時，便見到一個睡眼矇矓的小嬌娘坐在床上，絲綢的雪白裡衣領口鬆散，細白可愛的肩膀在外面露著，分明在引人犯罪。

溫雲卿上床靠在床上半倚著，拉著相思趴在他身上，撫弄著她的頭髮。

相思在他腹上蹭了蹭有些癢的臉。「閣主你怎麼沒熄燈呀，明兒還要早起的。」

溫雲卿的手緩緩撫摸著她的後脊，哄道：「成親了就該叫相公。」

相思其實此時已清醒了，卻不肯叫，趴在他身上假裝睡著了。
溫雲卿嘆了口氣，手卻越發不老實，相思癢得不行，扭動著身子坐了起來，小臉上寫著「我不高興」四個大字。
溫雲卿卻沒說話，淡笑地盯著她看。
相思瞪了他一會兒，覺得胳膊擰不過大腿，極不情願地嘟囔了一聲。「相公。」
溫雲卿眼底的笑意擴散開來，像是初春的暖陽。
「明兒還要早起去……」相思的話被溫雲卿吃進嘴裡去，整個人被拉著跨坐在他身上，這姿勢實在讓相思有些臊得慌。
「思兒。」溫雲卿叫一聲便親一下，一連叫了五、六聲，竟像是親不夠一般。
「嗚嗚嗚嗚！」
在相思不滿的嗚咽聲中，溫雲卿總算是住了口，稍稍拉開兩人的距離。「怎麼了？」
相思被溫雲卿似熾熱又似清淡的目光看得渾身發熱，想說話又被看得什麼也說不出，便伸出細白小手摀住他的眼睛，嗔道：「你怎麼要吃人一樣，怪嚇人的。」
溫雲卿的身體沒動，手卻不老實，毫無聲息地解開了她的腰帶，雙手扶在側腰上，嘴唇輕啟。「因為要吃妳。」
「你別摸嘛，好癢呀！」相思扭動著身子，手便摀不住他的眼，她的手被溫雲卿親了親，下一刻日月顛倒，相思看到頭上的紅紗床帳。

墨綠錦被襯得相思的身子越發玲瓏妖嬈，溫雲卿呼吸一窒，低頭親上了她的頸子。

「嗯……」

「嗯？」

「癢嘛……」

溫雲卿抬頭看著相思，眼裡熾熱如火，他的衣服已散亂不堪。病了十幾年，雖然這些日子調養得差不多，但身體並不壯實，此刻看起來便有些病態，頭髮與相思糾結在一處，相思只看著便羞紅了臉。

他親了親她的眼睛，啞著聲音。「這裡癢不癢？」

「也癢呀……」相思別過臉，不敢看他的眼睛。

相思穿著紅綢並蒂蓮花樣的肚兜，溫雲卿的手在她腰間摩挲了一會兒，便沿著平坦的小腹一點點往上摸。「這裡呢？」

隔著肚兜，相思抓住溫雲卿的手，小臉比那紅紗幔帳還要紅上幾分。「相公你壞！」

溫雲卿輕笑一聲，親了親相思的肩膀，許久才抬起頭，叫了一聲。「思兒。」

情到濃時，紗雲無風動，嚶嚀聲聲，嬌喘不停。

第一百章

相思素來起得早，天未亮之時，便迷迷糊糊哼唧了兩聲，摸索著想坐起來，腰上的手臂卻是一緊，人便被緊緊禁錮住。

「醒了？」溫雲卿的聲音從她背後傳來，低沈魅惑，他的手緩緩摸著相思光滑的後背。

相思動了動，換了個舒服的姿勢，掙扎著睜開一隻眼看了看，然後把臉埋在溫雲卿的脖子旁，聲音有些悶。「什麼時候了？咱們是不是該起身給娘請安了？」

溫雲卿似是有些癢，喉嚨動了動，親了親相思的頭頂。「昨晚娘說過了，今兒晚些去，妳再睡一會兒，到時間我叫妳。」

「唔。」相思應了一聲，便閉上眼睛準備睡回籠覺。

過了一會兒。

又過了一會兒。

「你不要摸我好不好？你這麼摸讓人家怎麼睡覺嘛……」相思不滿地嘟囔道。

男人輕笑了一聲。「只是摸摸，又沒做別的，妳怎麼這般小氣。」

「就小氣！」相思小手抓住溫雲卿的手臂，試圖阻止那雙祿山之爪，沒奈何蚍蜉撼大樹，倒是溫雲卿最後收了手，握著她的手親了親。「思兒，不鬧了，妳再睡一會兒。」

相思「哼」了一聲，閉上眼睡了，再次醒來時，屋裡已大亮，她摸了摸床上，溫雲卿的位置已經空了，有些悵然地坐起來，癟著嘴想要叫紅藥，誰知才抬起頭，便看見坐在窗前小榻上的溫雲卿。

他也聽見這邊的響動，抬頭見相思呆呆擁被坐在床上，柔順的頭髮披散著，像是一條小瀑布，潔白玲瓏的雙肩露在被子外面，上面還帶著幾絲歡愛後的痕跡。

溫雲卿棄了書，走到床前將相思連人帶被抱住，下巴摩挲著她的頭頂。「我怕吵醒妳，便去小榻上了。」

相思在他懷裡蹭了蹭，鼻音有些重。「你都不陪我睡，我不開心。」

溫雲卿輕笑一聲，用錦被裹住相思打橫抱起，放到窗前小榻上。「那思兒要怎麼才開心？」

相思正歪頭想著，紅藥和白芍敲門進了屋裡，這兩人都是沒出嫁的大姑娘，一見屋裡這情形，還有相思肩膀上那些曖昧羞人的痕跡，便都臊紅了一臉。

溫雲卿接過兩人手裡的東西，道：「我來吧！」

兩人看了相思一眼，見相思沒有阻止，便腳底抹油地跑了。

溫雲卿洗了帕子，輕柔地給相思擦臉，又讓她漱了口，從食盒裡端出一碗熱氣騰騰的雞肉粥來，舀了一勺吹涼些，送到相思的嘴邊。

相思正餓著，便乖乖張嘴吃了，不一會兒就吃下去小半碗。

「你不是說會叫我來著嗎，怎麼任由我睡到這個時候？娘肯定以為我是個懶婆娘了。」相思吃了一口粥，小眉頭皺著，一副極為不滿的模樣。

溫雲卿低頭吹粥，遞到相思唇邊，才道：「娘她也不習慣早起，平日多走動便好，沒必要天天早起；再說妳沈香會的事情也要忙，溫家沒那麼多禮數，妳寬心就是了。」

這粥味道不錯，是溫夫人讓廚房一早用文火熬的，相思吃得開心，便覺得溫雲卿餵食的速度有待提高，眼巴巴地瞅著那小勺子，眼裡都是貪婪。

溫雲卿抬頭看她一眼，忽將那粥碗放到了相思搆不到的桌上，相思一急。「我還沒吃飽呢！」

「我也沒吃飽。」溫雲卿傾身向前，他很高，站起來便有一股壓迫感，相思正待往後退，就被他禁錮住。他的眼睛初看覺得清淡無求，再看便覺得裡面是慾望的深潭，潭水隨狂風而動。

猜到溫雲卿的意圖，相思紅了臉。「你……你昨晚不是……不是都……」

見相思說得結結巴巴的，溫雲卿挑了挑眉，修長的手指在她的肩膀上一觸即離，像蝴蝶一般，弄得相思有些癢。「昨晚怎麼了？」

「昨晚不都吃過了！」相思死豬不怕滾水燙。

溫雲卿低頭親了親她的肩膀。「妳昨晚不也吃過飯了？」

相思一噎，覺得有些委屈。「你昨晚磨了我那麼長時間，我現在渾身還痠疼得不行，都說縱慾傷身的，你怎麼不知收斂？」

溫雲卿不知為什麼自己的思兒會這般可愛，恨不得當下便把她吃入腹中。但昨晚他確實有些失控，雖儘量控制著自己，到底還是讓他的小妻子嚶嚶哭了，那可憐勁，讓他當下便不敢再動，又是揉捏，又是哄，最後總算讓相思含著眼淚點點頭，委委屈屈扶著他的肩膀，緩慢動了動。

相思是初嘗情愛滋味，溫雲卿又何嘗不是？

他也被相思磨得骨頭都要寸寸斷裂，最後實在受不住折磨，便哄著把她按在錦被裡要了。

此時相思裹著的錦被有些鬆，於是春光洩出一些，雪白肌膚上尚且留著昨夜歡愛後的痕跡，溫雲卿眸色一沈，指腹在那些痕跡上劃過。「疼不疼？」

相思是慣會順竿兒爬的，聽了這話，立刻點頭如搗蒜。「疼疼疼！要疼死了呢！」

溫雲卿輕咬了她小巧的鼻尖一下，氣得不行，卻是將她抱起來，又端了粥碗過來餵食，面上平淡，聲音溫柔。「多吃一些。」

餵相思吃了一整碗粥，溫雲卿才出門叫白芍和紅藥進來幫她梳洗，不多時溫雲卿回來，便看見已打扮一新的小嬌娘。

她還很稚嫩，雖然盤著婦人髮髻，卻依舊像是未出閣的姑娘，上身穿著緋紅色撒花煙羅衫，下著金枝綠葉百花曳地裙，頸上戴著赤金墜雙福鎖片的項圈，薄施粉黛，好看得不行。

相思揪了揪衣襬，有些忐忑。「這樣成嗎？」

溫雲卿上來牽她的手，笑道：「以後出門可不能這樣穿，被別人看上偷走了可怎麼辦？」

他穿著殷紅底暗紋的闊袖玉綢袍子，腰繫白底黃色花卉紋樣繡金緞面腰封，平添幾分貴氣，兩人站在一處，當真是畫一般。

這處宅子並不大，兩人走了不一會兒便到了溫夫人的住處。進了前廳，兩人老老實實磕頭問安，相思又奉了茶，得到一個沈甸甸的大紅包。

說了一會兒話，溫夫人便趕兩人回去，臨走卻又把溫雲卿叫回去，叮囑道：「相思是個女兒家，身子總歸弱一些，你別太胡鬧，凡事收斂些。」

溫雲卿心裡有些苦。自己還沒怎麼著呢，便是這麼一頓說，若是真怎麼著，那還得了？便聽溫夫人又道：「我剛才一看相思就是昨兒沒睡好，你可不准欺負她，若是惹急了我，小心我把她叫到我房裡來。」

一聽這話，溫雲卿哪裡還敢多言，哄了自己老娘幾句，便領著相思回去了。

第二日，永春宮裡。

相思規規矩矩坐在春凳上，溫雲卿坐在她旁邊，溫夫人和太后老佛爺挨著坐在臥榻上。太后老佛爺拿眼瞧了相思好半晌，忍不住摀著嘴樂起來，她看向溫雲卿，滿眼的促狹。

「雲卿也有媳婦了。」

聽了這話，相思的臉更紅了，溫雲卿卻平靜地點點頭。「得償所願。」

太后老佛爺啐了一口。「不知道害臊！」

溫雲卿伸手去拉相思的手，微微笑道：「不知道。」

相思偷偷甩開溫雲卿的手，溫雲卿便又來握住，氣得相思直瞪眼，太后看在眼裡，樂道：「你快領著你的小媳婦先回去吧，我看再過一會兒，你小媳婦的小臉就要燒起來了。」

溫雲卿竟也不說多坐，當下拉著相思起身告辭。

「那我們就先回去了，改日再來給您請安。」相思小聲道。

太后老佛爺揮揮手。「去吧、去吧，我看妳相公的屁股上扎刺了，坐不住嘍！」

相思恨不得找個地縫鑽進去，耳根子都紅了，福身行了個禮，和溫雲卿出了永春宮，誰知剛走到宮門，便聽見裡面又傳來太后老佛爺的大笑聲。

相思憤憤地掐了溫雲卿的腰一把。「都怨你。」

溫雲卿不以為意，順勢握住相思的小手。「咱倆留在那兒，還要被她笑的，不如回家去。」

這幾日，唐玉川幫著相思處理沈香會的事，相思便安心休息幾天，她慣有午睡的習慣，吃了飯，稍待片刻，便放下紗帳上床睡去。

溫雲卿卻沒有這習慣，坐在窗前小榻上看書，看了一會兒，便聽見相思綿長的呼吸聲，心裡就像是被貓撓了一般，於是棄了手中的書，也翻身上床去。

迷迷糊糊之間，相思往溫雲卿旁邊靠了靠，枕著他的手臂又睡著了。

盯著相思的睡顏看了一會兒，溫雲卿竟也有了一些睡意。

半個時辰後，相思夢見自己在數白花花的銀子，忽然覺得臀上貼了一隻大手，睜眼便看見男人漆黑的眸子。

相思的小心肝有些抖。「相公，我身上還是好疼呀……」

男人笑了笑，摸了摸她的小臉。「昨兒都放過妳了，而且方才我都檢查了，沒事的。」

相思一噎，溫雲卿已經壓了上來，她便苦了臉。「輕點好不好嘛……」

「好。」某人答應得很痛快，可事實證明，久旱逢甘霖，實在是……

相思只覺得自己躺在一艘船上，而這船還在狂風大作的海上。

第一百零一章

「什麼時辰了？」相思迷迷糊糊嘟囔。

溫雲卿親了親她的後頸。「還早著呢，再睡一會兒。」

相思動了動，回身抱住溫雲卿的腰，聽著窗外極大的雨聲，又睡了過去，再醒來時，天依舊沒亮，溫雲卿卻摸了摸她的臉。「起身了，今兒咱倆要回門的。」

相思有些懶散，在錦被裡伸了個懶腰，又往床裡面滾了滾，眼睛都沒睜。「可是天還沒亮呀……」

男人輕笑了一聲，伸手抓住她纖細的腳踝，用力一拉，將她拉到了床邊，俯身將她抱起來，輕笑道：「今兒下雨，所以還有些黑，都說回門要早些，估計爺爺他們早在家準備著，咱們也早點過去，別讓他們等急了。」

相思哼唧了一聲，抱著溫雲卿的腰，又昏昏沈沈地睡了。

溫雲卿無法，只得去找了她的衣裳，手法生疏地一件件給她穿上，又套上了繡鞋，哄道：「思兒聽話，醒一醒。」

相思這才心不甘、情不願地掀開了眼皮，皺著小眉頭。「你明知道今兒回門，昨日還鬧到那麼晚，連晚飯都要湊合著吃，害得我現在一點精神都沒有。」

溫雲卿彷彿沒聽見一般，只是拉著她到梳妝檯前，自取了牛角梳，梳著相思的頭髮，但卻是不會梳髮髻的，便只得喚了紅藥和白芍來。

不多時兩人收拾妥當，帶著回門的禮品，去了隔壁的院子。

魏老太爺一行人果然已經在等了，眾人吃罷飯，楚氏拉著相思回屋去說體己話，溫雲卿便留在廳裡和魏老太爺、魏正誼下起了棋。

魏老太爺年輕時便是爭強好勝的主兒，這次手心裡的大寶貝又被溫雲卿叼走，心裡極惱火，在棋盤上自然寸步不讓，力圖要殺他個片甲不留。

而溫雲卿自小便和溫元蕪下棋，棋藝也是精湛得很，一時竟未讓魏老太爺如願。

魏正誼平日倒是也下棋，不過做不到走一步看三步，與魏老太爺下了幾次，便被魏老太爺戴上了「臭棋簍子」的名號，極少找他下棋；今日看自家女婿和自己親爹下棋，竟是絲毫不現劣勢，心裡有些驚奇，也有些與有榮焉。

第一局，黑白子你爭我搶，最後陷入了僵局，和了。

第二局，魏老太爺搶占先機，勝了。

第三局，溫雲卿釜底抽薪，勝了。

戰況越演越烈，魏老太爺一雙小眼盯著棋盤，生怕溫雲卿在哪裡給他下了陷阱。

而溫雲卿這邊也是端端正正坐著，絲毫不敢鬆懈。

第四盤開始，兩人竟是誰也沒贏，誰也沒輸，一直和棋。

相思和楚氏說完話，已是中午，廚房也做好了飯，兩人去前廳找魏老太爺他們吃飯，一進門，便看見祖孫三輩都瞪著眼睛盯著棋盤看，彷彿上面長了什麼花似的。

相思也湊上前去，站在溫雲卿身後，溫雲卿回頭看了她一眼，便又繼續盯著棋盤，手卻輕輕握住了她的小手。

看了一會兒，相思也沒看出門道來，她素來對琴棋書畫這類陽春白雪不感興趣，便晃了晃溫雲卿的手。「誰贏了？」

溫雲卿還沒說話，魏老太爺卻「哼」了一聲。「肯定是我贏。」

「爺爺真厲害！」相思拍了個不太誠懇的馬屁。

但這話被溫雲卿聽見，心裡卻極不高興，他提棋落子，堵住了魏老太爺的去路，魏老太爺老臉一紅，氣壞了。

相思也看出不對來，在背後暗暗戳了戳溫雲卿的腰，誰知溫雲卿竟沒知覺一般，又落了幾子，死死壓制住魏老太爺的白子。

相思有些急了，壓低聲音道：「你讓一讓他，不然一會兒好惱了。」

溫雲卿回頭看她一眼，竟對魏老太爺告起狀。「爺爺，思兒說讓我放水，您說行嗎？」

魏老太爺一聽，瞪了相思一眼。「我用不著他讓！妳快出去，別在這裡搗亂！」

相思狠狠瞪了溫雲卿一眼，咬牙道：「你行……」

溫雲卿握了握相思的小手，不動聲色道：「這是男人的尊嚴。」

相思甩開他的手，坐到了魏老太爺旁邊去。

本以為兩人下完這一盤就算了，誰知魏老太爺竟不肯，偏要贏了才肯罷休，而溫雲卿竟一點也不肯讓步，兩人就這樣僵持著。

廚房的丫鬟一遍遍地催，說飯菜已熱了好幾遍，什麼時候開飯？楚氏也有些為難，眼巴巴地看著相思。

這時溫雲卿抬頭看了相思一眼，相思便苦著臉，揉了揉肚子，似是餓了。

溫雲卿面色一動。有些無奈，男人的尊嚴到底比不過親親娘子的肚子，手下的黑子偏了偏，沒圍住魏老太爺的白子，讓魏老太爺險勝了。

吃完飯，魏老太爺還要拉著溫雲卿下棋，相思怕兩人戰起來再殺紅了眼，便說身子不舒服，拉著溫雲卿回房去了。

相思的閨房很清雅，她出嫁後，一些東西還是留在這裡，這兩日也一直有人打掃，她看了一會兒藥鋪的帳本，有些昏昏欲睡，溫雲卿便過來抱著她上床，相擁睡了午覺。

下午起來，兩人又去魏老太爺處坐了一會兒，回了溫家院子。

因成親這事，相思向盧長安告了幾日假，但沈香會的事情繁雜，魏家藥鋪也有許多事要相思去做，歇了兩天，她便又每日去沈香會報到。

不知相思是懶怠了，還是其他原因，第一日竟有些手忙腳亂，天快黑時，手上還有事沒做完。

這時聽見有人敲門，相思以為是沈香會的人，頭也未抬就道：「進來。」

她正在看上個月南方六州的通關牒文帳目，是要在明兒一早交給盧長安的，聽見有人進門，也未抬頭，只問：「什麼事？」

來人未說話，只在桌前站著，相思這才有些納悶地抬頭看，便看見滿眼促狹笑意的溫雲卿。「我來找自家娘子呀！」

相思做事時極是認真，一張小臉緊繃著，聽了溫雲卿這話，臉便繃不住了，嗔道：「我的事還沒做完呢，明兒還要和盧院長去見戶部岑大人，要是一個沒注意，他又要說『女人都是頭髮長、見識短』之類的話，實在很煩人。」

溫雲卿搖了搖手裡的食盒。「只是來給妳送吃的，不打擾妳做事。」

溫雲卿帶了一碗雲吞，相思聞著味道，才發現自己的確餓了，但心急吃不了熱豆腐，便只得先放在旁邊涼著，自己又去看帳。

嘆口氣，溫雲卿端過碗，用勺子盛了顆雲吞，吹涼了遞到相思嘴邊。「思兒張嘴。」

相思偏頭把雲吞吃進嘴裡，眼睛沒離開手上的帳本。

不多時吃完一碗雲吞，溫雲卿隨意找本書在旁坐著邊看邊等，許久，相思才處理完手上的事，揉了揉有些發疼的肩膀站起來走到溫雲卿旁邊。「明天你不要等我了，這幾日會裡事情多，我自己回去就成。」

「娘這幾日進宮陪太后老佛爺去了，而且，」溫雲卿頓了頓，拉著相思往門外走。「而且我害怕思兒被別人偷走。」

秋日過後，天氣轉涼，天亮得晚、黑得早，相思夜裡被溫雲卿磨得狠了，早晨便起不來，但沈香會還要去，每天都是溫雲卿哄著把她抱下床，兩人一起坐馬車去亭南街。

這日，相思清晨起來便覺得有些昏沈，在車上也沒什麼精神，一直靠在溫雲卿懷裡不說話。溫雲卿察覺出不對勁，摸了摸她的額頭。「是不是身子不舒服？」

相思「嗯」了一聲。「可能是害了風寒。」

溫雲卿便伸手去探她的脈。「或許是日前回魏家吹了風……」

他的聲音猛然間停住了，相思迷迷糊糊只聽見了一半話，皺著小眉頭睜開眼，轉頭去看溫雲卿。「吹了風怎麼啦？」

溫雲卿眼裡卻有數不清的光華，他親了親相思的額頭，將她抱緊了些，卻是轉頭對外面喊道：「回府，穩一些！」

「幹什麼呀？我今兒還有事呢！」相思不滿，掙扎著要起來，卻被溫雲卿按住。

「幹什麼呀？」

「思兒，妳有孕了。」

第一百零二章

相思得知自己有孕，愣了一會兒，她指了指自己平坦的小腹，有些懵。「這裡有一個寶寶？」

溫雲卿的手此時正放在她的腰上，見她這副可愛模樣，便伸手覆住她的小腹，聲音溫和。「是，思兒懷了咱們兩個的骨肉。」

想了想，相思忽然苦了臉。「可是這些日子，爺爺準備在京裡再開一家藥鋪，年底之前開門，生意肯定好的。」

一聽這話，溫雲卿彈了她的腦門一下。「再急的事也沒有妳的身子重要，放一放又不會怎樣。」

相思揉了揉腦門，不滿道：「你別打我頭呀，打傻了怎麼辦？」

溫雲卿最見不得相思這副模樣，便一面用掌心去揉她的額頭，一面笑道：「傻了就傻了，省得妳要擔心沈香會的事，又要擔心藥鋪的事，養胎也不安心。」

「可是要賺銀子呀……」相思小聲嘟囔著，卻哪裡能躲過溫雲卿的耳朵，便見他瞇著眼，手掌緩緩在相思的小腹上摩挲著，淡淡道：「這兩個月，妳哪裡也別想去。」

相思一聽這話，嘴一癟。「我要是偏要去呢？你能拿我怎麼樣？」

相思這是有恃無恐，她知道這些日子，溫雲卿是不能碰自己的，又打不得她、罵不得她，還要好吃好喝供著，她哪裡會害怕。

卻見溫雲卿面色不變，伸手掐了相思的臉蛋一把，幽幽道：「我記性好得很，現在動不了妳，但是明年這個時候總該能動得了。」

相思一聽，立刻沒骨氣地滿臉堆起諂媚笑意，拍著胸脯做保證。「相公，你看你說的，我肯定聽話的！」

溫雲卿將她攬到懷裡，摸著她白細的脖子，嘆了一口氣。

溫夫人一聽這喜事，高興得不得了，叫丫鬟、婆子們準備可能會用上的東西，自己卻等不了，腳底生風地來了兩人的小院，還沒進門，便聽見相思的聲音。

「我不管、我不管，我就是要嘛！」

溫夫人一聽，便冷了臉，推門進屋，看見相思坐在小榻上，溫雲卿在她對面的春凳上坐著，正要說什麼。

兩人見溫夫人來了，都起身要行禮，溫夫人按住了相思的肩膀，慈祥道：「相思妳別起來，方才妳說要什麼?是不是雲卿又惹妳生氣了?」

此時已站起身的溫雲卿聽了這話，只覺得心裡一堵，卻也沒辯白，見相思有些不好意思地抱著溫夫人的肩膀，小聲道：「昨兒和唐玉川他們約好了要一起打邊爐的，他不讓。」

說著，相思蔥白一般的手指便指向了溫雲卿。

溫夫人有些不悅地看向自家兒子。「你不是女子，你不知女子有孕時，若想吃什麼，就一定要吃的，不然覺睡不好，心情也不愉快；既然相思都和人約好了，你怎麼就不能順她的意？」

「就是……」相思在旁小聲附和。

溫雲卿無奈地搖搖頭。「現在天氣燥得很，吃了會上火的。」

溫夫人卻把眼兒一瞪。「思兒不是饞嘴的丫頭，又沒天天吃，你別當我們不是大夫就隨意糊弄我們，只吃一頓怎就要上火了？」

相思依舊在旁附和。「娘說得對，我就是去嚐嚐味道，不會多吃的。」

見溫雲卿不說話，溫夫人才稍稍緩下臉色，握住相思的小手。「妳甭怕他，既然和人約好，妳去就是了，要是他不讓，妳看我怎麼收拾他！」

溫夫人又拉著相思說了會兒話，因知道相思現在極容易乏累，溫夫人便沒有待很久，臨走前又看了溫雲卿一眼。「不准欺負相思，聽見沒有？」

溫夫人走後，溫雲卿沒說話，手裡拿著本書坐在小榻上看，相思眨眨眼。「那我一會兒就回家準備去了？」

溫雲卿沒說話，相思便想要站起來，卻似又想起什麼，於是又坐了下去，嬌聲嬌氣道：「相公，你讓不讓我回去嘛？」

坐在小榻上的人看書看得很認真，像是沒聽見她說話一般；相思有些氣，眼珠子一轉，忽然捂著肚子小聲「哎喲、哎喲」叫起來。

溫雲卿放下書，有些無奈地看向小妻子，一面搖著頭，一面卻傾身過來，摸了摸相思的脈，然後彈了她的腦門一下。「妳淨會抓我的軟肋，懷胎十月，我怕是要被妳吃死了。」

「那我一會兒就回去了？」相思眨眨眼，可愛極了。

溫雲卿卻忽然俯身將她橫抱起來，往床邊走，面上卻是冷若冰霜。「該睡午覺了，一會兒讓妳那兩個丫鬟先回去準備便是。妳頭幾個月，身體會不舒服，聞不得葷油重味，要避讓些。」

「哦！」相思有些不開心，溫雲卿卻已把她安放在床上。溫雲卿以前是不睡午覺的，但自從成親後，相思睡，他便抱著她睡一會兒，竟也有了午睡的習慣，所以他一把相思放下，相思便往床裡面一滾，讓出他的位置來。她扯過被子蓋在身上，等了一會兒，卻沒聽見溫雲卿的聲音，便睜眼去看。

溫雲卿依舊站在床前，只是一瞬不瞬地看著相思，眸中神色略有些複雜，相思現在腦袋有些混沌，伸手扯了扯溫雲卿的衣袖。「上來睡呀。」

溫雲卿站了一會兒，才搖著頭脫下外衣。他一躺下，相思便老馬識途地窩進他的懷裡，嘟囔道：「相公呀，天氣越來越冷了。」

溫雲卿嘆了口氣，拍拍她的背，聲音有些悶。「不礙事的，明兒讓人去找泥瓦匠，打一鋪炕，到時屋裡就暖和了。」

相思點點頭，小手伸進溫雲卿的衣領裡，只覺得裡面光滑溫熱，舒服地嘆了口氣。

「思兒。」

聽到溫雲卿喚自己，相思卻沒睜開眼。「怎麼啦？」

「妳知道世界上最痛苦的事是什麼嗎？」

相思有些迷糊地睜開眼。「什麼呀？」

溫雲卿捉住在自己胸膛上吃豆腐的小手，眸子寒潭一般深邃。「就是你捧著一碟極美味的燒子雞，但是卻不能吃牠，你不能吃牠也罷了，那燒子雞卻還挑逗你。」

相思又閉上眼睛，小手依舊沒從溫雲卿的衣服裡拿出來，只是勾著唇角淡淡道：「那相公你可要好好忍一忍了，因為燒子雞要懷胎十月才能卸貨，燒子雞很怕冷，燒子雞心眼還很壞的。」

溫雲卿支起上半身側躺著，擺弄了一會兒相思的頭髮，又用髮尾輕輕掃了掃她的鼻子，相思有些惱火地把臉埋進枕頭裡。「哎呀，你不要鬧嘛！」

溫雲卿便放開她的頭髮，中指和食指指腹緩緩摩挲著相思細滑的臉蛋。

「燒子雞要睡午覺……」相思氣呼呼地睜開眼，眼前卻一黑，嘴裡的話便被溫雲卿盡數吃了進去。

「嗚嗚嗚。」相思有些不滿地揮動著小拳頭，小拳頭便被溫雲卿握在手心裡。

溫雲卿親得很溫柔，似是春日午後風，又似夏日暮時雨，相思起先還想跑，誰知後來被親得舒服了，便不自覺抱著他的脖子迎合上去。

直到兩人都有些氣喘吁吁，溫雲卿才抬起頭來，見相思的臉如雨後海棠，一雙眼睛水潤得不行，便忍不住又低頭親了一下。「吃是吃不到了，聞一聞總是可以的。」

相思紅著臉打了他一下，溫雲卿便把她拉進懷裡，拍著她的背。「睡一會兒吧，不鬧妳了。」

相思睡醒時，已是下午。

「醒了？」溫雲卿聲音有些沙啞，應是才醒的緣故。

相思「嗯」了一聲，揉著有些痠麻的肩膀。「紅藥她們呢？」

「我讓她們先去魏家了。」說著，溫雲卿便伸過手去揉她的肩胛，又低聲問：「這裡難受？」

相思點頭。「好像是睡覺時壓著了，一會兒就好。」

溫雲卿沒說話，揉了一會兒，見相思的眉頭舒展開才下床。

兩人簡單收拾一下，便往魏家去了。

才進屋，相思便聞到麻辣湯的味道，若不是旁邊有溫雲卿牽著，只怕她都要跑著進屋裡去了。

顧長亭和唐玉川早已到了，相慶、相蘭也才從外面收完藥回來。相思有喜的事，他們下午也從紅藥口裡知曉了，都挺高興的。

眾人圍在一起，拿起筷子撈肉吃；相思也吃了不少，溫雲卿無法，只得盛了兩碗清湯，一邊撈肉一邊涮，再給相思吃。

吃到一半，趙銘也來了，於是眾人擠了擠，塞了個凳子，添了副碗筷，開始了第二輪的撈肉大戰。

第一百零三章

從魏家出來時，已經是夜裡，相思肚子吃得圓滾滾的，覺得現下就算回屋去，只怕也睡不著，便拉著溫雲卿在院子裡逛。

好在這晚的月亮又圓又亮，路也不難走，走了一會兒，兩人到了夏日避暑用的小亭。相思要坐下，溫雲卿卻說涼，讓她坐在自己的腿上。

相思靠在他懷裡，精神有些委頓。「不該吃那麼多的。」

溫雲卿的大掌緩緩撫摸著她的胃部，舒緩著她的不適，又是氣，又是笑。「去之前妳還答應得好好的，可是吃起來，我攔妳也攔不住。」

刮了相思的鼻尖一下，他繼續道：「都要當娘的人了，怎麼還跟個小饞貓似的，要不要人笑話？」

拉著溫雲卿的手往下挪了挪，意思是「揉這裡」，相思才眼睛晶亮道：「閣主你可是神醫，你猜我會生個女兒還是生個兒子？」

「都好。」說著，溫雲卿的手覆蓋在相思的小腹上，狹長的眸子裡映著明月光輝，輕聲道：「若是生了兒子，便讓他進忍冬閣，我親自教導他醫術；若是生女兒……只怕有些麻煩。」

相思小眉頭一皺。「怎麼就麻煩了？」

溫雲卿眼裡都是笑意。「若是生了女兒，我是不捨得讓她進忍冬閣吃苦受罪的，跟妳進沈香會的話，我好像也捨不得，但只怕女兒的性子像妳，不肯做個足不出戶的千金小姐。」

相思冷哼一聲。「要是生了兒子，只怕也麻煩得很。」

「哦？怎麼麻煩了？」

相思伸手扯住溫雲卿的耳朵，往自己面前拉了拉。「若生兒子像你，只怕也是個暗裡騷的，明明喜歡人家喜歡得很，嘴上卻不說，不管人家姑娘怎麼主動，都一味不理，卻臨了強親人家，兒子若是這樣，只怕這輩子也說不上媳婦的。」

溫雲卿「噗哧」一笑，手便不老實地去撓相思的癢處。「就這一件事，妳都提了多少回？」

相思不是溫雲卿的對手，嘴上卻不討饒。「本來就是嘛！」

兩人說了一會兒話，相思覺得舒服許多，只是身子有些疲乏，溫雲卿便抱著她往屋裡走，誰知還沒到屋裡，相思便睡著了。

溫雲卿放慢了腳步，抱著懷裡的小人兒，輕聲道：「妳這性子，我若是不好，哪敢招惹妳？我若是死了，妳肯定是要哭的。」

相思是待不住的性子，但這幾日溫雲卿不讓她去沈香會，藥鋪的事也不讓她管，她哪裡能受得了？好在有紅藥和白芍在，溫雲卿一走，她倆便從角落裡拿出帳本，讓相思偷看兩眼，再在溫雲卿回來之前，把一切收拾妥當。

這日依舊如此，溫雲卿一走，紅藥和白芍便極其熟練地搬出了一小箱帳本。

本以為與前幾日沒什麼不同，誰知相思才翻開帳本，便聽見院子裡有紅藥大聲請安的聲音，相思一愣，隨即手忙腳亂地開始收拾帳本，還沒等她藏好尾巴，房門就被推開了。

溫雲卿站在門口，看著相思窘迫地坐在小榻上，心中不免覺得好笑，面上卻沒表露，只是嚴肅著一張臉走到小榻前，伸手翻了翻桌上沒來得及收起的帳本，也不看相思。「怎麼，這幾天我不在時，妳都在看帳本？」

相思揪著裙子，垂著腦袋，悶聲道：「只看一會兒，累了我就不看了的。」

溫雲卿放下帳本，走到案桌邊，開始整理脈案。相思一時被晾在那裡，她繼續看帳本也不是，不看也不知道該幹什麼，支著下巴發愁。

寫完脈案，溫雲卿抬頭，便看見相思這副樣子，有些忍俊不禁。「我以後都留在家裡陪著妳了。」

「啊？」相思大驚，隨即忙道：「我是說，忍冬閣還有很多事要你管，你待在家裡陪我不好吧？」

「有什麼不好。」溫雲卿起身過來，將相思從榻上抱起來放在桌子上，拿起方才的帳本放進相思的手裡。「妳翻開。」

相思一愣。「啥？」
「妳隨意翻開一頁。」
相思不知道他要幹什麼，只得隨意翻開一頁，溫雲卿掃了一眼，貼在相思耳邊道：「一萬八千七十二兩。」
相思一愣，隨即反應過來，仔細看了那一頁，算了半晌，竟真是一萬八千七十二兩！她先前只知道溫雲卿過目不忘，卻不知他算帳竟然也如此厲害。
「怎麼樣，要不要雇我幫妳？」溫雲卿笑著問。
幾乎是毫不遲疑，相思大喊。「要要要！」
溫雲卿哂笑一聲。「要什麼？」
這話問得實在有些曖昧，相思也紅了臉。「要相公幫我算帳。」
自此之後，溫雲卿每日不去忍冬閣，都是方寧來家裡找他，卻因有他幫著，相思輕鬆許多，頗有一種雇了超值員工的錯覺。
溫雲卿被使喚得心甘情願，除了每日盯著相思按時吃飯，傍晚時候還要陪著去散個步，日子倒也過得順心如意。
因相思不願意在屋裡生火盆，天氣又漸漸冷了，溫雲卿便去找匠人來家裡打炕。溫夫人那裡也打了一鋪，他們這屋也打了一鋪，又想著魏老太爺素來是在雲州府過冬的，剛來京城只怕是不習慣，便又差那匠人去魏家院子打了幾鋪炕。

魏老太爺這幾日正覺得天冷難熬得很，溫雲卿這鋪炕送得正是時候，一向少誇人的魏老太爺也忍不住誇了好幾天；至於魏正誼和楚氏，這兩天也是凍得夠嗆，有了這火炕，屋裡一下子暖和起來，夫妻倆也是滿口誇讚。

這日，相思正在炕上看閒書，溫雲卿則在旁邊幫她算帳，兩人有一搭、沒一搭地說著閒話，便聽到紅藥敲門。

「相蘭少爺來了。」

相思坐起身來。「快讓他進來。」

不多時，相蘭進了屋。這半年時間他又長高了一些，不用相思讓，找到個春凳坐在炕邊。

他伸手摸了摸炕面，笑道：「這炕就是暖和，我屋裡現在也不冷了，相慶若是今日沒事，也要一起來的。」

溫雲卿道：「京城不比雲州府，從十月到來年二月，都是難熬的時候。」

相蘭點頭附和。「可不是，這還不到十一月，就凍得拿不出手來，若再過幾日下幾場雪，只怕連門都出不去呢！」

「我也想到了，已經請人製了細棉冬衣，等做好了給你們送過去。」相思說著，又從炕上小櫃裡取了個錦盒出來，遞給相蘭。「這是前幾日唐玉川從北方帶回來的魚膠，我現在有孕不能吃，你拿回去給大夥分一分，這東西過了年便不好用了。」

相蘭卻沒接。「妳留著給溫夫人用吧，我聽說這東西補身體、駐顏色的。」

相思把魚膠塞到相蘭手裡，笑道：「我給娘留了，吃不了這麼多的。」

溫雲卿也道：「蘭弟你拿著吧，這魚膠過年之後，效果便要打折扣了，壓在箱底有些暴殄天物。」

相蘭這才接了那錦盒，笑道：「那我可就不客氣了。」

這幾日，相蘭常來溫家找相思說鋪裡的事，有時事情比較重要，他便來和相思商量，有時不過是來說些瑣碎的事給她解悶。

兩人說了一會兒，溫雲卿偶爾也插上兩句，便消磨了一個下午。

晚些時候，方寧來了，溫雲卿和相蘭說了幾句話，出房去了。

書房裡，方寧肅然立著，若仔細看，還能看出一抹擔憂。

溫雲卿立在窗前，沈默了很久。

方寧道：「師父，子川他……或許是一時糊塗。」

溫雲卿沒有接話，方寧便也不敢再說。

「寧兒，若我要斷絕與他的師徒情誼，你會不會覺得我絕情？」溫雲卿忽然開口，卻依舊沒有回頭。

方寧亦沈默了許久，才道：「這事是子川違背了師父的教誨。」

「他無父無母，八歲進入忍冬閣，拜我為師，你雖拜師比他早一年，與我相處的時間卻遠不如他。這些年他暗地裡做過許多事，我說過他，他卻只是稍稍收斂，再做事卻越發隱秘，我常想，是不是我沒教好他？」溫雲卿的聲音雖然平靜，方寧卻能聽到寂寥的況味，難免有些難受。

「師父……」

「你回去吧，叫他明天過來一趟。」

第一百零四章

趙子川來溫家時，溫雲卿正和一位從金川郡來的老者在書房談事，相思便讓趙子川在廳裡稍坐。

這趙子川素來很會來事兒，登門之前讓金器匠做了一套長命鎖，見著相思便雙手奉上，笑道：「師娘，子川沒什麼好東西，叫人打了一副長命鎖，等將來您和師父的孩兒出世，給他戴上，圖個好寓意。」

相思接過那長命鎖一看，是極精緻的，想著左右快過年了，到時候回趙子川一份禮，也是禮尚往來，便笑著收下了。「你費心了，現在忍冬閣裡的事，多是你們師兄弟幾個在費心，辛苦了些，平日若無事，便時常來走走，京城裡你也沒什麼認識的人，有事便只管和我說吧！」

趙子川笑了笑。「師娘現在身子不方便，我可不敢隨意過來叨擾，師父要怪罪的。」

兩人說了一會兒話，便有丫鬟來請趙子川去書房。

書房離前廳並不遠，趙子川進去有一會兒，相思卻沒聽見裡面有任何聲音，又或許是兩人說話的聲音刻意壓低了，所以沒被聽見。

一個時辰之後，相思才隱隱約約聽見趙子川有些急迫的聲音，似是在辯解什麼，她皺了皺眉，回屋裡去了。

直到天快黑時，紅藥才進屋，說是趙子川走了，相思便讓她傳飯，不多時溫雲卿進了門。

他神色依舊淡淡，進屋之後也沒說話，只是立在窗前。

相思嘆口氣，上前從後面抱住他的腰。「子川走了？」

溫雲卿握住她的手，還是沒說話。

兩人這樣站了一會兒，溫雲卿終於回身拉著相思到桌前坐下，盛了一碗湯給她，輕聲道：「吃飯吧！」

相思卻沒接那碗，眼巴巴地看著溫雲卿。「子川他怎麼了？」

「吃飯。」

相思耍起賴來。「不吃，就不吃。」

溫雲卿看了相思半晌。若是往日，她肯定乖乖低頭吃飯了，但是今天她能感覺出溫雲卿的不對勁，似乎有些消沈，便就這樣對峙著。

許久，溫雲卿伸手摸了摸她的臉，輕聲道：「都是忍冬閣的事，不想讓妳聽了煩心。」

相思便乘機抓住溫雲卿的手，搖了搖。「我既然都知道有這麼一件事，你不告訴我，我反而要想了又想的，還不如告訴我呢。」

想了想，溫雲卿端起湯碗，餵相思喝了一勺湯，開口道：「子川幼時便入忍冬閣，我雖長他不了幾歲，但因知道他無父無母，所以很多事情對他很是寬容，也正因為這樣，這兩年子川他背著我做了許多事，我說他，他答應改，但來京之後，他又做了一件事，我便再也不能視而不見。」

「他做了什麼事？」

溫雲卿看著相思有些擔憂的小臉，沈默著把一碗湯餵完了，才道：「每年忍冬閣都會收一批弟子，今年因為搬到京城來，所以這事便推遲了，往年收徒之事都是方寧在做，今年閣裡事情太多，且戚堂主和王堂主又都留在金川郡，他便想讓子川負責此事，我也是同意了的。」

忍冬閣每年會收二十八個徒弟，有一些拜入青白堂，有一些拜入赭紅堂，因忍冬閣代表的是天下醫術最高明的所在，天下所有有志於醫道的青年都想要這弟子名額，這事相思是知曉的。

凡事物以稀為貴，相思想了想，試探著問：「趙子川他賣了弟子名額？」

溫雲卿點點頭，相思卻覺得有些不對勁。「這事說大不大，說小不小，只怕他以前也做過類似的事，為什麼這次不一樣了？」

溫雲卿刮了刮相思的鼻子，似是有些惱火。「怎麼什麼事都瞞不過妳？」

相思一聽，小眉頭皺了起來。「你快點說嘛，他到底幹什麼了？」

「西嶺郡有一個青年，名叫成郁，屢試不中，見郡裡有醫者開診日進斗金，便帶著妻兒來京中，想要拜入名師門下。他找到子川，說明了自己的意圖，但因他醫道尚未啟蒙，進忍冬閣本是不可能的。」

「所以成郁就想賄賂趙子川？」

「以前他做的錯事都是為了銀子，我以為他是幼年時忍饑挨餓的緣故，但這次的事情讓我知道，他只是喜歡凌駕於別人之上。」

聽了這話，相思越發奇怪。「他到底做了什麼事？」

溫雲卿伸手將相思抱進懷裡，聲音倒是十分平靜。「成郁有一個美貌的妻子鄭氏，被趙子川看見了，他威脅讓鄭氏陪他一晚，便讓成郁入忍冬閣。」

「啊？」相思不禁失聲。「怎麼能這樣？成郁不會同意的吧？」

「他同意了。」

「這成郁也太混帳了吧！他妻子肯定也不同意的呀！」

溫雲卿握著相思的一縷頭髮，在鼻尖嗅了嗅。「成郁在西嶺郡已無落腳之處，這次來京城便是破釜沈舟，沒有退路的人，自然比常人要瘋狂可怕，他答應了趙子川的要求。」

「那鄭氏呢？」相思追問。

「鄭氏自然是不從的，但是她娘家在西嶺郡，在京城裡無依無靠，只有任人擺布的分。」溫雲卿的聲音低了一些，下巴擱在相思的頭頂，摩挲了片刻繼續道：「成郁也是這麼認為的，便趁夜裡把鄭氏送到趙子川的家裡。鄭氏生了離心，趁人不防逃了出來，打聽到忍冬閣的所在，去忍冬閣將事情原原本本告知了方寧。」

相思鬆了一口氣。「還好沒被趙子川得手，他也太壞了！」

握住相思的小拳頭，溫雲卿點了點頭。「是啊，不然我的罪過便大了。」

隨後溫雲卿便不再說話，相思也沈默了一會兒，仰著頭問：「你把趙子川逐出師門了？」

「嗯。」溫雲卿似是不想多說。相思知道他現在心緒肯定不好，便乖乖地不再問，兩人坐了一會兒，溫雲卿見她神色有些倦怠，抱著她上炕睡了。

半夜相思忽然胃裡翻滾難受，才一動，溫雲卿便醒了。「怎麼了？」

「想吐。」

溫雲卿連忙將她扶起來，又下地點燈，拿了個銅盆來，才放好，相思便嘔了出來，都是酸水，吐完才稍稍舒服一些。

溫雲卿摸了相思的脈門，心下稍稍放心，用袖子擦了擦她額上的細汗，端了溫水給她漱口，這才又上炕將相思攬進懷裡，一面輕撫著她的背，一面道：「有些脾胃不和，明天我給妳配點丸藥，吃幾丸便沒事了。」

相思半瞇著眼趴在他的胸口，聽了這話，嘟囔。「要甜的。」

溫雲卿失笑。「好。」

相思在家裡待了半月沒出門，這日總算是求到了溫雲卿的准許，得以去魏家藥鋪一趟。鋪裡這些日子一直是相慶、相蘭在打理，相思不過是去轉一轉，與掌櫃說了幾句話，便出了藥鋪，誰知竟在門口碰到從外地辦貨回來的唐玉川。

唐玉川有一個月沒見到相思了，如今一見，便有許多話要和她說，非要拉著她到天香樓裡吃飯；相思也是好不容易出來一回，心想下次出來不知何時，回去晚了便晚了吧！

相思吃了幾日溫雲卿配的藥，胃口已好了許多，邊吃邊問：「你這次出去收穫怎麼樣？」

「別提了，那地方窮鄉僻壤的，我一個月都沒吃到肉。」唐玉川嘴裡叼著隻雞腿，蹭得滿臉都是油。

「那藥收得怎麼樣？」

說到藥，唐玉川眼睛一亮。「藥都是好藥，價格也公道，能狠賺一筆呢！明兒我去謝謝溫閣主，讓他下次再有這樣的消息，一定再告訴我。」

相思自然知道為何溫雲卿說的藥源都極偏遠，卻不好說破，略有些尷尬地笑著打岔道：「相蘭如今也到了該成親的年紀，家裡正給他尋媳婦呢，唐伯父是不是也著急給你找媳婦呢？」

一說找媳婦，唐玉川便皺成了苦瓜臉，慌忙搖手。「別提了，我耳朵都要長繭了，那老頭兒成天沒別的事，就是找媳婦、找媳婦，煩都要煩死了，我這兩天還不知該怎麼過呢！」

喝了一口酒，唐玉川一臉鬱鬱寡歡。「再說了，長亭他比我還大兩歲呢，他都不急，我急什麼？」

相思拍了拍唐玉川的肩膀。「長亭已在京裡買了個宅子，年前要把顧老夫人和顧夫人接到京城來，之後才有其他的心思呢！唐伯父著急給你找媳婦，也的確是因為你年紀該找了，你就沒有喜歡的姑娘嗎？」

「喜歡的……姑娘？」唐玉川抓了抓頭，有些苦惱。「沒注意呀！喜歡一個姑娘是啥樣的感覺呀？」

相思默默無語問蒼天，決定結束這個話題，與唐玉川聊了些生意上的事。

吃完飯，兩人出了天香樓，相思便看見停在門口的那輛馬車，玄色、寬大，正是自家親親相公的，不免有些膽顫，快步走到馬車旁，俏著一張臉。「相公，你什麼時候來的呀？」

車簾掀開，露出溫雲卿那雙清明溫和的眼。「思兒，妳這信用也太差了些，出門時不說中午之前回去的嗎？」

相思一抬腳跨上了馬車，嚇得溫雲卿趕緊去扶，嘟囔了一句「粗魯莽撞」，這頁便算是揭過去了，相思回身朝唐玉川道：「我先回去……」

相思停住了話，因為她發現唐玉川根本沒往她這邊看，而是愣愣看著從對面脂粉鋪出來的一位小姐。

相思也看向那脂粉鋪子門口的小姐，只見身材弱柳扶風一般，一雙柳葉彎眉微微顰著，眼中更是清淡至極，她本是如花的年紀，眉間眼裡卻全是輕愁。

直到這小姐的馬車走遠了，唐玉川還是站在那裡一動沒動。

相思捂著額頭。「完了、完了！唐玉川他要完了！」

過了好一會兒，唐玉川才癡癡傻傻地回過神來，轉頭見相思正在看自己，便小跑著到馬車旁，一雙眼亮得滿月一般。「相思、相思，我好像喜歡她……」

第一百零五章

相思坐在炕上，小眉頭緊緊皺著，正愁唐玉川的事怎麼辦，便見溫雲卿開門進了屋裡來。

「怎麼樣？查到是誰家的小姐了嗎？」

溫雲卿把大氅脫了，兩步走到她面前，面色略有些古怪。「打聽到了，那位小姐姓崔，父親是吏部的一個小官，明年就要歸老。」

相思聽了一樂。「那正適合呀，要是個大官，只怕這親結不結得成還是問題呢！」

「只怕也是難辦。」

「啊？」

溫雲卿伸手捉住相思的小腿，指腹慢慢在小腿穴道上按壓，眨了眨眼。「倒不是怕那崔家不同意，是怕唐老爺不同意。」

「唐老爺想讓玉川成親都想瘋了，怎麼會不同意？」

「這崔小姐原是訂過親的，對方也是個官家公子，原來準備十五歲便成親的，誰知成親前一日，那官家少爺墜馬摔死了。京裡的人，凡事都要講個吉利，便都說崔小姐不祥，再也無人上門提親事了。」

相思眼睛一瞪。「他自己騎馬摔死了還怪崔小姐不祥？也忒不講理了些！」

溫雲卿怕她動了肝火，忙拍了拍她的背。「崔小姐自然是受了委屈，但是我聽妳說起過唐老爺，也知道唐家是三代單傳，這事若是讓唐老爺知道了，只怕不會答應這門婚事，唐小弟估計要花些力氣呢！」

「我看他那天的架勢，只怕要是娶不成這崔小姐，他也要害了相思病的。」

溫雲卿正要說話，便聽外面紅藥響聲道：「唐家少爺來了。」

兩人對視一眼，讓紅藥去請人進來。

不多時，腳底生風的唐玉川進了屋，也不寒暄招呼，上來便眼巴巴地看著溫雲卿，急道：「溫閣主，那是誰家的小姐可查到了嗎？」

溫雲卿看了相思一眼，才道：「吏部一個崔姓官員家的小姐，只是……」

溫雲卿這個「只是」還沒說完，唐玉川便眼睛一亮，也不聽後面還要說什麼，逕自跑了。

相思痛苦地捂著額頭。「完了、完了！」

溫雲卿卻將她攬進懷裡，笑道：「平日沈香會那麼多煩心事，藥鋪裡那麼多瑣碎事，妳都辦得來，這次不過是個唐老爺，怎麼就完了？為了唐小弟的幸福，咱們怎麼說都要幫到底的。」

「這事是不能瞞著唐老爺的，不然崔小姐日後進了門，也是個隱患，不如就讓玉川去和唐老爺來個戰前溝通，讓唐老爺知道自己兒子這次是吃了秤砣鐵了心。」

沈香會搬到京城後，唐老爺也在京城買了一處宅子，與魏家的宅子不過一街之隔。藥鋪有唐玉川看管著，他沒事便尋些美食小館填補空虛的腸胃，再就是拖媒人尋找適齡的小姐，好給唐玉川娶上一房媳婦。

這日唐老爺才吃完了一盅羊肉糜，便看見寶貝兒子小跑著進院子，唐老爺呵呵笑道：「今兒怎麼回得這麼早？」

唐玉川進屋便拉住自家老爹的袖子，面上似嬌羞，又似決絕。「爹，我喜歡一個姑娘。」

唐老爺一愣，白胖的腮幫子抖了抖。「你……你喜歡一個姑娘？那好啊！好啊、好啊！快告訴爹你喜歡誰家的姑娘，爹明兒就上門去給你提親！」

「她爹是吏部的官員，聽說是姓崔。」

「唐年年！唐年年！快去準備聘禮，要大份的，要雙份的！」

第二日，唐老爺便讓唐年年去找媒人，自己則和唐玉川驅車去崔府拜望。

誰知這崔家實在有些偏僻，唐玉川只得抓了個路過的貨郎詢問。

那貨郎見唐玉川是個眼生的，便問：「你們找崔家幹什麼？」

唐玉川還沒說話，卻是唐老爺答道：「給我兒子提親的，崔家可是在這條街上？」

那貨郎聽了這話，臉上全是古怪神色。唐老爺是什麼人？那可是人精一樣的，便知這崔家肯定有事，不禁和顏悅色道：「我是聽媒人說這崔家有個小姐未出閣，不知您可聽說過？」

「嘿，你那媒人肯定是和你有仇。」

「此言怎講？」

那貨郎見唐老爺似是個極好說話的，便把崔家小姐的事一五一十說了。

唐老爺聽罷，臉色漸漸嚴肅起來，謝過那貨郎，便讓車伕掉頭回去。唐玉川心知自家老爹肯定不同意這婚事，急得熱鍋螞蟻一般。「爹，別回去呀，怎麼說都去看看再說呀！說不定那貨郎說岔了呢！」

唐老爺卻垮著一張臉。「那崔小姐你是別想了，唐家就你一根獨苗，我可擔不起險，你再尋個別家的姑娘，爹肯定給你娶回來。」

唐玉川一聽，心裡是又急又氣。「我不要，我就要崔家小姐！」

「不行！」

唐玉川氣得往車板上一撞，腦袋砸了個悶響，整個人呈「大」字癱倒在車上，雙腳使勁蹬著。「我不要，我就要她！」

唐老爺繃著臉。「不行！你再怎麼鬧也不行！」

馬車一回唐家宅子，唐老爺便把唐玉川關起來，除了每日讓人給他送吃的，自己還陪聊一個時辰，聊天內容包括唐家子嗣艱難的歷史，唐家要是斷後了會有什麼樣的後果，以及若是唐玉川被剋死了，白髮人送黑髮人是何等淒涼難過。

但是唐小爺是吃了秤砣鐵了心，無論唐老爺說什麼，他都只回「要娶崔小姐」一句話，把唐老爺氣得飯吃不下，覺也睡不著。

唐小爺見自己爹也是鐵了心不讓他娶，這樣關下去沒用，便開始絕食抗議。

他這一絕食，唐老爺便心疼不忍，聽聞風聲的顧長亭和相思等人，便一齊來唐家拜訪。

他們幾個是唐老爺看著長大的，也是因為這幾人帶的好頭，唐玉川才在啟香堂安心讀書，所以唐老爺倒是還信任他們幾個，加上相思保證是來勸說的，唐老爺便放他們幾個進去見唐玉川。

四人進去的時候，見唐玉川正坐在院子裡，現下天氣冰冷得很，他穿得卻單薄，一雙眼也失去了往日神采，瘦削的臉頰上都是慘然。

相思見了心疼，拍拍他的肩膀，他才發現院裡來人了，眼珠一動。「我爹同意了？」

相慶眼睛都紅了。「玉川，你怎麼憔悴成這樣了……」

顧長亭嘆了口氣，從袖子裡掏出個小瓷瓶，倒了一顆藥丸塞進他的嘴裡，勸道：「玉川，這事急不得，我們一起幫你想辦法，總能成的，你要保重。」

相思也道：「你和崔小姐的婚事，我們幾個已想好解決的辦法。昨兒相公去崔家看診，我也跟著進去了，偷偷去見了那崔小姐一面，是個極溫婉的人，我把你的事與她說了，她倒沒說什麼，只是讓我勸你保重身體，說為她不值得的，若是你能出府去，偷偷見一見，說兩句話，總是能成的。」

「至於唐老爺這裡，只要按照我們商量好的法子來辦，總能哄好他，你這樣硬碰硬有什麼意思？」顧長亭道。

聽了這番話，唐玉川眼裡終於漸漸光亮起來，連問了幾句「真的嗎」，都得到了肯定的回答，便高興得如鳥兒一般。

幾人走後，唐玉川便要見唐老爺。唐老爺心裡一慌，只以為這次寶貝兒子又要鬧，繃著臉進了小院，誰知一進院裡，便被唐玉川緊緊抱住了。

「你幹什麼？你是不是要打你老子！」唐老爺大罵。

誰知唐玉川抱住唐老爺便不動了，還悶聲道：「爹，我錯了，我不該不聽你的話。」

唐老爺摸了摸唐玉川的腦門，詫異道：「你是不是……生病了？」

之後唐小爺便不再提婚事，對唐老爺也是言聽計從。

晚上吃飯，爺兒倆坐在桌前吃飯，唐玉川忽然嘆了口氣，給自家老爹挾了一隻雞腿，便低頭扒飯不說話。

唐老爺心肝一顫，心想別再出什麼么蛾子，那雞腿便吃不下去，試探著問：「怎麼啦？」

唐玉川依舊低頭扒飯沒說話，唐老爺心底的不安更甚。「你說話呀，有事別在心裡憋著，憋壞了怎麼辦？」

許久，唐玉川才抬起頭來，眼裡竟隱約有些淚花。「爹，我想出家。」

「啥！」唐老爺一驚。

唐玉川神色慘然。「我覺得人活著實在有太多苦楚，聽說城外的靈絕寺是個出家的好地方，消災解厄再好不過。」

唐老爺一拍腦門。「你這個孽障啊！你是要活活氣死我呀？」

見唐老爺這副模樣，唐玉川沒再說什麼，又給他挾了一筷子菜，便低頭扒飯。

唐玉川一說要出家，唐老爺只得輕聲細語地勸，再不敢說狠話了，這面穩住唐玉川，卻暗中叫唐年年去找相思出主意。

相思便背著唐玉川來了一趟，唐老爺一見她，哭得一把鼻涕、一把淚，直罵唐玉川是「小兔崽子」，相思安慰了半晌試探勸道：「玉川他肯定是一時傷心過頭了，現在要是管著他不讓，只怕他還更要出家呢！」

「那可怎麼辦？」

相思想了想。「我聽說靈絕寺有個叫十一慧的高僧，凡是想在寺裡剃度出家的，都要他看過是不是斷了塵緣才好，若是塵緣未了，靈絕寺也是不肯收的，玉川若是真的動了心思，不如讓他去見一見十一慧。」

「不妥，若是那十一慧說玉川塵緣已了怎麼辦？那我就更攔不住他了。」

相思笑了笑，安撫道：「玉川不過是因為崔家小姐的事傷了心，既然還會傷心，便不會釋然豁達；再說靈絕寺香火鼎盛，十一慧不會故意誆玉川出家。」

第一百零六章

第二日，溫雲卿和相思帶著唐玉川上靈絕寺，唐老爺不放心，說什麼都要跟著。

四人到了靈絕寺，只見寺門香客如雲，問了門口的小沙彌，說是十一慧已經在禪堂等候，便引著四人往禪堂去。

十一慧是個鬚髮皆白的老僧，因已提前與他說過緣由，他便簡單問候了眾人，對唐玉川道：「可是這位施主要出家？」

唐玉川此時早沒了往日的機靈勁，聞言立刻雙手合十，沈聲道：「弟子的確想要出家。」

十一慧問了他的八字，又說了些讓人雲裡霧裡的經文典故，唐老爺一直眼巴巴地看著，生怕這十一慧忽然收了自己的兒子做和尚，心中好不難熬，好在旁邊的相思和溫雲卿一直用眼神安撫他，這才穩住沒拉著唐玉川便跑。

十一慧說了許多話，也不知唐玉川聽沒聽懂，坐在蒲團上含笑不語。

唐玉川有些急了。「師父，您看我什麼時候能剃度出家？」

「哪有這麼說話的，師父，玉川他塵緣沒了吧？」唐老爺拉了唐玉川一把，又滿眼希冀地看著十一慧。

誰知十一慧竟是誰的話也沒回，依舊高深莫測地笑著，相思對溫雲卿眨眨眼，意思是「差不多得了」，溫雲卿會意，便對那老僧微微點頭。

「這位施主……」十一慧一頓，見面前四人都眼巴巴地看著自己，這才悠悠開口道：「這位施主，塵緣未了啊，若是老和尚我沒看錯，應是伉儷情深、兒女雙全的命格啊！」

唐老爺一愣，隨即滿臉喜色。「玉川你聽見沒？你不能出家的！」

唐玉川卻不肯善罷甘休。「那我要到哪裡去尋那命定之人？」

十一慧高深莫測地摸了摸雪白的鬍鬚。「你已經遇到了。」

「已經遇到了？」唐老爺滿臉遲疑，想了又想，忽然一拍腦門。「師父，那人不成啊！那小姐她剋夫啊！」

十一慧卻不惱怒，露出了謎之微笑。「這我不知。」

唐玉川眼神卻活泛起來。「爹你看，都是別人亂嚼舌根，和那崔小姐沒有關係的。」

唐老爺卻依舊不鬆口，相思忙謝過十一慧，悄聲對唐老爺道：「眼下也只有崔小姐能牽住玉川了，既然十一慧都這麼說，不如回去偷尋了崔小姐的生辰八字來合一合，若是看過的算命先生都說好……」

唐老爺有些猶豫了，但也是怕這次再絕了唐玉川的道，他真要往戒慾的道上走，只得勉強應了。與唐玉川謝過十一慧，又給引路的小沙彌一些銀子添香油錢，便走了。

相思只說和溫雲卿還要燒香還願，便沒同他們一起走。

唐家父子離開，禪堂裡便只剩十一慧這個老僧，正閉目唸佛，此時卻有人去而復返。

沒睜眼，十一慧便幽幽道：「明湛，你這缺德的，竟讓我這個有大德的老僧出面誆騙人，又回來是幹什麼？」

溫雲卿身著月白便服，隨意坐在旁邊的蒲團上，雙眸微閉，淡然道：「大師的大德名聲，用來誆人最好不過，若是個沒名的小僧，誰人肯信呢？」

「你從金川郡來京城，就連成親，我都是從別人口中知曉的，枉費你年幼時曾在我座下聽禪理，如今竟也不思佛法進益，真是枉費了天生的慧根。」

溫雲卿不置可否，唇角勾起一抹笑。「成親了，人自然就俗氣了。」

十一慧猛地睜開了眼，那張慈眉善目的臉上忽然滿是嫌棄的神色。「我看方才那姑娘也是有慧根的，就是不知怎麼被你賴上了。」

從禪房出來，溫雲卿便直奔膳堂而去。

靈絕寺的素齋十分有名，上過香後，便有許多香客來膳堂用膳，溫雲卿進門時，正迎上幾個要出門的富家小姐，京城風氣開化，這幾個小姐便盯著他看得目不轉睛，溫雲卿只當沒看見，直奔正在堂內一角大快朵頤的相思去了。

那幾個小姐見狀，心裡有些不痛快，一跺腳走了。

相思正和碗裡的素餛飩戰鬥，瞥見來人，對不遠處的小沙彌道：「小師父，再來一碗！」

那小沙彌又盛了滿滿一碗餛飩端過來，相思遞了個瓷勺給溫雲卿，頭卻沒抬。「相公你嚐嚐，好吃得緊。」

溫雲卿看著她的吃相，心中覺得好笑，又把自己碗裡的餛飩給了她幾顆。「多吃點。」

相思也不客氣，盡數吃了，卻還覺得腹內空盪盪的，皺著小眉頭道：「閣主，我再這麼吃，只怕到了十月，會胖成球的。」

從膳堂出來，陪相思在禪院裡走了一圈，溫雲卿便催她上車；相思爭不過，只得噘著嘴往門外走，誰知剛出院門，便遇上熟人。

這熟人生得貌美端莊，見到兩人也是一愣，正是薛真真，她已梳了婦人髮髻。「溫……溫閣主，魏……溫夫人。」

相思如今有些遲鈍，還未開口，溫雲卿已開口道：「我聽說薛大人調回京裡來了。」約莫半年前，吏部將薛桂從金川郡調回京城，品位雖升了一級，又是京官，但到底是個沒權的閒職，是明升暗貶了。

而薛真真也在半年前嫁做人婦，相思和溫雲卿的事，她自然是知曉的，應了一聲，還想再說些什麼，到底是無話可說，便福了福身。「溫閣主、溫夫人慢走。」

相思這才回過神來，也忙還了一禮，被溫雲卿扶著與薛真真擦肩而過了。

兩人走後，薛真真卻在原地站了許久也未進去。

唐老爺既然同意要測測崔小姐和唐玉川的八字，這事便好辦許多。別的不敢說，收買十個、八個算命騙人的江湖騙子，相思還是有把握的。

拿來那崔小姐的八字後，相思先去找了個「常駐」京城算命一條街的算命先生看了，說沒有不妥的地方，所以即便唐老爺去找了沒被收買的算命先生，相思也是不怕的。

於是這幾日，唐老爺便拿著兩人的八字在各處算了幾卦，竟真的沒有說凶的，他拗不過唐玉川，怕他真的鬧到要出家的地步，便算是半推半就地答應了這門婚事。

聘禮都是準備好的，唐玉川又天天喊著要成親，唐老爺便不耽擱了，請趙平治帶著媒人去崔家提親。

崔老爺這幾年為了崔小姐的婚事可是操碎了心，如今忽然冒出個來提親的，一時間也是摸不著頭緒；但女兒的婚事拖了好幾年，再拖下去，只怕是難找婆家了，崔大人便讓趙平治和媒人在前廳稍坐，好點心、好茶水地伺候著，自己卻到後院找自家閨女去了。

再說這崔小姐，前幾日在相思等人在場的時候，偷見過唐玉川一面，雖未說得什麼話，但她那素來愁苦的性子，只一會兒就被唐玉川逗笑了幾回，心思大抵也是明白了。

所以崔大人一來問她這親事，她破天荒地表示了贊同之意，崔大人心裡納悶極了，但因趙平治和媒人還在前廳候著，總歸不能讓人等久了，顯得怠慢，只得先去應下這門婚事。

唐、崔兩家的婚事既然已訂下，接著便是算日子、訂婚期諸事，忙得不可開交。

相思現在身子還輕便，反應也沒那麼厲害，便也幫忙籌辦婚事。忙活了大半月，萬事妥帖，只等春日。

此時已經是年底。沈香會忙過了一陣，相思也得了清閒，偶爾會裡有事，相思便讓唐玉川頂上。

忍冬閣又要開始每年一度的歲寒雜議，各地醫者都到了京裡來，溫雲卿便忙得脫不開身。

這日天還未亮，溫雲卿便起身要下床，他的動作很輕，相思卻還是聽見了響動，哼唧兩聲從後面抱住他的腰。「怎麼這麼早就要去閣裡？」

溫雲卿握住她的手，輕笑了一聲。「今天有幾位師長要來，明兒就是歲寒雜議，等忙完這兩日就好了。」

「昨兒我也不知你幾時回來的，這幾日連你的影子都看不到。」

聽出相思聲音裡的不滿，溫雲卿忍不住又笑了兩聲，翻身回到床上，伸手把她摟進懷裡，一邊摸著她的背，一邊哄道：「等忙過了這幾日就好，妳再睡一會兒，妳睡著了我再走。」

相思的臉在他胸前蹭了蹭。「馬上要過年了，我準備了些新年賀禮，但現在腦子不太好使，你得空幫我瞅一瞅，別失了禮數。」

「好，這事妳不用管了，明兒忍冬閣裡的事辦完，我來準備。」

相思滿意地點點頭，睡意襲來，卻又想起一件事。「娘說年前要咱們一起進宮一趟……」

「好。」溫雲卿親了親她的額頭，最後一絲清明便從相思身上抽離了。

第一百零七章

歲寒雜議過後，忍冬閣裡再無別事，溫雲卿便不去閣裡，每日只在家裡陪相思養胎。

臘月天冷，相思的身子越發沈重起來，每日便動也不想動，若不是溫雲卿每日哄著她出門走一走，只怕她是一動也不肯動的。

年節前，溫雲卿拉著相思去給魏家送年禮，魏老太爺便抓著他下了一整日的棋，非要分出個勝負來，誰知到了晚上，也沒輸沒贏，溫雲卿見相思在旁陪著犯睏，只得放水連輸兩盤，魏老太爺才願意放兩人離開。

回去路上，相思皺著小鼻子抱怨道：「這老頭越來越倔了。」

溫雲卿摸了摸相思的腦袋，失笑道：「家有一老，如有一寶，若是妳我到了爺爺的年紀，能像他一般硬朗、豁達，我便知足了。」

相思冷哼一聲。「咱倆都出院門了，你說他壞話他聽不見，溜鬚拍馬的話他也是聽不見的。」

溫雲卿氣得咬牙，憤憤然揪了揪相思的耳朵。「我這話是真心實意的，可不像妳，為了拍馬屁，什麼都說得出口。昨兒進宮裡，在太后老佛爺面前妳乖巧賢慧得跟什麼似的，嘴甜得跟抹了蜜一般，我再沒見過妳這樣見風使舵的人呢！」

相思「哎喲」一聲，往旁邊一躲，捂著自己的耳朵，氣道：「別揪我耳朵呀，你要是再揪，我就生氣了！」

溫雲卿長臂一伸，將她拉進懷裡，也不答話，圈著便往自己院裡走。

相思捶了他一下。「不許揪了，聽見沒有！」

溫雲卿挑挑眉，忽然低頭親了她一口，聲音低沈道：「思兒，妳相公我記性好著呢，有句話叫『秋後算帳』，我也等著呢！」

相思一噎，立刻換了張臉，把另一邊耳朵湊了上去，諂媚道：「相公你揪吧，隨便揪。」

溫雲卿被氣笑了，低聲罵了一句，圈著她往回走。

大年夜裡，溫家從金川郡跟來的老人也一起吃年飯，一大桌人擠在一起，極是熱鬧。

街上官府在放煙火，屋裡的人都湧到院子裡伸長脖子看，溫雲卿見相思也往屋外面看，便取了大氅將她嚴嚴實實包裹住，握著她的手在廊下站著。

外面很冷，但是當紅色火光照進他的眼中的時候，他卻一點也不覺得冷。

他側頭，看見相思那雙滿是歡喜的眼睛，她指著天上的火光，聲音雀躍。「相公你看，你快看呀！」

他把她拉進懷裡，眼睛被煙火映得雪亮。「這是我看過最美的煙火。」

陳二叔如今已經年過半百，不經意回頭看見廊下相依相偎的兩個人，眼睛便紅了，一面拿袖口揩淚水，一面嘀咕。「老爺，您看見了吧，少爺現在很好，身體好了，還娶了個好媳婦，馬上孩子也要出生了呢！」

趙三嬸見陳二叔哭了，也回頭看了看廊下，長長吁了一口氣，蒲扇大的巴掌狠狠拍了陳二叔一把。「你個老不死的，大過年的哭什麼哭，如今少爺的病好了，你沒事掉什麼金豆子？」

過了正月十五，沈香會的事便漸漸多了，相思卻越發慵懶起來，能丟給唐玉川的事，就都丟給唐玉川；能丟給相慶、相蘭的事，便都丟給他倆；能丟給溫雲卿的事，便都丟給溫雲卿，正式做起了甩手大掌櫃。

每日除了睡便是吃，不出幾日便圓潤了許多，溫雲卿只得每日硬拉著她飯後遛食兒。天氣很快暖和起來，到了唐玉川娶親的日子。

這日天還未亮，唐家便忙活起來。迎親的隊伍整整齊齊在門外排好，不多時，便見一個穿著大紅喜服的青年從門裡跨著大步走出來。他滿臉都是喜色，一雙大眼睛此刻都瞇成了一條縫，一口白牙也亮得晃眼。

他回頭對身後的兩個青年道：「相慶、相蘭，走，陪我娶媳婦去！」

於是這日，唐家娶了少奶奶，唐家少爺樂得一朵花兒似的，唐家老爺哭得跟個淚人兒似的。唐老爺活了半輩子，時時擔心唐家的獨苗有個閃失，卻不知他日後過得實在淒慘——因為唐玉川這根獨苗生出了許多小苗苗，這些小苗苗總揪著他的鬍子要糖吃。

六月末的時候，相思的身子越發沈重起來，好在這幾個月溫雲卿一直看著，不讓她多吃，所以胎兒大小倒也正常。

眼見就要卸貨，相思日日盼著；溫雲卿擔心孩子提前出世，便哪裡也不去，日夜陪在她左右。因為這事，還被江成成暗中嘲笑了好幾回，不過畢竟有師父的威嚴在，江成成面上還是什麼都不敢說的。

七月的一個夜裡，相思使出了九牛二虎之力，在溫雲卿的陪同下，總算在天亮之時，把肚子裡的肉球生了出來。

是個臭小子。

相思此時被折騰得渾身是汗，筋骨皮肉沒有一處不疼，溫雲卿把胖嘟嘟的嬰孩放在她的臂彎裡，她便看見那張皺巴巴、粉嫩嫩的小臉。

溫雲卿摸了摸相思的腦門，輕聲道：「妳睡一會兒。」

相思卻眨眨眼，伸手戳了戳自家兒子的小臉蛋，笑得略有些古怪。「相公，我聽說孩子都要取個俗氣些的小名，不然不好養的。」

溫雲卿眉毛一挑，瞇了瞇眼。「忍冬閣那麼多大夫，大病、小病咱們都不怕的。」

「小名叫著親切些，況且我都想好了。」

溫雲卿嘆了口氣，看了看尚在襁褓中的兒子，心中湧出一些愧疚來，卻是轉頭笑著問相思。「那思兒想取個什麼名字？」

相思嚥了嚥口水，看了看溫雲卿，又看了看自己懷裡的小人兒，聲音帶著一絲試探。

「狗剩子怎麼樣？」

溫雲卿的眉毛挑了挑。

粉嫩的嬰孩咂了咂嘴，不知愁苦，兀自睡得香甜。

——全書完

番外一　長亭日暮

年前，太醫院裡幾個年紀大些的老人都上奏，說是身體不好，腿腳也不靈便，要回鄉去；宮裡的貴人們總不能強留著他們不讓走，於是只得允准了。

誰知這幫老人兒一出京城，腿不疼了，腰也不痠了，各個腳底生風，也不回鄉，竟是往南方一路遊歷去了。

太醫院的院長歐陽成也不太管事了，一面說自己年紀大了，又有舊疾，院裡的事實在是管不了，但一時間又不能放他走，不然太醫院誰管呢？

於是歐陽院長不來執事，只是每月進宮給幾位貴人請個平安脈，這樣過了幾個月，他便連平安脈也讓顧長亭去，竟是真的做起了甩手院長。

這幾年，顧長亭在聖上心裡的分量越來越重，他雖年輕，但是這些年給宮裡的貴人們瞧病向來無錯，且藥到病除，聖上見了幾面，又有忍冬閣的一層關係在，便記住了；若是老院長離京，太醫院裡便沒有適合的人選，只怕是要讓顧長亭頂上這個缺的。

今日顧長亭又去宮裡給太后請平安脈，太后話裡話外也是這個意思，顧長亭只說會做好自己的分內之事，出了宮，卻直奔歐陽成的住處去。誰知去了才知道，歐陽成今晨出城去了，想了想，讓車伕改道。

馬車停下，顧長亭說要多待些時候，讓車伕先回去，便回身進了大門。那門房與他相熟，也沒攔著，只道「老爺在書房」，他便直奔書房去了。

進了書房，顧長亭便見溫雲卿正在案前寫醫案，心道前幾日羽林國的瑞恒親王來京城求醫，當今聖上下旨令忍冬閣接手此事，如今他寫的，應該就是那位親王的病狀。

「瑞恒親王的病可是有了定論？」顧長亭問。

溫雲卿未抬頭，只道：「他的舊疾倒是好治，只是心病難醫。」

這話說得雖然蹊蹺，但羽林國與大慶國通商已久，消息通暢，顧長亭也聽聞了一些羽林國內的事。

羽林國地處大慶西南，物產豐富，民風淳樸，但是自從六年前前任國主駕崩，宮中只剩一嫡、一庶兩位皇子，無論從哪方面講，都是嫡子繼位；但是因前任國主駕崩得突然，未留遺命，庶子的母家又頗有權力，一時何人繼位竟然僵持住，實在是讓眾人恥笑。

這鬧劇持續了整整一年，說來也湊巧，那嫡子身子本就弱病交加，加上這一年過得提心弔膽，不過是個十歲的稚童，竟夜裡發了急症，一命嗚呼了。

鬧劇於是終止，庶子繼承大統，而這位瑞恒親王便遭逢大難。

只因他是一直支持嫡子繼位的，這一年裡又與庶子母親的外戚多有爭執口角，於是庶子屁股剛剛坐上了江山，便下了一道聖旨將瑞恒親王發配到大慶與羽林的邊界去戍邊。

但好歹瑞恒親王暫時保住了性命，便收斂性子，夾緊尾巴，偏安一隅，做個山野親王，這本不錯，遠離中心。

只是這小皇帝三天兩頭便要下一道聖旨，不是批評邊防不夠整肅，就是批評瑞恒親王手下軍容不整。這瑞恒親王便是個七尺男兒，鐵骨錚錚，只怕也要被折騰得心膽俱裂，更何況這親王不過是個養尊處優的王爺，本想輔佐先帝嫡子登基後，便收山養老的，哪裡料到會是如此下場，一把老骨頭哪裡受得住？五年的工夫，便消瘦了好幾圈，覺睡不安穩，飯也吃不下，哪裡能有個好？

如今那小皇帝內憂外患已除，便想收拾他，半月前才下了調令，命他一個月內回到帝京去，只怕這一去肯定是凶多吉少，重則人頭落地，輕則脫層皮，這才來大慶國求救。

顧長亭自顧自找了張椅子坐下，便有小丫鬟送熱茶和果子過來，擺放妥當，那小姑娘笑盈盈道：「顧大人請用茶，這梅子乾是相慶少爺託人捎來的，昨兒才到的，夫人出門前特意叮囑我，若是顧大人來了，拿出來給您吃些。」

溫雲卿抬頭掃了顧長亭一眼，眉毛微微挑了挑，又低頭寫脈案。「思兒知道你最喜愛這雲州府的酸梅味，都給你留著，連我要吃，她都不捨得給呢！」

顧長亭轉頭看了溫雲卿一眼，面上平淡，指尖卻是捏起一顆果乾丟入口中，緩緩咀嚼起來。

兩人靜默而坐，又吃了半盞茶，溫雲卿才放下手中的筆，拂了拂衣袖直起身來。「宮裡的意思是讓你接管太醫院，你自己是怎麼想的？」

沈默了一會兒，顧長亭才開口。「為時尚早。」

溫雲卿在銅盆裡淨了手。「那你覺得什麼時候才不早？」

顧長亭想了想，卻是沒說話，便聽溫雲卿又道：「歐陽院長對你寄予厚望，他不止一次對我說過，你的資質是太醫院晚輩中最好的，為人又踏實肯用功，便是放眼大慶，只怕也尋不出第二個，太醫院交給你，他是放心的。」

顧長亭依舊沒說話，溫雲卿嘆了口氣。「我知道你擔心什麼，不過是覺得自己年紀輕一些，怕人說你是仗著忍冬閣的勢罷了。」

從書房出來，顧長亭便看見有個圓滾滾的肉團子在門後探頭探腦的，心中不禁覺得好笑，正要開口說話，卻見那小肉團子伸出胖乎乎的小手，朝他招了招，並且捏著嗓子喊道：「亭叔你過來一下，我有話要問你！」

顧長亭忍俊不禁，卻面色正經嚴肅至極，似信步，又故作深沈地踱到門邊。「小春，妳在這兒是要問我什麼？」

名喚小春的四歲女童皺了皺鼻子，小心翼翼伸頭往書房方向瞟了一眼，隨即對顧長亭伸了伸手，意思是讓他的頭低一些，顧長亭便乖乖蹲下身子，壓低聲音。「什麼事呀？」

四歲的小姑娘，大眼睛裡滿是童稚可愛，臉上胖嘟嘟的，伸出小手揪住顧長亭的耳朵，小聲說道：「亭叔，娘和狗剩哥去藥鋪了，都不在家裡，你能不能答應我一件事？」

小春憨厚地笑了笑，眨眼看著顧長亭，似是在等「亭叔」答應自己的請求。

顧長亭是看著這丫頭長大的，對她的性子自然十分瞭解，便也想聽聽她到底要求自己什麼事？「成，妳說吧！」

小春的眼睛轉了轉，像是剛從水中撈出的黑曜岩一般，剔透晶瑩。「小春想要跟亭叔學治病，但是爹爹說學醫好累好苦的，不想讓小春學，亭叔能不能幫幫小春呀？」

這事顧長亭是知道的，相思倒是同意，但是溫雲卿不想小春這麼早便開始背那些枯燥的醫理、藥理，所以便一直沒答應這事；平時小春看見顧長亭，也是乖巧地從不提這事，哪知今日忽然提了出來。

從溫家離開，顧長亭徑直回了太醫院，因這兩日便要休沐，太醫院裡只留了一個值勤的醫官，其他人都回家去了。

進了書房，顧長亭正要寫上表，便聽門外傳來急促的腳步聲。「顧大人，鄭家小姐舊疾又犯了！」

顧長亭先是面色一凝，隨即又浮現出古怪的神色，卻是一刻不遲疑地伸手拿了官帽大步出門。

這「鄭家小姐」是鄭尚書的小女兒，自小體弱，去年更是添了新病，聖上顧念鄭尚書多年為國操勞，便欽點顧長亭前去醫病，於是這鄭家小姐的病更重了，三天兩頭便要派府裡的人來太醫院請顧太醫。

這病越治越嚴重，旁的人不知何故，顧長亭卻是心知肚明。

鄭尚書為官清廉，幾年前，聖上偶然路過鄭家府邸，見清貧樸素，便賜了現今這個大宅。

鄭家小姐名喚金圓，雙十年華，外面都傳性子溫婉可人，只有顧長亭知道，鄭家小姐的性子不可說，不可說呀！

鄭府門房認得顧長亭，忙讓內院的婆子來引路。

鄭小姐的閨房素雅極了，隔著紗簾，隱約能看見一個曼妙的人影，顧長亭輕咳了一聲，眼睛微垂。「鄭小姐。」

紗簾後面傳來布料磨擦的聲音，隨即紗簾掀開了一角，從裡面伸出一隻白皙秀氣的手，清脆的女聲也傳了出來。「有勞顧大夫跑這一趟，本不應該去煩勞您的，但這舊疾犯起來實在是難過。」

「無妨。」顧長亭應了一聲，取了脈枕，旁邊立刻有眼疾手快的丫鬟接過墊在鄭小姐的手腕下，又拿了早準備好的巾子置於皓腕之上，顧長亭探指上脈。

鄭金圓出生時便底子較弱，加上母親早喪，父親忙於公事，一時疏於照顧，害了幾場風寒便落下了病根，著實是個可憐人兒。

過了半晌，顧長亭收手，聲音沈靜。「或許是入了春，天氣乍暖，小姐的舊疾被勾起來了，這幾日夜裡可還安枕？」

紗簾後傳出女子輕淺的咳嗽聲，好一會兒才止住。「還成，一年到頭從來睡不安穩的。」

顧長亭皺了皺眉，從診箱裡取出針包，手指拈了一根銀針，緩緩刺入鄭金圓的手上穴道，那皓腕一抖，「哎呀」一聲驚呼也傳進了顧長亭的耳中。

顧長亭沒抬頭，雙眼注視著那隻秀氣的手，輕聲安撫道：「鄭小姐且忍一忍，我給妳扎幾針疏通經絡，不然晚間還是難以入眠的。」

紗簾裡面的人輕輕應了一聲，又沈默了一會兒，問道：「我聽爹爹說，這幾日太醫院的幾位老大人都不管事了，想來這些事情都落到了顧大人您的身上，還請顧大人多顧念自己的身子才是。」

顧長亭的唇角微微勾起，只因低著頭施針，所以未被人瞅見，只恭敬謙和回道：「多些鄭小姐關心。」

鄭金圓大抵也是知曉顧長亭平日性情的，並未被這疏離的態度影響心情，又慢悠悠道：「顧大人，您說金圓這病可還有救？前幾年還好些，自從顧大人……來給我治病，也不知是巧合還是病入膏肓了，竟一日不如一日，三天兩頭地要犯病，唉，真真是愁死人。」

顧長亭的眉毛挑了挑，心中無奈得緊。「或許是我醫術不精，不如明日讓陳大人過來給小姐瞧瞧吧！」

紗簾後方的少女沒有立刻應聲，沈吟許久，才悠悠道：「怕是不好的吧，我聽說現在太醫院裡都是顧大人您主事，皇上對您的醫術也是十分信任的，太醫院裡哪還有比您醫術好的大夫呢？」

若是常人，被這樣一番明褒暗貶的話說下來，只怕面子是要掛不住的，即便能掛住，也沒有能像顧長亭這般和顏悅色的；只見他不疾不徐地施針，不再應聲，那鄭金圓卻竟是個蹬鼻子上臉的，在紗簾後面唉聲嘆氣，又是感嘆自己的命不好，又是說人生無常，最後竟把顧長亭當成了隔壁賣繡花鞋扯東家長、西家短的王大娘。

「顧大人，您說我的年紀著實不小了，但是這身子不好，如今親事也沒訂，我看這樣子，只怕是要一輩子當個老姑娘了，這樣也罷，免得嫁了人，拖累了人家一家。」鄭金圓自說自話。

顧長亭收起銀針，還是一副好脾氣的模樣，笑著道：「我聽說前幾日崔尚書曾讓媒人來提親，鄭小姐若是想嫁人，為何不應這門親事呢？」

鄭金圓被噎住了片刻，隨即乾笑兩聲。「我爹找人合了八字，說是命裡犯剋的。」

顧長亭也不戳破，正襟危坐，聽了鄭金圓說了好半晌閒話，才忽然冒出一句。「長亭才疏學淺，怕是於小姐的病沒有益處，不如我推薦個人，保證小姐滿意。」

鄭金圓一愣，想了想，沈住氣問道：「哦？若是顧大人要推薦太醫院裡的人便不必張口了，我這病一直是你們太醫院給調理的，如今沒有十年，也有八年了，卻沒見個好，總是換大夫，只怕對病是沒有益處的。」

似是早已想到鄭金圓會如此說，顧長亭只是淡淡笑了笑。「不知鄭小姐可知曉忍冬閣？」

鄭金圓雖然不常出門，但是平日裡她親爹倒是常和她說府外的事情。當年聖上命忍冬閣和沈香會同來京中辦事，也是轟動一時的大事，她當然知曉。

顧長亭沒聽見女子說話，便道：「忍冬閣的閣主，醫術自比我高明得多，若是鄭小姐信得過，我倒是可以引薦。」

「別……」鄭金圓忙住了口，只在簾子後面恨恨瞪了顧長亭幾眼，再沒作聲。

顧長亭也是個見好就收的，暗中翹起了嘴角。

——本篇完

番外二　當時只道是尋常

京城暮春清晨，花退殘紅青杏小，城裡街道行人杳。

魏家藥鋪裡傳出幾聲哈欠，便看見門板從裡面被卸下來一塊，從門板縫裡伸出一顆腦袋，隨即這顆腦袋又縮了回去，嘟嘟囔囔和鋪裡的人說：「別睡了、別睡了，開門做生意嘍！」

隨即屋裡又傳出另外一個人的嘟囔聲。「這麼早哪有人來買藥材，過會兒再開門吧！」

「別睡了、別睡了，今兒老闆不來鋪子裡，孫掌櫃去韶州府辦事，其他伙計又都放假，就咱倆在鋪子裡，可別出了岔子，快起來吧！」

先前嘟囔的伙計沒再說話，藥鋪裡卻聲音漸起，門板被一一卸下，一個伙計拿著掃帚開始灑掃，另一個伙計開始清點鋪裡的藥材。

門前灑掃的伙計年紀很小，看起來不過十四、五歲，此時還在打著哈欠，但動作卻十分麻利，不多時他掃完了門口大片空地，拿著掃帚回了鋪子裡。他揉揉眼睛，對另外一個年紀稍大的伙計道：「趙哥，我想去『書院』讀書。」

這個「書院」是沈香會專學藥材的書院，若是貧苦家的孩子入學，不僅免學費，還有補貼。

趙德明一愣，隨即憨厚地笑了笑。「這是好事呀小唐，我記得老闆上次說下個月書院就有入學考試，你報名了嗎？」

小唐搖搖頭。「這陣子老闆忙，我想過了這幾天親口和老闆說，趙哥你說老闆會同意嗎？」

「那肯定的。去年你還沒來的時候，鋪子也有個伙計進書院，想來今年應該就學成了，老闆上次還提，說是等他出來了直接跟著掌櫃去辦貨，看來是要重用的呢！你年紀小，而且又識文斷字，肯定沒問題的。」

兩人正你一言、我一語地說著，卻忽然聽見門口有聲音傳來。「請問魏老闆在嗎？」

老趙和小唐循聲看去，便見一個穿著寒酸書生樣的人立在門外。小唐皺了皺眉，在腦中搜尋了一遍，發現確實不認識這人，便道：「今天我們家老太爺過大壽，老闆不會來，這位公子可是有什麼事嗎？」

那書生一愣。「我三年前受了魏家的資助，才得以專心讀書，如今學有所成，特來道謝的。」

聽了這話，小唐立刻明白了。魏家這幾年一直在資助生活貧苦的學子，時常有人來登門道謝，小唐早已習慣，笑了笑，朗聲道：「我們家老闆說了，魏家不圖各位公子的感謝，但如果您做了官，造福一方百姓便是對魏家資助最好的回報。」

那書生似是有些不甘心，小唐便請他進門，取了紙筆給他。「若是公子有話想說，便寫一封道謝信吧，我會轉交給我們老闆的。」

魏家，人來人往，魏老太爺坐在廳裡，手裡托著個紫砂壺，時不時把紫砂壺遞到嘴邊吸一口，白胖的臉上似是高興，又似是不高興。

不時有人前來賀壽，魏老太爺也能硬擠出幾絲笑意來應付著。今年的壽辰他沒想辦的，偏偏溫雲卿和相思非要大辦，他又拗不過這兩個人精，便只得從了。

至於兩人這次非要大辦的原因，魏興卻是知道的。半月前，魏老太爺的一個老相識病故了，魏老太爺便覺得人生到了遲暮，這半個月來一直鬱鬱寡歡，所以相思才和溫雲卿商量著熱鬧熱鬧，把老太爺的老相識都請來。

魏老太爺正嘟著嘴喝茶水，便見崔家太爺晃晃悠悠地進了院子，不多時進到廳裡，先是冷哼了一聲，才努嘴對魏老太爺說：「你個老傢伙，還活得挺長久。」

崔家老太爺的親孫子崔敬一聽，臉都綠了，急忙在後面拉扯崔太爺的袖子。「爺爺您怎這麼說話呢？今兒可是為老太爺的壽辰……」

崔敬話還沒說完，便被崔老太爺打斷。「本來就是，活了這麼大歲數，也是不容易，還不讓人說了不成？」

這兩人年輕時便是對頭，為了生意沒少撕破臉，誰知到了相思和崔敬這一輩，竟然合夥做起了生意，還美其名曰什麼「共贏」，魏老太爺自然知道相思是不會吃虧的，便也懶得管，只是免不得與這崔太爺又有了交往，如今聽了這話，竟不怒反笑。「你個老不死的還沒嚥氣，我著什麼急。」

崔太爺一聽，鬍子都氣得抖起來，崔敬一看，趕緊在中間打圓場，生怕這兩個老寶貝打起來，忙說了幾句吉祥話，便想拉著自家老爺子走。誰知崔太爺竟不肯走，硬是在旁邊坐下，和這魏老太爺開始打嘴仗。

不多時，魏興帶了小春和政謙兄妹兩人進門。如今小春已有六歲，政謙也有八歲，相思早早請了先生教導兩人，雖然平日這兩兄妹古靈精怪的，但也知道今日是太姥爺的壽辰，所以都裝出一副高深莫測的古板模樣來。魏老太爺昔日見慣這兩個猴崽子撒野，如今一見這古板的模樣，便覺得忍俊不禁，伸手喚道：「小春、狗剩快過來。」

旁人聽得這聲「狗剩」都以為是自己的耳朵聽錯，只有政謙臉都綠了，原先莊重嚴肅的小臉皺成了一小團。「太姥爺，這小名您就別再叫了，不好聽。」

魏老太爺努努嘴。「我怎麼覺得滿好的，你娘叫了你好幾年，也沒見你嫌棄這名字來的……」

一輛馬車停在魏家大門外，門房趕緊去牽馬，便見一個頎長儒雅的青年跳下馬車，回身從車上將一個笑盈盈的女子抱了下來，這兩人正是自家的姑爺和小姐，那門房忙道：「姑爺、小姐快進去吧，就等你們了。」

溫雲卿點點頭，指了指身後另外一輛馬車上用紅綢布包裹的巨物。「找幾個人把車上的壽禮抬進去，有點沈，小心些。」

相思亦叮囑。「這東西天然的不好找，千萬別摔了。」

那門房應下，心中納悶這究竟是什麼寶貝？

溫雲卿和相思才進廳裡，便見小春和政謙一左一右圍著魏老太爺，也不知方才說了什麼，逗得魏老太爺哈哈大笑。

「爺爺。」相思和溫雲卿上前行禮問安，還未等魏老太爺說話，小春卻衝進了相思懷裡。「娘娘您和爹爹這幾日好忙呀，都不來看小春。」

相思把她抱起來，對她眨眨眼。「爹娘這不是有事嗎，娘娘也想小春春呀！」

小春雖然年紀不大，卻是極為聰慧的，一聽相思這話，便知道是學自己說話呢，小嘴一嘟。「娘娘壞，哼！」

溫雲卿將她抱進懷裡，接過話茬，聲音裡滿是揶揄。「娘娘最好了，一點也不壞。」

眾人嬉笑一會兒，便見幾個魏家的人抬著個紅綢布包裹，約一人多高的東西進門。相思連忙湊到魏老太爺旁邊，小聲耳語道：「爺爺，我和雲卿知道您最近迷上了賞玩壽山石，特意讓人在津廣找了好些日子，終於找到個品相不錯的，花了我倆好些銀子，您平日沒事就坐在這石頭面前多看看，千萬把我倆花的銀子都看回來，不然可就虧了。」

魏老太爺斜了相思一眼，滿臉的嫌棄。「妳個猴崽子，怎麼比我還摳門！」

溫雲卿聽了兩人的對話，一本正經道：「爺爺，這石頭不錯，長得有稜有角的，跟個石頭似的。

「石頭長得肯定像石頭，爹爹！」小春在一旁插嘴。

魏老太爺被這一家子氣笑了。「快給我看看怎麼個像法！」

紅綢布掀開，眾人的目光都聚集在那塊一人多高的壽山石上，都是一驚。這壽山石竟然是個「壽」字模樣，真真是壽山石中的上品。

魏老太爺咋舌左看看、右看看，一會兒搖頭晃腦，一會兒點頭讚嘆，看樣子是挺喜歡的。

這時魏興引著一群人進了廳裡，正是從雲州府趕來的魏家人。

相慶、相蘭拱手。「祝爺爺福如東海，壽比南山！來的時候遇上了大雨，我們繞路，這才來晚了。」

於是來人都到齊了，魏老太爺嘴上雖不說什麼，心裡卻是極為高興。

從魏家出來，相思看見政謙鬱鬱寡歡的樣子，伸手便捏住他的小臉兒。「怎麼啦？誰又惹謙謙大寶貝生氣了？」

政謙嘴一抿。「娘，您為啥當初要給我取名叫狗剩？」

這明顯是問責的意思，相思老臉卻一點也不紅，亦不為此事感到羞愧，只是笑咪咪道：

「因為你小時候身體弱，都說要取個賤名才好養的。」

政謙把頭往旁邊一扭。「娘騙人，我問過咱們府裡的人了，我小時候身體好著呢，從來不吃藥的。」

眼見自己媳婦的謊話被拆穿，溫閣主卻不慌不忙，一手攬住了自己的寶貝媳婦，一手把兒子從車旁抱了上來，眼神真誠，神態嚴肅。「謙兒，這事你娘真沒說謊。你小時候身體弱，但只有幾個親近你的人才知曉，別的人是近不了你的身的，所以根本不知道，『狗剩』這個名字可是你娘花了重金從一位高僧那裡買來的。」

政謙看自己親爹這般嚴肅認真，還真信了幾分，但是隱隱又覺得哪裡不對。「那這高僧現在在哪裡？」

溫閣主這幾年坑兒子成癮，想也未想，便道：「城外的十一慧呀，不信你可以去問。」

一聽「十一慧」三個字，政謙的小臉立刻就綠了。政謙五歲時見過十一慧，十一慧非說政謙有慧根，要收他入寺當個小和尚，把他嚇得抱著頭往門外跑，誰知還是沒逃過十一慧的「魔爪」，當真把政謙的頭髮剃了，變成了一個小光頭。等相思發現自家兒子的時候，發現小娃娃正躲在桌子下面，抱著光禿禿的腦袋，眼裡滿是熱淚，嘴裡還嘟囔道：「我不要做小和尚，做小和尚不能吃肉，不能娶媳婦……」

相思喚了好幾聲，政謙才回過神來，一頭鑽進她的懷裡，哭得一把鼻涕、一把淚。「娘親，我把頭髮落在慧師父屋裡了！」

從此以後，寺廟和寺廟裡的和尚就在政謙小朋友的心裡留下了巨大的陰影，他哪裡敢去找十一慧求證？

「爹，您真的沒騙我嗎？」

溫雲卿極為認真地點了點頭。「爹什麼時候騙過你？」

政謙小朋友回憶往事，覺得自己的爹可能是個假爹……

一家人剛要走，藥鋪裡的伙計小唐卻跑過來，上氣不接下氣地遞上一封信。「老闆，今天有個書生來鋪裡，說是感謝魏家資助，見妳沒在鋪子裡，便寫了一封感謝信。」

「明兒再看也是一樣的，看你跑得這麼急。」相思接過信，大致掃了幾眼便遞給溫雲卿。「這可是今年新科狀元的親筆感謝信，好好留著，說不定以後這墨寶能賣大錢呢！」

「娘娘您鑽錢眼裡啦！」小春嘟囔。

小唐扯了扯袖子，咳嗽兩聲，略有點忐忑。「老闆，我想……想進『書院』讀書。」

相思挑挑眉，拍了拍小唐纖瘦的肩膀。「年輕人上進是好事，這事你不主動和我說，我還要去找你呢！明天你去府裡找魏管家，他會幫你安排的。」

「咦……嗯！」

馬車啟動，車轆在青石上滾過，緩緩駛離，此時月明星稀。

車裡相思靠在溫雲卿懷裡，一對兒女則依偎在她懷裡，小小的身體起起伏伏，溫暖又柔軟。

「卿卿大寶貝，我覺得這一生很好。」

男子輕輕親了親她的額頭。「我亦然。」

——本篇完

2017年6月出版

吾妻不好馴

文創風 526～527

聽聞夫君心中另有所屬？沒關係，她沒打算談情說愛；
老夫人跟大房不待見她？無所謂，她無意當賢良媳婦。
反正她嫁入高門僅是衝著「侯爺夫人」的頭銜，
哪曉得這枕邊人當初指名要娶她，竟是別有隱情……

嬌妻不給憐，纏夫偏要黏／岳微

歐汝知借屍還魂為商賈之女衛茉，
滿心滿眼就是為家族通敵罪狀翻案這等大事，
可從一名習武女將換成這副病秧子皮囊，
猶如虎落平陽，難展拳腳啊……
正當她不知該從何起頭時，
恰逢靖國侯趕著上門提親求娶她，
命運都向她伸出了橄欖枝，
她當然得把握機會，嫁入侯門！
所幸老天爺待她不薄啊，
這丈夫平時總小心翼翼地呵護她，還能替她治療寒毒，
更重要的是，他竟是替歐家翻案的同道中人！
遇上如此義氣相挺的良人，
她再冷傲的心也被捂熱了……

文創風
540

藥堂千金 3 完

國家圖書館出版品預行編目資料

藥堂千金 / 衛紅綾著. --
初版. -- 臺北市 : 狗屋, 2017.07
冊 ; 公分. --（文創風）
ISBN 978-986-328-749-0（第3冊：平裝）. --

857.7　　106007791

著作者	衛紅綾
編輯	余一霞
校對	沈毓萍　簡郁珊
發行所	狗屋出版社有限公司
地址	台北市104中山區龍江路71巷15號1樓
電話	02-2776-5889～0
發行字號	局版台業字845號
法律顧問	蕭雄淋律師
總經銷	知遠文化事業有限公司
電話	02-2664-8800
初版	2017年7月
國際書碼	ISBN-13　978-986-328-749-0

本著作物由北京晉江原創網絡科技有限公司授權出版

定價250元

狗屋劃撥帳號：19001626

網址：love.doghouse.com.tw　E-mail：love@doghouse.com.tw